本书由大连市人民政府资助出版
The published book is sponsored by the
Dalian Municipal Government

解放区前期诗歌研究

（1936—1942）

刘金冬◎著

中国社会科学出版社

图书在版编目（CIP）数据

解放区前期诗歌研究：1936～1942／刘金冬著．—北京：中国社会科学出版社，2014.12

ISBN 978－7－5161－5282－9

Ⅰ．①解…　Ⅱ．①刘…　Ⅲ．①解放区－诗歌研究－1936～1942
Ⅳ．①I207.22

中国版本图书馆 CIP 数据核字（2014）第 297465 号

出 版 人　赵剑英
责任编辑　任　明
特约编辑　乔继堂
责任校对　石春梅
责任印制　何　艳

出　　版　中国社会科学出版社
社　　址　北京鼓楼西大街甲 158 号
邮　　编　100720
网　　址　http：//www.csspw.cn
发 行 部　010－84083685
门 市 部　010－84029450
经　　销　新华书店及其他书店

印刷装订　北京市兴怀印刷厂
版　　次　2014 年 12 月第 1 版
印　　次　2014 年 12 月第 1 次印刷

开　　本　710×1000　1/16
印　　张　17.25
插　　页　2
字　　数　283 千字
定　　价　58.00 元

凡购买中国社会科学出版社图书，如有质量问题请与本社营销中心联系调换
电话：010－84083683
版权所有　侵权必究

目　　录

导言

建构新的诗歌形态

解放区首先是指一个地理概念，其次是指一种特定的政权形式，再次，它还具有非常丰富的信念意味、文化意味以及被不断神话的进步色彩。地理意义上的解放区，粗略地指 1927—1949 年以中国共产党为领导的土地革命时期的苏维埃根据地、抗日战争时期的抗日民主根据地和解放战争时期的属于八路军和新四军创建与发展的地区。经过最初十年的进退与消长，解放区以红军二万五千里长征到达陕北和全面抗日战争的爆发为新的起点。1935 年 10 月，中国工农红军到达陕北吴起镇，1937 年 1 月 13 日，中共中央迁入延安。这就是说，以延安为中心的陕甘宁边区抗日民主根据地从此建立起来了。

本书所要论述的解放区诗歌①就是以延安为中心的、以 1936 年 11 月 22 日中国文化协会成立到 1942 年 5 月《在延安文艺座谈会上的讲话》为

---

① 解放区诗歌，也可以与“延安诗歌”相置换。多年来，我们已经习惯于称 1936—1949 年的延安文学为“解放区文学”，这个说法最早来源于周扬在第一次文代会上的讲话：《新的人民的文艺》；而“延安文艺”的字面意思可能直接可以溯源到毛泽东的《在延安文艺座谈会上的讲话》。在此之后，何其芳在鲁艺的教学改革中提出：“应有专课经常研究文艺现状，甚至内容应包括对于抗战当中大后方和目前延安及其他根据地的文艺作品，文艺问题，文艺活动的研究。”（《论文学教育》，《解放日报》1942 年 10 月 16—17 日）这其实是对延安文学的研究内容作了初步设想。1946 年 8 月 23 日，延安“文抗”和边区文协要创办《延安文艺》杂志，最终没能出版，但已经明确提出了“延安文艺”这一概念及其与《讲话》的关系。1984 年，湖南文艺出版社《延安文艺丛书》16 卷的出版和陕西社会科学院《延安文艺研究》的创刊，都延续了对这一概念的使用。丁玲、贺敬之都认为：延安文艺不应该仅仅局限于对延安与陕甘宁边区文艺的研究，而应该涵盖整个根据地和解放区。林焕平撰文讨论“延安文学”这一概念，认为它比解放区文学更具有意识形态的属性（《延安文学刍议》，《文艺理论与批评》1992 年第 3 期）。2005 年，《延安大学学报》辟出“延安学”专栏，可见对这一概念的认可程度。但在实际的文学研究中，延安文学好像使用频率更高一些。解放区文学好像更正式一些，重庆出版社 1992 年出版了《中国解放区书系》22 卷。

时间段的现代汉诗的发展形态，探讨诗歌在特定地域、特定政权、特定语境等多重外力制约下的发展情况，尽量还原历史，触摸历史的真实血脉，展示历史存在的多种面相及其发展的多种可能性。尤其是与《讲话》后以民歌形式为主流的叙事长诗相比，这一时期的诗歌发展显示出可贵的丰富、开放、多元探索的姿态与活力。但多年来，我们的研究工作一直着重于《讲话》以后的民歌体叙事长诗，对《讲话》以前的诗歌研究一直有意无意地忽略。80 年代以前，解放区诗歌研究受到单一意识形态力量的有意遮蔽；而近年来的社会学、文化学研究，也多关注《讲话》以后的文学现象。文学史和文学研究工作者之所以对《讲话》以后这一时期诗歌现象或诗歌文本给予了较充分的展现、关注和分析，除了长久以来意识形态所造成的话语霸权惯性之外，还有资料搜集上的相对容易。就现有研究资料而言，《讲话》以后的资料很多，保存也很完整，重印的也较多；而《讲话》以前的资料不仅很少，资料也不全，有的甚至被作为文物而封锁起来。被重印出来的资料很少，除了一些著名诗人的全集外，只有湖南文艺出版社出版的《延安文艺丛书》16 卷，较多地展现了《讲话》以前这一时间段的资料。

所以，通过阅读有限的没有被系统整理过的原始资料，再现这一时间段上诗歌的原初风貌，可能会使我们重新面对活的历史，并且思考历史留给我们的多方面启示。

众所周知，在整个中国现代文学的研究格局中，新时期以前的解放区文学研究一直存在着被研究者过度政治化和模式化的倾向，而新时期以后的研究则又以单一的艺术性标准忽略了研究对象自身的丰富性与复杂性，这两种情况都说明了这一领域的研究者本身学术素养的欠缺与理论视野的局限。

尤其是对《讲话》以后的文学研究，不仅是历来解放区文学研究工作中的重点，而且长期以来还担负着中国共产党在意识形态领域内的思想整合任务，这无疑增加了研究者言说的困难。当然，若按照《讲话》的结论去图解和演绎延安时期文学的话，那么文艺与政治的关系、文艺与生活的关系，等等，都是已经给定了的结论，无须再加以研究。但若回到历史现场，展开解放区文学逐步被意识形态化的过程，则可能会给我们的研究工作带来一些新的思路。

《讲话》以后的文学在被本质主义化的过程中，一直以《讲话》以前的文学为参照对象。而《讲话》以前的文学只有在 1957 年《文艺报》对丁玲、陈企霞等所谓“反党集团”进行“再批判”时，才重现了历史真实面影中的一隅。那么，《讲话》前、后的文学究竟有多少相关性与差异性就可能成为我们关注的重心，揭示这种联系与差异就能揭开解放区文学的生成过程，看到先驱者们在建构与创立新的现代民族国家的努力中，想象和建构与此相适应的新文化的实践活动。

1936—1942年这一时期的思想文化界和文学观念都是纷乱复杂的，苏区文学、普罗文学、左翼文学和延安的民间文学都是产生延安解放区文学的资源性存在，如何在此基础上生长出一种新的文学，是所有在延安的作家都曾亲历的历史过程。这些历史的亲历者、参与者与创建者们在北京、上海、武汉、重庆等大城市先后陷落以后，纷纷怀着理想主义的热情，集结于延安这样一个以农业文明为主要特征的城市里，他们一方面积极地进行抗日的宣传鼓动工作，一方面自觉地为未来民主、自由的新国家的出现构建一种不同于半封建半殖民地国家的新文化。① 毛泽东在《新民主主义论》中，曾满怀豪情地写道：

> 民族的科学的大众的文化，就是人民大众反帝反封建的文化，就是新民主主义的文化，就是中华民族的新文化。
>
> 新民主主义的政治、新民主主义的经济和新民主主义的文化相结合，这就是新民主主义共和国，这就是名副其实的中华民国，这就是我们要造成的新中国。
>
> 新中国站在每个人民的面前，我们应该迎接它。
>
> 新中国航船的桅杆已经冒出地平线了，我们应该拍掌欢迎它。
>
> 举起你的双手吧，新中国是我们的。②

---

① 毛泽东在延安写的几乎每一篇文章都强调“我们从事战争的信念，便建立在这个争取永久和平和永久光明的新中国和新世界的上面”（《论持久战》）；“为要克服困难，战胜敌人，建设新中国，只有巩固和扩大抗日民族统一战线，发动全中国中的一切生动力量，这是唯一无二的方针”（《中国共产党在民族战争中的地位》）；“大家知道，抗日战争的根本政策，是抗日民族统一战线，它的目的是打倒日本帝国主义，打倒汉奸，变旧中国为新中国，使全民族从半殖民地半封建的地位解放出来”（《青年运动的方向》）。

② 此文最初以《新民主主义的政治与新民主主义的文化》为题，载于1940年2月15日在延安出版的《中国文化》创刊号上；1940年2月20日在延安《解放》第98—99合刊登载时，改题为《新民主主义论》，文内各部分也加上了小标题。

应该承认，毛泽东对新中国饱含激情的呼唤与对新文化的热切呼唤，应和了整整一个时代知识分子的心声，每个爱国的中国人都希望中国能在抗战的烽火中做一只“浴火的凤凰”，在战争的血与火之中得到新生，并从此建立起一个独立、民主、自由、富强的新中国。

而这种对未来的期待与想象，是近代以来中国知识分子关于现代性想象的一部分，它几乎影响了整个现代文学的作家写作，王德威把中国近代以来的小说概括为“想象中国的方法”，他认为现代小说总体上表达了现代知识分子对建立一个民族共同体的向往。

而有关民族共同体的想象主宰了整个现代作家的想象力，当然它也有一些现实性的基础，如进化论观念的广泛影响，使一种直线的进步与发展思想刷新了中国传统知识分子的天命观与历史循环论的思想。对于中国共产党来说，马克思有关共产主义的世界大同理想紧紧地抓住了那些激进的共产党人，从而成为共产党的意识形态和核心理论，贯彻于所有的政策和工作中。因此，延安时期的中国共产党不仅在延安这个有限的空间里实行战时供给制生活，也想为未来的新中国更好地实现这一制度做出示范，当然，就抗日战争而言，这种对大同世界的想象建立了中国人胜利的信心。共产党政权的这种“大同”思想强化了延安作家的理想，也成为他们追求革命的动力。“为了”抗战胜利或“为了”新中国等，成为延安作家无可置疑的共同信念。如果说“‘五四’以来被称为‘现代文学’的东西其实是一种民族国家文学”① 的话，那么延安时期的文学就是更为具体的关于“抗战建国”的民族国家文学。

延安的文人们自觉地担负起了建设与未来新中国相适应的新文化使命。但在建构这种既为当时也为未来的文化想象中，以什么为基点建构新的文化就不仅是一个策略性问题，而且是一个原则性问题。这首先涉及未来国家的性质，同时也涉及由谁执政的问题。而共产党与国民党的政权关系如何，在这种文化的构建中又起到了决定性的作用：“皖南事变”以前，由于“西安事变”的发生和抗日战争的爆发，中国共产党与国民党已经暂时缔结了抗日民主统一战线。毛泽东在《新民主主义论》中说：

> 所谓新民主主义的文化，就是人民大众反帝反封建的文化；在今

① 刘禾：《语际书写》，上海三联书店 1999 年版，第 192 页。

日，就是抗日统一战线的文化。

由于这个统一战线的存在和现实中的抗日战争生活，延安文学构想就主要以一个统一的民族性为建构中心，文学理论上对文学“民族形式”的讨论与寻求就是其中心议题；“皖南事变”之后，由于事变而导致的统一战线的名存实亡，文学想象逐渐转到了以阶级性为中心的构建，《讲话》则标志着这种理论构建的最终完成。

1936 年 12 月 12 日“西安事变”以后，国共两党经多次妥协而建立的所谓抗日民族统一战线，既没有共同制定的纲领，也没有统一的组织形式。只是中国共产党承认国民党的《抗战建国纲领》，这就算为共同纲领了。毛泽东 1939 年 9 月 24 日与美国记者斯诺谈话时，斯诺问：

> 共产党一再着重指出，统一战线是抗战的政治基础，但是，这种说法在国民党的文献上和言论中却没有什么地位。国民党以为抗战的政治基础，就是共产党和其他政治集团对于国民党独裁的屈服。我在重庆曾访问过张群将军，询问他对这一点的意见。他说：现在没有什么统一战线的问题，中国只有一个合法的党——国民党，一个合法的政府——国民政府。“边区政府”都是完全非法的，终久必被取消。①

正因为统一战线不是一个有着牢固的、可以依靠的、有组织的实体，所以当国民党 1938 年底进行第一次反共军事围剿时，统一战线就开始自动破裂了。尤其是自 1941 年以后，国民党完全断绝了对八路军、新四军的经济援助，对解放区实行严格的封锁政策，延安文人企图建构的民族统一新文化的基础完全丧失，因此有关“民族形式”的讨论在理论上也告一段落了。遗憾的是，有关“民族形式”问题只是一个理论构想，并没有体系性的实践性文本，可以说，这种理论诉求在文学实践中最终落空

① 毛泽东：《同美国记者斯诺的谈话》，载《毛泽东文集》第 2 卷，人民出版社 1993 年版，第 238 页。根据国共协议，共产党将陕甘宁革命根据地的苏维埃政权改为陕甘宁边区政府，辖 23 个县。9 月 22 日，国民党“中央通讯社”发表共产党于 7 月 15 日在庐山与蒋介石谈判时提交的《中国共产党中央委员会公布国共合作宣言》。23 日，又发表了蒋介石承认共产党合法地位的谈话，国共两党的统一战线至此宣告建立。中国共产党一方面牢牢抓住“统一战线”，一方面又坚持了统一战线中的“独立性”。

了。这种落空正好说明了延安作家在写作上的自由性与多样性，不能被某种意识形态话语所整合的一种丰富性与复杂性。它区别于后来《讲话》所倡导的工农兵文学的政治诉求，因为秧歌剧《兄妹开荒》、歌剧《白毛女》、赵树理的小说、李季的诗歌等都可以看作是与《讲话》精神构成对应性关系的文本，是多种文体形式对《讲话》的实践性成果。

不论是《讲话》以前还是《讲话》以后，不论先驱者们建构新文化的祈求诉诸“民族形式”还是“工农兵方向”，贯穿其间的都是“五四”新文化有关现代民族国家的想象，这可以看作是对新文学在新的时代、新的语境下如何发展问题的探求。所以，民族—现代性和阶级—现代性才是解放区文学《讲话》前、后同中有异的寻求主题。这种极不同质的“现代性”寻求在《讲话》前、后的文学表现上也不同：前期的很多作家基本上能够保持个人在写作上的自由追求，所以诗歌显示了前所未有的开放性和多样化格局，出现了很多实验性诗体形式，虽然终不免幼稚和浅露；后期的作家则完全受训于一种模式化的体系之中，那些不想被规训的作家或者还没有学会规训准则的作家要么被批判，要么放弃写作。《讲话》前期诗坛主流和非主流诗歌能够多元并存，歌唱抗战和抒写自我都可以发表，也都被人们所认可；后期则只有以工农兵为主角的一元化文学存在，其他的文学表现都不被认可。从解放区文学的前期到后期，文学的丰富性和复杂性被简化掉了，而所谓“工农兵文学”方向，其内核就是一种党化文学观或者说是“党的文学”观。[①]

诗歌作为文学文类的一种，其表现形态与其他文类有着极大的相似性。但又因其短小精悍、易于传播等大众化特点，在投入抗战动员的运动中表现出了更大程度上的活跃性。延安的文学社团，以诗歌居多。[②] 检索延安当时的文学活动，我们发现：1936—1942 年是整个解放区时期诗歌社团、诗歌刊物以及诗歌活动最多、最活跃的时期。诗歌社团有：战歌社、战地社、铁流社、路社、边区诗歌总会、山脉诗歌社、延安新诗诗歌

---

① 袁盛勇：《“党的文学”：后期延安文学观念的核心》，《中国现代文学研究丛刊》2005 年第 3 期。该文认为后期延安文学观念的核心是阶级—民族—现代性，或者说是党的—民族—现代性。其实后期延安文学其民族性诉求已经让位于阶级性的诉求了，尤其是 1945 年土地革命以后，更是如此。

② 宋金寿主编：《抗战时期的陕甘宁边区》，北京出版社 1995 年版，第 582 页。

会、怀安诗社、晋察冀边区诗会、太行诗社、潮海诗社等[①]；诗歌刊物有：《诗建设》、《新诗歌》（延安版）、《新诗歌》（绥德版）、《山脉诗歌》、《诗战线》、《街头诗》、《诗》、《诗刊》、《边区诗歌》、《诗风》、《新世纪诗歌》、《太行诗歌》等，另有鲁艺的街头诗墙报《路》和随处可见的街头诗、墙头诗、诗传单；还有各种文艺晚会演出前经常出现的诗朗诵，鲁艺学员和各种群众团体自己举办的各种诗歌朗诵会等。

选取《讲话》之前的诗歌作为研究对象，一方面基于这一时段诗歌研究总体上的薄弱情况；一方面也基于这是五四新文化思想与《讲话》思想的链接处，新、旧文学的各种景观、各种问题都在这里得以显现。而且因为它直接与《讲话》这个文艺的新时代相连，这里就孕育了现代与当代交互错杂的丰富话题，从中可以看见历史在这里分割的阵痛与难产。《讲话》无论是在文学观念上还是在文学创作上，都开辟了中国文学史上从来没有过的一个全新的历史时期——“新的人民的文艺”时期。[②] 从《讲话》开始，文艺界被逐渐地纳入了体制化的轨道。[③] 因此，《讲话》以前的这一时段也是体制化之前的最后时段：哪些被体制化接纳了，哪些被体制化排除了，本书将具体展开诗人们的这一创作情况。

《讲话》之后，文艺界自觉地展开了对《讲话》之前文学创作与文艺

① 1942 年《讲话》前后，延安的文学社团和刊物纷纷关闭，除了政治上的压力之外，也有经济上的原因。当时的纸张奇缺，马兰纸在 1942 年夏秋后才由技术员华寿俊发明。《讲话》以后，作家作为文艺工作者下乡代职，改造思想，不再享有职业作家的特权，而且要熟悉新的生活和新的表现手法。因此，甚至像《解放日报》这样稿源一向充足的大报都发生了“稿荒”，需要毛主席亲自拟订征稿人名单，并且定出每月要交文章的字数。在这样的情况下，要求文学仍然表现前期那样的活跃姿态，也是不太现实的。

② 周扬：《新的人民的文艺》，这是他在第一次文代会上的发言，他说：“毛主席的《在延安文艺座谈会上的讲话》规定了新中国文艺的方向，解放区工作者自觉地坚决地实践了这个方向。”这其实是肯定了《讲话》以后的解放区文艺为新中国成立后文学发展的基本路向。

③ 《讲话》是十七年文学的源头、雏形，二者之间具有内在的本质的同一性，是紧密联系的有机统一体。毛泽东“为着这种新文化（文学）的建立，他发动、支持了一系列的运动，激烈地批判‘旧文化（文学）’的理论基础和代表人物，为新文学的建立清理基地。他领导了 1942 年延安的文艺整风，在五六十年代，发起了批判电影《武训传》，胡适的政治、哲学、文学思想的运动，发起对在文学思想上与《讲话》存在分歧的‘胡风集团’的攻击，发起对 1956—1957 年间文学界异端力量的攻击。直至在 60 年末，发动了长达十年的‘文化大革命’运动”。见洪子诚《中国当代文学史》，北京大学出版社 2001 年版，第 11 页。

活动的反思与检讨，形成了多种文学批判与文学论争的高潮，但多年来这些论争大都被文学史研究和文学研究有意忽略了：如对王实味文艺观与“鲁迅风”杂文的批判[①]、关于“演大戏”问题和鲁艺的“关门提高”问题[②]、晋察冀边区对所谓艺术至上主义的批判、对狄耕（张棣赓）的短篇小说《腊月二十一》和莫耶的短篇小说《丽萍的烦恼》的讨论、围绕何其芳的抒情诗《叹息三章》和《诗三首》的争论等，另外还有关于讽刺漫画展和墙报《轻骑兵》、《矢与的》的评价问题。正是这些在《讲话》之前产生的有声有色的文学活动和相对独立的文艺思想引发了高层的注意，使本来针对党内王明等人的教条主义思想批判的整风运动不得不暂时地转向了文艺的整风运动。但《讲话》精神的贯彻和接受并不像后人想象的那样顺利和深入人心，我们可以通过追溯《讲话》的召开、讨论和发表的过程来考察。

1942 年 5 月 2 日座谈会第一次召开会议，毛泽东讲了五个问题（即：文艺工作者的立场问题、态度问题、工作对象问题、工作问题和学习问题）让大家讨论，萧军在会上则大讲文艺家的独立性问题。他反对政治对文艺的领导，认为文艺与政治的关系是平行的，它们共同关心着人类的发展问题，就像各种颜色或各种蔬菜不能互相代替一样。结果引起了争论，意见一时无法统一，最后《解放日报》连消息也没有发成；5 月 12 日《解放日报》副刊特辟“马克思主义与文艺”专栏，但文章全部都是从毛泽东处送来的。整个开会期间，《解放日报》都没有发表消息，“是毛主席不让发表。他说这是些新问题，很复杂，他要多考虑考虑，也多听听意见”。[③] 由毛主席态度的谨慎可见文艺界思想的复杂程度。5 月 16 日座谈会举行第二次会议。

---

① 由丁玲、王实味等在《讲话》前夕发表的一系列杂文而引起的延安文艺批判活动。这些文章是：丁玲的《我们需要杂文》和《三八节有感》，艾青的《了解作家 尊重作家》，罗峰的《还是杂文时代》，萧军的《论同志之“爱”与“耐”》、《杂文还废不得说》，王实味的《野百合花》、《政治家·艺术家》、《我对罗迈同志在整风检工动员大会上发言的批评》、《零感两则》、《答李宇超·梅洛两同志》等。

② 所谓大戏是指当时在延安和各解放区上演的外国名剧和我国“五四”以来的优秀剧作。

③ 黎辛：《关于“延安文艺座谈会”的召开、〈讲话〉的写作、发表和参加会议的人》，《新文学史料》1995 年第 2 期。而在延安文艺座谈会召开之前，毛泽东也多次找周扬、丁玲、艾青、罗峰、萧军、何其芳等人讨论过文艺问题，让他们代为搜集反面意见，可见其谨慎程度。

> 有一位作家从“什么是文学艺术”的定义出发，……讲了一个多小时。……有人宣传“人性论”，说文艺的出发点是人类之爱。有人宣称自己从来不写歌功颂德的文章。[①]

可见，文艺家的主要文艺思想还是来自五四新文化运动后的西方文艺观念，他们还没有认同具有党派色彩的延安文艺思想。5 月 23 日，是毛泽东作的《结论》，当时，只有何其芳一人当场表态，其他人均持缄默态度，而何其芳的这种行为被别的作家就说成是“带头忏悔”。其后的 28 日和 30 日，毛泽东分别在高级干部学习会议和鲁艺演讲中，两次作了关于文艺问题的报告，都强调了他一贯的文艺观点：就是知识分子与人民大众结合的问题，强调走出“小鲁艺”，走到“大鲁艺”生活中去的重要性。但都只作口头和会议宣传，并未形成党的文件或在党报上发表。

由此看出，当时的文艺界并不像后来文献记载的那样思想高度统一，高度集中，如果没有伴随而来的行政手段，没有对知识分子触及肉体及灵魂的“审干”和通过下乡所进行的思想改造，《讲话》精神深入人心仍然是不可能的。从延安文艺座谈会召开到 1943 年初文艺工作者全部下乡为止，诗歌写作仍然延续着自由诗和个人抒情的特点。因为能够参加座谈会的诗人毕竟是少数，而且即使参加了，如艾青，也无法理解其深藏不露的含义，他依然故我地写着《野火》之类具有强烈个人风格的诗歌。何况，《讲话》最终被神话还需要在历史的动态和知识分子的人格缺陷中具体展开：它的伟大意义需要不断生成和被“有机知识分子”的话语不断阐释，还需要封闭的战争环境、集权政治等相关因素的合力。

1943 年 3 月 13 日《解放日报》有关中央文委中央组织部召开文艺工作者会议的消息里第一次披露《讲话》内容，是毛泽东亲自审阅后发表的，7000 字的消息里关于《讲话》只有 1000 字。《讲话》全文发表于 1943 年 10 月 19 日的《解放日报》上，题为《纪念鲁迅逝世 7 周年》而发表，毛泽东亲自写了“编者按”。在从《讲话》报告到发表的近一年半时间里，经常有人提醒毛主席发表《讲话》，而毛主席仍然在选择恰当的时机。为纪念鲁迅逝世而发表此作，可谓一语双关：既纪念了鲁迅，也从根本上为文艺发展提供了政治与艺术的双重标准。而此时，恐怖一时的

---

① 艾克恩编纂：《延安文艺运动纪盛》，文化艺术出版社 1987 年版，第 357 页。

可见，《讲话》对当代文学的影响基本已形成了学界的共识。

我们的研究多年来比较重视《讲话》及《讲话》以后的文艺创作，对《讲话》以前的解放区文艺创作关注较少，那时的一些讨论和创作甚至很少进入研究者的视野。[①] 而恰恰是《讲话》以前的解放区由于处于草创与探索时期，文艺思想和文艺创作相对要丰富和复杂一些，作家的自由空间也多一些。而且文化、教育和文艺问题主要由洛甫（张闻天）、博古等人负责，毛泽东则主管政治与军事问题。延安前期文坛的创作与理论批评之所以相对丰富，是与张闻天文艺思想的正确指导紧密相关的。现在我们能够看到的具有理论争鸣与探讨性质的文章，大多发表于《讲话》之前；那些具有艺术探索性的作品也都是发表在《讲话》之前。

如果将整个解放区文学放在20世纪新文学链条中来考察的话，那么可以说，虽然整个解放区文学总体上是"左翼"文学在特殊环境下的发展，但是《讲话》以前的延安文艺更多地与"五四"新文化运动及其鲁迅的文学思想相关联，文艺具有相对的独立性，文艺家享有更多的精神自由；而《讲话》以后的延安文艺则更多的是继承了上海"左翼"革命文学的精神指向，《讲话》明确规定了文艺与政治的从属关系，作家与党的事业的从属关系。

作为1941年以前的中央书记处书记、中宣部部长的张闻天，对文艺最重要的贡献就是在1940年1月4日召开的陕甘宁边区文化协会第一次代表大会上的报告：《抗战以来中华民族的新文化运动与今后任务》。这

---

① 如晋察冀边区文化界抗日救国会于1939年2月26日召开创作问题座谈会，《抗敌报》主编邓拓作了关于三民主义现实主义的报告，彭真和聂荣臻也就这个问题作了即席讲话。会后，在1939年4月出版的《边区文化》创刊号上，发表了一批讨论三民主义现实主义的文章。有邓拓的《三民主义的现实主义文艺创作诸问题》、邵子南的《从现实主义学习什么》、烂矛的《新现实主义》和新路的《我对于三民主义现实主义的认识》等。这个讨论几乎不为后来者所知，除《新文学史料》1983年第1期第218页王必胜的《邓拓在抗战初期一篇关于文艺理论的重要文章》和第4期第164页上雪苇的《关于"三民主义现实主义"》两篇讨论三民主义现实主义短文外，未见其他讨论。三民主义现实主义其实是对当时全国性的现实主义思潮的回应，如《文艺阵地》1938年第1卷第4期有《现实主义的抗战文学论》一文，呼吁现实主义的回归，提高抗战文学的艺术质量。但这个口号有政治上模糊的地方，1940年毛泽东《新民主主义论》发表，晋察冀文艺界的人就用新民主主义现实主义代替了三民主义现实主义的口号。

个报告也是当时解决文化问题的最高权威性文件①，报告指出了解放区文艺的总方向：在为“抗战建国”的服务中建立中华民族的新文化，这个新文化的内容是：民族的、民主的、科学的、大众的。张闻天也是把文艺作为党和革命事业的一部分来对待的，但他没有以政治工作取代文艺工作，而是重视文艺自身的相对独立性与特殊性特点，重视文化人特点与文化统一战线的特点。在他起草的《中央宣传部中央文化工作委员会关于各抗日根据地文化人与文化人团体的指示》中，他强调指出应该重视文化人，尊重他们的生活习惯，并呼吁成立各种文化团体和出版社，以保证他们写作与发表的自由。要纠正党内一部分同志轻视文化人的落后心理，以吸收大批文化人到根据地来，使根据地成为“最能施展他们的天才的场所”。这个指示精神与毛泽东起草的《大量吸收知识分子》的不同是：这个指示强调的是知识分子的特点并尊重他们的特点以服务于革命；毛泽东的文件则是强调知识分子对于革命胜利的重要性，更多的是从实用的角度出发，要利用并改造他们为革命服务。

所以，《讲话》以前，在张闻天的文艺思想指导下，延安的文艺运动发展迅速：成立了文学、戏剧、音乐、美术等各种文艺团体；创办了《解放日报·文艺》、《谷雨》、《草叶》、《部队文艺》、《中国文艺》、《大众习作》、《文艺月报》等许多文艺刊物；文化活动、文艺理论问题的研究、文艺创作等都进入了自有解放区以来的最好发展时期。

在张闻天1942年1月请求到晋陕调查离开延安以后，延安的文艺活动很快走向凋零，文学刊物大多在下半年全部停刊。这跟党的文艺政策的调整大有关系：《讲话》以后，延安文艺开始走上了实用化和政治化的道路。

《讲话》以前由于延安文艺政策的相对宽松与自由，以及文艺思想上的兼容并包原则，作家有进出解放区的自由权利和在国统区自由发表作品的权利，解放区文学可以有多种声音、多种创作、多种文艺思想的并行

① 陕甘宁边区文化协会第一次代表大会在1940年1月4日召开，历时9天，12日闭幕。其中洛甫的报告就占了5、6、7三天，《新中华报》跟踪报道，报道内容几乎就是报告的内容。洛甫在报告中首次提出了新民主主义文化的概念，并认为民族的、民主的、科学的、大众的就是其主要内容，也提出了鲁迅的方向等问题。毛泽东的讲话在洛甫之后，基本上沿用了洛甫的概念和思想，主要是明确了新民主主义的政治方向。参见付道垒的博士论文《文人的理想与新中国梦——1936年至1942年延安的文化与文学剖析》，国家图书馆博士论文库。

不悖。

表现在诗歌创作上，主要是两种创作追求：晋察冀前线多是一些年轻诗人，如田间、魏巍等，他们主要是在探索诗歌服务于抗战的大众化和通俗化之路；延安多是成名诗人，如何其芳、艾青等，他们的诗风虽然有变化，但表现手法上基本上仍然延续了个人的前期诗风，读者对象仍是小资产阶级知识分子群体。

表现在文学理论上，也形成了多种文艺观点的磋商与交锋：萧三等人否定五四以来的新文学，注重古典文学与民间文学；但周扬、何其芳等人在文艺的政治诉求与美学诉求的纠缠关系上提倡“二元论”文学思想：既为当前抗战而写通俗作品，也为未来新中国文艺建构文艺的“民族形式”与文艺大众化的理论。他们的观点得到了更多人的认可，代表了延安文学理论的主流意识，显示了一种建构新的理论与批评的自觉。

在文学资源问题上，何其芳、周扬等人不是放弃五四以来的新文化另建一种新文化，而是自觉地以五四新文学为起点建立新中国的新文学，这种新文学注重挖掘被五四“现代性”立场所隐没的民间立场与传统立场。

表现在文学批评上，当周扬以《文学与生活漫谈》一文显示了苏联文坛日丹诺夫式的文坛霸主意味时，萧军、艾青等人坚决不买账，写文章予以及时回击。① 另外在冯牧与萧梦之间、何其芳与陈企霞之间都有关于诗歌创作问题的争论。

延安诗歌总体上创作成就不高，但理论和实践上的探索很有启发意义。丁玲曾评价《讲话》以后的延安文坛说：

> 戏剧第一，通讯、报告、速写一类的作品次之，长篇小说最落

---

① 周扬此文载于1941年7月17—19日《解放日报》上，文章要求写不出作品的作家要深入生活、深入到老百姓中间，并对暴露黑暗的写作倾向提出了“太阳黑点说”理论。虽然文章也说“自然过去的题材也是可以而且应该写的。……在题材、样式、手法等等上必须容许最广泛的范围。在延安，创作自由的口号应当变成一种实际”。但萧军等五人愤怒其俨然文坛霸主的口气，著文予以回击，但《解放日报》不予发表，毛泽东支持他们发在自己主办的刊物上。所以萧军执笔的《〈文学与生活漫谈〉读后漫谈集录并商榷于周扬同志》发表于8月1日的《文艺月报》上，文章对周扬的文章逐一进行了反驳。

后。至于诗歌，则还在寻求出路之中。①

将此移用于《讲话》之前的延安文学大体上也是成立的，延安的诗歌为了大众化和民族化的目的，确实进行了多种形式的诗体试验：田间等人的街头诗形式、晋察冀诗派的“中国诗歌会”的诗风、“七月诗派”的主情歌唱、柯仲平的讲唱体长诗、何其芳的现代诗《夜歌与白天的歌》、怀安诗会的古体诗试验等。但由于多种原因的相互制衡，这些试验最终都没有展开，影响广大的是《讲话》之后李季以信天游形式所写的、参与民族国家现代化进程建设的、具有强烈意识形态话语特点的长篇民歌体叙事长诗《王贵与李香香》。但从一个更长的时间段来看：李季等人的长诗写作更具有历史的时效性特征；相比而言，《讲话》之前的诗歌试验因为其丰富与多元的形式探索而为后来的历史所纪念。

本书第一章阐释了 1936—1942 年解放区诗坛的外部空间环境和诗人创作、文学刊物出版等情况。1936—1942 年应以 1940 年 1 月 4 日陕甘宁边区文化协会第一次代表大会召开为界，分为前、后两个时间段来考察：因为会上有洛甫的《抗战以来中华民族的新文化运动与今后任务》与毛泽东的《新民主主义的政治与新民主主义的文化》（即《新民主主义论》）的两个报告，它们都具有指示文艺新方向的作用，也引起了最广泛而持久的讨论。尤其是关于新民主主义文艺的性质，第一次给予了一个明确的定位：“民族的、民主的、科学的、大众的”，在“新文化运动中，除抗日的统一战线外，应该有各种各样的广泛的文化统一战线。”1940 年前、后的文学发展也显示了诸多的相异之处：1940 年以前主要是诗歌的大众化、通俗化和民族化的努力，多为社会动员式的诗歌；1940 年以后，由于文学环境的宽松、自由和著名诗人的到来，诗人的创作显示了多方面的艺术成就。

第二章是对这一时期诗坛各种理论讨论进行总体把握，主要是有关诗歌大众化问题的讨论和建立诗歌“民族形式”问题的讨论，这两个问题可

① 赵超构：《延安一月》，上海书店 1992 年 11 月第 1 版，第 121 页。《讲话》之后，延安就开始闹秧歌，《兄妹开荒》、《白毛女》等剧作很快就征服了老百姓。而诗歌则迟至 1946 年 9 月 22—24 日，《解放日报》上发表了李季的民歌体叙事长诗《王贵与李香香》，贯彻《讲话》精神的诗歌才算落到了实处。

以说从左联开始一直贯穿至70年代中后期，仍未得到最终解决。这一时期关于这两个问题讨论的特点是：在文艺服务于抗战的根本原则之下，延安的文艺思想是丰富而复杂的，涉及的文艺现象和文艺理论问题也是多方面的：文艺与人民大众的关系、文艺与现实生活的关系、文艺与政治的关系以及对文学创作的认识、文艺的民族形式，等等，文艺界的领导人也强调思想自由和独立。讨论展开得比较充分：既有争论也富有建构意义。

第三章具体论述当时诗歌大众化的实践成果——街头诗，追溯其发生发展概况，同时对这一诗体形式进行了分析：街头诗有一个从自由诗向民谣写作的转化过程。街头诗写作是诗人们服务于特定历史的实践性产物，是诗歌与现实关系的一种表现方式，时过境迁，这一诗体自然消亡了。

第四章是对著名诗人的个案研究，试图通过剖析何其芳、卞之琳、艾青延安时期诗作，寻求那个时代的诗歌症结性难题。延安诗歌因为有了这些现代派诗人的自由创作，为那个时代诗歌的丰富性、复杂性以及诗歌作为一种艺术难以被政治完全整合的特性等提供了范例。

第一章

解放区诗歌的发生

任何事物都有发生发展的过程，解放区诗歌也不例外。在抗战烽火中诞生的解放区诗歌，有其自身生长环境的规定性：救亡的任务激起了诗人的社会担当意识，为抗战呼喊改变了以往诗歌抒情言志的方式。为社会动员而写作，使诗歌自觉地向大众化、通俗化的方向发展；而“抗战建国”的理想激发了诗人建构新中国、新文化的热情：有关诗歌“民族形式”的理论探讨与具体实践，正是对这种理想精神的回应。由于《讲话》之前解放区文化环境的相对宽松与自由，能够包容诗人们的多样化题材与多种形式试验，出现了大量的诗歌团体、诗歌专刊与纯文学刊物，使延安诗歌达到了繁荣与辉煌。诗人们的主体意识与独立精神在服务抗战与建构新文化的实践中得到强化，同时也使这一时期的诗歌获得了一定程度上的主体性和个人性，这是《讲话》前、后解放区诗歌质的区别。1942 年的《讲话》是延安诗歌发展的转折点，意识形态的强行介入不仅使大量的刊物停刊，更从根本上改变了诗歌的表现对象与言说方式。知识分子作为启蒙者与大众作为被启蒙者、被教育者关系的倒转，使诗人的主体意识失落，诗歌处于失语状态。诗人们在学习和运用大众话语时，逐渐地放弃了带有个人化色彩的知识分子话语。尤其是李季的民歌体叙事长诗的出现，使延安诗歌由繁复多样的探寻走向了定型化、模式化道路，并直接规定和影响了新中国成立以后 30 年的诗歌生成面貌。

解放区诗歌的发轫期历来没有统一的时间界定，以往的研究有的包括苏区时期，有的从红军到达陕北的 1935 年 10 月开始算起，也有的以 1937 年中共中央进驻延安城算起，晚一些的有以“抗战”爆发为新的起点。虽然它们都包括了抗日民主根据地和新中国成立前的各个解放区，但起点不一致也造成了研究对象的范围不同，使研究者难以达成共识。苏区诗歌只是解放区诗歌的资源不是起源[①]，左翼诗歌也是解放区诗歌的资源之一。

“抗战”爆发以后，来自全国各地的进步文化人集聚延安，使延安很快成为战争时期的文化中心，各种各样的文学观念都得以在此会聚、交锋，加以延安所处的农村环境和共产党意识形态的整合力量，当地的民歌民谣又非常丰富，所有这些因素的内在合力最终促使解放区诗歌的生成并塑造了其面貌。当然最终确立以李季的长篇民歌体叙事诗《王贵与李香香》为诗歌正宗，是来自诗歌以外的政权干预作用，这也表明：延安文学无论如何不能摆脱其或浓或淡的意识形态色彩。所以确立其起点就无法用一个宣言、一篇论文或一首诗为标志，而是应以一个政治事件或文化事件为其标志。有人认为，“西安事变”的发生和正确处理是解放区文学的起点。因为

> 一方面它促进了全国抗日统一战线的形成，有力地推动了抗日战争；另一方面。这一事件也迫使国民党政府承认了中国共产党的合法地位，进一步为中国共产党在延安赢得了相对和平、稳定的环境。

---

① 刘增杰认为：“中国解放区文学……是苏区文学和左翼文学的继续和发展，而苏区文学又是它的直接源头，是苏区文学在新的历史条件下的延伸。……苏区文学、左翼文学和解放区文学是一脉相承的。”（刘增杰主编：《中国解放区文学史》，河南大学出版社1988年版，第17页。另参见刘增杰《战火中的缪斯》，河南大学出版社1992年版，第31—32页。）其实，苏区文学只有歌谣、戏剧和小型的通讯报道，严格地说，只是一些粗糙的宣传品，还缺少艺术的精致与象征意蕴。而左翼文学内部在30年代也并非铁板一块，以文学观念论，鲁迅、冯雪烽、胡风比较接近，瞿秋白、茅盾、周扬代表革命文学观，但他们与创造社郭沫若、成仿吾、李初梨等又有区别。左翼文学较复杂，不可一概而论。延安文学发展的辉煌时期发生在《讲话》之前，是左翼、京派和自由作家共同努力的结果，他们共同推进了延安文学逐步走向繁荣。左翼、京派和自由作家曾经创造了中国30年代文学的最高成就，同样也创造了延安文学前期的最高成就。《讲话》以前的延安文学有一种左翼的反抗传统，《讲话》之后被整肃了。但不可否认，延安文学更多地表现了“左联”作家创作的趋同性和单向度的主题与题材，在左联执委会起草的《中国无产阶级文学的新任务》中（《文学导报》第1卷第8期，1931年11月15日）明确规定：“现在必须将那些‘身边琐事’的小资产阶级智识分子式的‘革命的兴奋和幻灭’，‘恋爱与革命的冲突’之类等等完全定型的观念虚伪的题材抛去。”左翼的小说更多地写到农村的破产和农民的觉醒与反抗，延安后期的小说更多地继承了这份遗产。见贺志强、杨立民主编《延安文艺概论》，陕西人民出版社1992年版，第208页。

但更多的研究者是以1936年11月22日成立的“中国文艺协会”为标志的，尤其是毛泽东在成立大会上的演讲词，可以视为延安文学诞生的真正起点。[①] 毛泽东坦率地说：

> ……中国苏维埃成立已很久，已做了许多伟大惊人的事业，但在文艺创作方面，我们干得很少。今天，这个中国文艺协会的成立，这是近十年来苏维埃运动的创举。过去我们是有很多同志爱好文艺，但我们没有组织起来，没有专门计划的研究，进行工农大众的文艺创作，就是说过去我们都是干武的。现在我们不但要武的，我们也要文的了，我们要文武双全。……发扬苏维埃的工农大众文艺，发扬民族革命战争的抗日文艺，这是你们伟大的光荣任务。[②]

中国文艺协会是中国苏维埃政权成立以来的第一个有组织的文艺团体，由丁玲等34位文化界知名人士发起，成立大会上，毛泽东、洛甫、博古、林伯渠、徐特立都到会并讲了话。毛泽东的演讲词一面检讨苏维埃在文化建设上的某种缺憾，一面确立了以工农大众为文艺发展的方向。

1937年以后的延安，虽然来自各地的文艺家们成立了各种各样的文艺团体，但再也没有中国文艺协会这么庞大而完整的成立大会了，可见中国文艺协会被重视的程度和其重要性了。协会成立以后，文学上的个人创作成就不明显，诗歌方面仍然延续了苏区时期的革命歌谣、小调创作，只有丁玲的《七月的延安》和成仿吾的《爱国犯》是文人创作的自由诗。[③]

苏区本来也有新诗创作，在1932年的苏区报刊上已经有新诗发表，只是题材单一，“以反映苏区军民如何粉碎敌人的‘围剿’为其主要内容”。[④] 著名的如瞿秋白的《赤潮曲》、成仿吾的《战斗呵，苏维埃新中国的创造者!》等。而丁玲和成仿吾的新作也是时事题材，自由体形式，并

---

① 袁盛勇：《“党的文学”：后期延安文学观念的核心》，《中国现代文学研究丛刊》2005年第3期。另见江震龙《解放区散文研究》，上海三联书店2005年4月第1版，第4页。

② 《红色中华·红中副刊》第1期，1936年11月30日。

③ 两首诗分别写于1937年7月和6月，发表于《妇女前哨》1937年11月5日创刊号和《解放周刊》1937年第1卷第7期。

④ 江西师范大学苏区文学教研室编著：《江西苏区文学史》，江西人民出版社1984年版，第108页。

未突破苏区新诗的局限。

解放区诗歌发展到1940年，不论其内容还是形式都比以前繁复了许多，诗人队伍也发生了根本性的改变，延安城处于相对和平状态，延安诗歌迎来了自己的发展时期。①

那些从国统区来到延安的现代诗人如何其芳、卞之琳、田间、鲁藜、蔡其矫等，他们的诗歌创作彻底地改写了解放区诗歌对“革命”的直接抒写，他们的那种对个人情思的表现和对诗歌艺术的重视不仅开拓和丰富了解放区新诗的题材领域和表现手法，而且也把解放区的诗歌创作纳入了五四现代新诗全面发展的轨道，从而产生了全国性的影响。尤其是香港《大公报·文艺》、胡风主编的《七月》和茅盾主编的《文艺阵地》发表了大量的解放区诗人诗作，使延安一跃而为全国的文化中心，改变了昔日的文化荒漠形象。这种改变具有划时代意义：把一个在文化上从来没有影响的地区变成文化中心，不仅具有文化上的真正意味，更具有政治宣传不可取代的象征意味。

但是，1940—1942年《讲话》前的这一段延安文学，在解放后的研究中向来很少得以展现，连材料都很难找到，很多杂志都不太全，而且多数是以文物的级别被保存着。即使像重庆出版社1992年出版的大型丛书《中国解放区文学书系》，集录的也多是1942年以后的作品和评论。② 而且研究中对这一段延安文学即使偶有提及，得到的也大多是否定性评价，是作为与《讲话》精神相对照的相反例证而出现的。因为它提供了一些与苏区文学和左翼文学完全不同的现代题材和现代表现策略：尤其是对小资产阶级知识分子题材的关注、对西方文学表现手法的借鉴，都与党所一贯提倡的工农大众文学的观念发生冲突。《讲话》要否定的就是这一段文艺，否定的就是其与五四精神的深度联系和对鲁迅精神的文学性理解。

---

① 贺志强等主编的《延安文艺概论》认为，延安文学有一个发轫、发展和成熟期，分别对应1936—1938、1939—1941、1942—1948的时间段，其评价体系是以《讲话》的工农兵方向为标准。我认为这三个阶段应该称作发生、发展和定型时期，如果以文学的审美本体为标准的话，《讲话》以后，诗歌的主题、题材和表现手法都比较接近。

② 我曾就此问过编选者之一的天津社会科学院的王玉树老师，他的回答是：“《讲话》以前的材料比较难找，所以选进来的不多。”他同时告诉我，据说1947年3月，胡宗南占领延安以后，国民党运走了共产党没有来得及处理的大量材料，所以，台湾关于延安的材料可能比大陆还要全一些。

1943年4月22日，延安发出一份“党务广播”稿，题目是“关于延安对文化人的工作的经验介绍”，原件现存中央档案馆。① 此文总结延安文化人工作，并把延安文艺分成三个阶段：第一阶段从抗战初期到1940年1月4日陕甘宁边区文化协会第一次代表大会召开，毛泽东发表《新民主主义政治与新民主主义文化》为止；第二阶段从1940年初到文艺座谈会前（1942年5月）；第三阶段就是《讲话》以后。广播稿关于第二阶段的论述就回答了召开座谈会的原因：清算文艺界种种自由风的表现与偏向，纠正过去所执行的一系列对待文化人的方针政策。这篇文章说：

> 解放区的政策是吸引文化人来延安参加革命，且强调了文化人的特点，对他们采取自由主义态度。加以当时大后方形势逆转，去前方困难，于是在延安集中了一大批文化人，脱离工作脱离实际。加以国内政治环境的沉闷，物质条件困难的增长，某些文化人对革命认识的模糊观念，内奸破坏分子的暗中作祟，于是延安文化人中暴露出许多严重问题，如对政治与艺术的关系问题，有人想把艺术放在政治上，或者脱离政治。如对作家的立场观点问题，有人以为作家可以不要马列主义立场观点，或者以为有了马列主义立场、观点就会妨碍写作。如对写光明写黑暗问题，有人主张对抗战与革命应“暴露黑暗”，写光明就是公式主义（所谓歌功颂德），还是“杂文时代”（即主张用鲁迅对敌人的杂文来讽刺革命）一类口号也出来了。代表这些偏向的作品在文艺刊物上甚至党报上都盛极一时。……为了清算这些偏向，中央特召开文艺座谈会。②

而这一阶段“对待文化人的方针政策”多由分管宣传工作的洛甫主持，中央发出的关于知识分子的文件，只有一份洛甫起草的充满了对“文化人的特点”的强调。《讲话》之前，为了不影响中央的彻底整风，洛甫

---

① 收录在《延安整风运动》资料卷，中共中央党校出版社1984年版。

② 洛甫的意见在《讲话》以前比毛泽东更有权威性，当时各解放区按照延安解放区方式下发的关于尊重知识分子的文件，有很多就是对洛甫文件的重复，如山东解放区、晋察冀解放区等。邓小平的报告《一二九师文化工作的方针任务及其努力方向》，在论到在政治上建立新民主主义共和国以后说，在文化上建立新民主主义文化。而有关新民主主义文化的定义就是援引洛甫的《抗战以来中华民族的新文化运动与今后任务》一文，而不是毛泽东的《新民主主义论》。

已于1月底去晋绥地区作社会调查了。《讲话》以后，文化上的领导权就由洛甫转到毛泽东了。文化人不仅不能要求自己的特点被尊重，也不能保留自己由文化而带来的自然特点，而是必须在与工农结合时改掉自己的文化特点，改成工农大众的特点，才能继续留在革命队伍中服务。

广播稿“文化人的特点”一语出自1940年10月10日中央发出的、由洛甫起草的《中央宣传部、中央文化工作委员会关于各根据地文化人和文化团体的指示》一文，指示说：

> 须知爱好写作、要求写作，是文化人的特点。他们的作品就是他们对于革命事业的最大贡献。
>
> 估计到文化人生活习惯上的各种特点，特别对于新来的及非党的文化人，应更多地采取同情、诱导、帮助的方式去影响他们进步……①

对“文化人的特点”的强调，本来是针对延安“党内的一部分同志轻视、厌恶、猜疑文化人的落后心理”而说的，现在好像成为文化人脱离实际的口实，洛甫因此要为这一阶段的文艺偏向负责任。

除此之外，周恩来在向重庆的文化界介绍延安文艺运动的发展情况时，其观点与广播稿基本一致。周恩来曾在1945年10月21日重庆的中华全国文艺界协会举行的联欢晚会上说：

> 延安的文艺运动，大约可分三个时期：第一是抗战初期，那时各方面的作家，许多到延安去了，产生了许多反映适合抗战初期的作品；到后来中间一个时期，没有产生什么作品；最近两年多来，又蓬蓬勃勃起来了。原因是这样的：初期因为从各方面来的作家，经历了抗战初期民族抗战的那种热潮，所以有许多作品写出来。中间一个时期，因为作家在延安住了一个时期，延安虽然是一个城市，但性质上还是农村环境，社会生活比较地少。第三个时期，一方面因为经过了一个思想解放运动（即整风），其次是生产运动，后者是物质基础，

---

① 《中央宣传部、中央文化工作委员会关于各抗日根据地文化人与文化团体的指示》（1940年10月10日），《共产党人》1940年第12期。

人民对于文化的要求增高了。①

这段话虽然没有明确的时间概念，但也分成了抗战初期、中间一段和整风以后三个时间段，其中认为中间一段“没有产生什么作品”，原因是作家社会生活比较少，显然是指作家们对抗战的现实和工农大众的生活反映不够，不像前后两段那么明显、集中。与此相应，新中国成立以后的有关诗歌研究也多注意抗战初期与《讲话》之后。

所以，从“中国文艺协会”成立到1942年《讲话》以前，可以以1940年为界分前、后两期：前期以朗诵诗、街头诗等大众性文艺活动为主，后期虽然仍有街头诗和歌谣小调等大众化诗歌写作，但只有专业诗人的创作才显示了延安诗歌的真正实绩。

其中“一九四一年，它是延安文艺活动最活跃的一年……”② 这一年，诞生了许多具有文学影响力、被公认为最具权威性的纯文学期刊，如：《文艺月报》、《草叶》、《谷雨》、《部队文艺》、《诗刊》等，同时诞生了丁玲主编的党报副刊《文艺》，显示了延安文学空前绝后的创作力量和文学发展充盈的生命能量。正是这一段的文学创作提供了与苏区文学、左翼文学不同的声音，使诉诸革命文学的政治解放与民族解放的主流主题一度转向了个性解放，回到了“五四”的文学传统之中，这使延安文学得到了丰富与发展的机会，也使延安文学从此被纳入文化主流，开始为大后方所关注。

抗战初期国统区的诗歌创作，其发展轨迹基本上与解放区相同：1940年前诗人的诗歌多为空疏的叫喊，上海的王统照、巴金等合办的《烽火》诗刊，多为口号诗。除了艾青等少数几个人以外③，几乎找不到一首具有现代新诗质素的诗歌，而1937—1940年正是艾青一生好诗写得最多的时候，他因此而赢得了“民族与时代的大诗人”称号。可以说，当时的整个诗坛，几乎所有的文艺运动和创作都带有不同程度的宣传印记。以当时的文化中心上海为例，在它陷落以后，《高射炮》、《救亡日报》、《时事新

① 周恩来：《延安的文艺运动》，《新华日报》1945年10月22日。

② 雷加：《四十年代初延安文艺活动（一）》，《新文学史料》1981年第2期。

③ 可能还应该加上田间的《给战斗者》、何其芳的《成都，让我把你摇醒》和卞之琳的两首《慰劳信集》。

报》等报刊都发表了大量的通俗文学作品。仅小调和民谣，就有王亚平的《倭奴坟》、宋寒衣的《送郎出征》、朱绛的《保卫大上海》、江农的《东洋兵出征》等；还有赵景深的《八百英雄》、《战浦东》大鼓词等作品。

当时的整个国统区杂志，无论以登载什么为主，都充满了民谣式的诗歌，目的是实现全民的抗战动员，这与五四时期选登民谣以寻求新诗的新形式完全不同。如创刊于1938年初的《战时民众》，由教育部第二社会教育工作团编辑兼发行，其发表的诗作经常是仿民谣小调的诗歌。如第5期发表的太朴所写的仿凤阳歌调的《芦沟桥》：

说芦沟，道芦沟，芦沟本是中国修，自从小鬼来强占，如今整整一年头。

全诗四句，以上七字句为主，首、尾两句押韵，中间两句不押韵，有一种急迫的韵律感，很像民间的快板书。即使是新诗创作，如发表于这一期上的冀民的新诗《永定河上》，在13段口语化的诗句后，最后一段是：

七月七，不要忘，各界同胞齐努力，取得最后胜利齐欢唱。

可见当时仿民谣之风的盛行。

一年以后的《战时民众》，诗人的仿歌谣作品更接近于民歌风格了。如第31期有张济良的《抗战歌谣》：

巴山豆，叶子长。巴心巴肝巴望郎，望郎早把倭寇灭，妹到华北来拜堂。

这首民谣更好地吸收了民歌的比兴手法，有浓厚的民间歌谣韵味，好像不是出于诗人之手，而是民间的传唱。

仿民谣创作的盛极一时，一方面是为了动员民众积极参战，一方面也是为了纠正抗战初期诗歌的标语口号倾向。因为对于诗歌来说，比兴和韵脚比大众口语更具有可读可诵性，所以民歌比那种标语口号诗更受大众欢迎；同时，为了起到诗歌宣传民众的作用，在武汉、桂林等地兴起了朗诵诗热潮，它们与解放区的朗诵诗、街头诗几乎同时发生。

诗歌发展的同步性反映的是全民抗战的同一背景，这是中国政府一致抗战的最好时期。蒋介石在1937年国庆讲话中说："我们要知道这一次抗战是死中求生的一战，必须经过非常的危险和艰苦，才能够得到最后胜利。"这也得到了共产党的承认，毛泽东在《论联合政府》（1945年4月24日，中国共产党第七次全国代表大会上的政治报告）中曾概括说：

> 从1937年7月7日芦沟桥事变，到1938年武汉失守这一个时期内，国民党政府的对日作战是比较努力的。在这个时期内，日本侵略者的大举进攻和全国人民民族义愤的高涨，使得国民党政府的重点还放在反对日本侵略者身上，这样就比较顺利地形成了全国军民抗日战争的高潮，一时出现了生气勃勃的新气象。

看来，战争场景中的为全民动员而写的诗歌具有很大的一致性，它们更倾向于认同民间的歌谣式诗歌形式，因为"宣传要富有效力，就必须求助于最传统的、图式化的甚至是简单化的话语形式"。[①] 只有歌谣式诗歌才最具有宣传鼓动的力量，才能最大限度地起到全民动员的宣传作用。

第一节　解放区诗歌的生成环境

一　战时的供给制生活与战时的文艺政策

解放区诗歌的兴起与整个"解放区"的生存环境紧密相关，本书所要论及的只是延安解放区及其晋察冀等延安周边地区。在整个抗日战争时期，摆在中国共产党面前的任务只有一个：就是赶走日本帝国主义，建立一个民族独立、人民自由、国家富强的现代化民主新国家，这其实是20世纪一代有识之士的共同追求，即被后人概括而成的"现代性"追求。这个追求在抗日的烽火中似乎具有了可实现性：在许多中国人的意识里，抗战给四分五裂的中国带来了希望，如果能把日本帝国主义从中国的国土

---

① ［美］马泰·卡林内斯库：《现代性的五副面孔》，周宪、许钧主编，商务印书馆2004年版，第121页。

上驱逐出去，中国的现代化国家的梦想就可即日成真。因为驱逐了日本人，中国就是中国人的了。因此，支持中国共产党和全国人民努力抗战的精神资源一方面来自全民族亡国灭种的焦虑感，一方面来自有识之士建立新中国的期待感。

在抗战五周年时，中国共产党发布的宣言是：

> 总之，战后中国的新秩序的建立应当依据孙中山先生的三民主义，国民党的抗战建国纲领和中国共产党的施政纲领与社会政策。中国共产党声明：自抗战开始我们就是为着共同抗战并共同建设这样的新中国而奋斗。远在民国二十六年九月二十二日中共中央发表的宣言上，就宣布："（一）孙中山先生的三民主义为中国今日之必需，本党愿为其彻底的实现而奋斗。（二）取消一切推翻国民政权的暴动及赤化运动，停止以暴力没收地主土地的政策。（三）取消现在的苏维埃政府，实现民权政治，以期全国政权之统一。（四）取消红军名义及番号，改编为国民革命军，受国民政府军事委员会之统辖，并待命出动，担任抗日前线之职责。"①

为实现建立一个这样的新中国的目标，中国共产党做出了极大的让步：取消苏维埃政府，接受三民主义；由阶级革命转为民族革命；红军改为国民革命军第十八路集团军，各根据地称新四军；政权上拥护并接受蒋介石南京政府的领导，"以期全国政权之统一"；连编年也由世纪纪年法改为民国纪年法。可以说，是中国共产党竭力达成并维持了抗日民族统一战线。

从1937年1月13日，中共中央机关进驻延安那天起，至1947年3月18日中央主动撤离延安转战陕北止，十年间延安和陕甘宁边区在共产党领导下，建立起了一套与国统区判然有别的高度自治的社会机制：严密而健全的战时计划供给制。

据当时的"文抗"驻会作家方纪回忆：

> 大家待遇都一样，每日无非一斤菜二钱油。每逢开饭时间，"小

① 《中国共产党中央委员会为纪念抗战五周年宣言》，延安《解放日报》1942年7月7日。

鬼”用两个半截煤油桶作饭担挑上山来，一边是香喷喷的金黄色的小米干饭，一边是清水煮白菜。一吹哨子，大家各自从自己窑洞中出来去打饭。

作家们几乎没有什么事情，除了看书、学习马列和听时事报告外，就是专心写作。冬天的晚上，他们常常在炉子上煮红枣，香气能飘到很远很远的地方。[①]

延安作家衣食无忧，虽然清贫却不用为生活烦心，延安的体制为作家提供了基本的生存保障。写过小说《落伍者》的陆地[②]回忆说：

部队对待我们这批知识分子的新干部倍加优厚：鲁艺的专家教员，月生活津贴每位12元，我们部艺教员则得6元，比在鲁艺当研究员的3元多了一倍，而且每月每人另外还有五斤面粉、两斤猪肉的技术津贴；一人独居一孔窑洞，衣服是营级干部的那种浮吊口袋，有别于连级干部；饮食有“小鬼”从山下厨房挑送到山上的窑洞来。生活在当时的同辈可算够优越的了。

在我生活周围的伙伴中，读书、写作已不可能全部寄托于情思。于是，有人养鸡下蛋，有人种植西红柿，多少帮助补充物质供应匮乏的蛋白质和维生素C。[③]

1941年春天，艾青刚到延安时，也在自己窑洞门前开荒种植西红柿等蔬菜，朋友来了，还可以用它们来做下酒菜。与国统区作家的生活相比，解放区作家应该有无比的优越感。尤其是1941年初“皖南事变”以后，重庆作家的生活更是普遍陷入了困境。

---

① 方纪：《新的起点——回顾延安文艺座谈会前后》，《新文学史料》1982年第2期。

② 陆地是部队艺术学校的老师，他刚从鲁艺的文研室出来，因鲁艺调整撤销了这个办公室，他被派到延大学俄语，被“部艺”及时聘任了。部队艺术学校的一切规章都模仿鲁艺。1941年初成立，是一所专门培养部队文艺干部和戏剧人才的学校，它的成立对部队戏剧运动起了很大推动作用，《讲话》之后不久就被取消了。参见贺志强、杨立民主编《延安文艺概论》，陕西人民出版社1992年版，第236页。

③ 陆地：《延安“部艺”生活点滴》，《新文学史料》1995年第2期。

> 洪深一家三口在1941年2月5日，因生活艰难，留下遗书服毒自杀，幸免于难，遗书说："一切都无办法，政治、事业、家庭、食衣住种种，如此艰难，不如且归去，我也管不尽许多了。"①

这个事实比一切宣传都更有力地说明了国统区作家无法生活下去的生存处境。

当然，解放区作家没有生活忧虑，并不意味着他们没有别的忧虑。他们的忧虑和压力来自更内在、更本质的地方：他们可能经常被质疑作家有什么用，文学有什么用，如果不能直接为战争服务的话。所以聪明的丁玲一到解放区就一再要求当红军；抗战一开始，她就带领"西北战地服务团"到前线去从事抗战宣传工作；沙汀作为党员作家来延安一年半就坚决地离开了，以后周扬请他再来，他也没有答应；而到延安才一年又被延安特别尊重的诗人艾青竟然要求"理解作家，尊重作家"，他喋喋不休地说着作家的作用、作品的作用、作家的要求，等等。所以，1944年到延安访问的赵超构说：

> 在延安，形式上的检查制度是没有，替代它的是作者自动的慎重和同伴的批评，……延安有一种批评的空气，时在干涉作家的写作，延安是最缺乏学院气的。②

这里讲的是1942年《讲话》以后的延安，用来指1942年以前延安的大环境也可以，只是程度上有些差别而已。所谓"学院气"的缺乏不仅是指缺少自由发言的空间，更是缺少自由创新、创造的空气，缺少在文学层次上的真正理解和尊重。《讲话》以后大家好像过上了一种标准化的生活，这是一种最扼杀诗意的生活。而《讲话》以前，延安的文化环境还允许萧军、王实味等人发出与体制不同的声音，虽然被冠上延安"四大怪人"的称号，生活上也还比较自在。所以，有研究者认为：

---

① 石曼：《重庆抗战剧坛纪事》，中国戏剧出版社1995版，第62页。

② 赵超构：《延安一月》，上海书店1992年版，第137、151页。

1941年之前可以说是中共与知识分子的甜蜜岁月。①

事实上，在一个抗战高于一切、一切为了抗战的实用主义文化环境中，作家或说知识分子显然不会获得什么重要的位置，他们从五四民主与科学的精神中所获得的独立个性和自由人格受到了前所未有的挑战。毛泽东在1944年3月22日陕甘宁边区文教工作者会议上的讲演《文化工作中的统一战线》中说：

我们的一切工作都是为了打倒日本帝国主义。……我们的工作首先是战争，其次是生产，其次是文化。……我们的任务是联合一切可用的旧知识分子、旧艺人、旧医生，而帮助、感化和改造他们。为了改造，先要团结。只要我们做得恰当，他们是会欢迎我们的帮助的。②

知识分子显然不会打仗、不事农业生产，这些不是他们的专长。而在延安，只有会打仗、会生产才能得到重用和尊重。应该说，因为知识分子只会拿笔，所以在延安才始终是被排挤的对象，他们不能通过自己的具体劳动获得公众的普遍认可，从而获得一种合法身份。中央发出的许多关于知识分子问题的文件都强调指出：

许多军队中的干部，还没有注意到知识分子的重要性，还存着恐惧知识分子甚至排斥知识分子的心理。许多我们办的学校，还不敢放手地大量地招收青年学生。许多地方党部，还不愿意吸收知识分子入党。③

这一现象在各个根据地都一直存在着，“作家”是他们原有的身份符码，在新的环境中只是被沿用而已。《讲话》以后，他们不仅要改称为党

---

① 李书垒：《1942：走向民间》，山东教育出版社1998年版，第174页。

② 毛泽东：《文化工作中的统一战线》，载《延安文艺丛书·文艺理论卷》，湖南文艺出版社1987年10月第1版，第56页。

③ 毛泽东：《大量吸收知识分子》，延安《共产党人》1939年第3期。据说，当时部队传达这一文件时，许多老干部把“没有知识分子的参加，革命的胜利是不可能的”这一句话省略不说。

的文艺工作者，更是一种身份再次下降的表示，他们要赎罪的原因就是因为他们有文化。他们的出路也只有一条，就是努力改造自己，改写自己的小资产阶级知识分子身份，从灵魂上接受无产阶级领导，进而成为无产阶级的被改造好的一员。

延安对知识分子的政策一直是统一的：就是实用主义的使用原则。要改造他们，使他们能够为无产阶级服务，为抗战服务。这是封建社会对待读书人的传统观念：把知识分子看作依附于“皮”上的“毛”，而不是看作现代民主社会中具有独立人格和独立追求的知识阶层。陈毅在海安文化座谈会上说：

> 我们为了完成抗战建国的伟大任务，在抗日高于一切大前提之下而且极愿意与一切抗日文化人文化团体或派别建立抗日的文化统一战线，个人可以保持各自的立场，但并不妨害统一起来联合起来向日寇进攻。只要是能打击日寇的力量，我们都主张联合。……我们只要求在抗日立场上大家一致，至于其它争执可以因追求真理而互相讨论。
>
> 文化工作不是单个文化人的努力，而是整个政治军事工作的一个重要配合部门。……新中国的文化需要创造，因此新中国的新文化人也需要创造。①

在团结知识分子的过程中改造他们，使他们成为“新中国的新文化人”，这是党的文化政策的总方针。

毛泽东在1939年12月1日为中央起草的《大量吸收知识分子》的决定中就阐明了这一政策，他一方面指出，资产阶级和日本帝国主义都在同我们争夺和收买知识分子：

> 在长期的和残酷的民族解放战争中，共产党必须善于吸收知识分子，才能组织伟大的抗战力量，组织千百万农民群众，发展革命的文化运动和发展革命的统一战线。没有知识分子的参加，革命的胜利是不可能的；

① 陈毅：《关于文化运动的意见》，《江淮》1941年第5期。

另一方面他又说，要对

> 愿意抗日的比较忠实的比较能吃苦耐劳的知识分子，都应该多方吸收，加以教育，使他们在战争中在工作中去磨练，使他们为军队、为政府、为群众服务，对于一切多少有用的比较忠实的知识分子，应该分配适当的工作，应该好好地教育他们，带领他们，在长期斗争中逐渐克服他们的弱点，使他们革命化和群众化，使他们同老党员老干部融洽起来，使他们同工农党员融洽起来。①

同时军委也发出了军队吸收知识分子的指示精神，要求各部队及各政治机关

> 彻底纠正一切排斥与拒绝知识分子参加我们军队的倾向。就地尽一切努力吸收知识分子及半知识分子参加我们的军队。
>
> 对已经参加我军的知识分子，要好好地给以教育和率领，善意地纠正其弱点，使知识分子无产阶级化。②

直到《讲话》以后的1942年，总政治部仍然针对部队有关知识分子干部的使用问题发出指示，这是一个更具有总体性、权威性的指示。指示说：

> 军队中对待知识分子的政策有三个方面："容""化""用"。所谓"容"者，就是争取知识分子加入我们的军队，能够容纳他们，使他们成为我们的优秀干部。所谓"化"者，就是转变知识分子的小资产阶级思想意识，使他们革命化，无产阶级化。所谓"用"者，就是正确的分配他们工作，使他们有适当的发展前途。③

---

① 毛泽东：《大量吸收知识分子》，延安《共产党人》1939年第3期。

② 《军委关于吸收知识分子及教育工农干部的指示》（1939年12月6日），载中央档案馆编《中共中央文件选编》（12），中共中央党校出版社1991年版，第213页。

③ 《总政治部关于部队中知识分子干部问题的指示》（1942年9月17日），载中央档案馆编《中共中央文件选编》（13），中共中央党校出版社1991年版，第439页。

在这样一个集体性的害怕、拒绝和排斥知识分子的环境中，生活在农民与拿枪的农民中间，处于战争和农村的包围之中，在党的利用与改造的政策之下，延安知识分子的处境不仅是边缘的，也是尴尬的。因此，他们的反映也是复杂的：有的产生自卑、无用和真诚改造的决心，如何其芳；有的仍然我行我素，如萧军、高长虹；有的要对农民进行新启蒙、对延安的文化环境进行改造，如丁玲、王实味、罗峰等；也有的只是把延安当作一个安静的写作环境，如艾青；更有大多数作家自觉地应和战争，为战争服务，走上抗日战场，如田间、魏巍、钱丹辉等晋察冀诗人，他们以笔为枪，实现了中国士大夫位卑未敢忘忧国的传统美德。

《讲话》之前的这些知识分子之所以能够基本上以自己的方式存在，很大程度上得益于中央关于知识分子的政策。虽然这些政策在一般性的尊重之外，总是要求他们描写战争、参与战争，但却不是强制性的要求。有关“深入生活”、“文章下乡、文章入伍”等口号不仅在延安也在大后方回响着，这些口号只能诉诸文化人个体的自我觉醒程度和投入战争的程度而言，没有强制性政策。

延安知识分子被集体改造的力量不是来自一篇《讲话》的语言魔力，而是来自《讲话》之后一系列的行政手段：学习 22 个整风文件，写出学习笔记，写出自我检讨和改造措施，撤销文抗、鲁艺等文化团体，集中文化人到党校集体受训，小组讨论会以及最后把作家全部下放到农村代职，等等。紧接着《讲话》而来的，是针对外地青年知识分子和学生而进行的“审干”运动，使这些长期浸润在人文关怀情感下的作家魂飞魄散。而当时的延安几乎处于完全封闭状态，国民党胡宗南部队 30 万大军长期把守进出延安的通道，想离开延安是很困难的；延安已经普遍执行的战时供给制生活，使每个人都无法建立起独立自主、保持个人隐私的正常人际关系。正是这些行政审查和无法克服的客观原因，加以中国传统文化对人的精神钳制的力量，使延安知识分子的思想被有效地改造了。

而真正的知识分子从来都不是指那些仅仅从事与文化有关工作的人，而是指：

> 他们是人类的基本价值（如理性、自由、公平等）的维护者。知识分子一方面根据这些基本价值来批判社会上一切不合理的现象，另

一方面则努力推动这些价值的充分实现。①

所以，知识分子除了专业工作以外，必须同时关怀国家、社会以及世界上一切有关公共利害的事情，他们是“社会的良心”，他们要对一切现有的思想、观念和宣传充满怀疑，并且不屈服于任何一个政治或政党的压力。他们的关怀超越于个人以及个人所属的阶级或集团利益，有一种宗教承当的精神。从这个意义上讲，《讲话》以后的延安事实上已经不存在现代意义上的知识分子了。

《讲话》以前的延安文学之所以能够得到发展，正是得益于这种知识分子的整体性存在。而且延安的文化政策在《讲话》之前并不是铁板一块，与毛泽东相比，洛甫在文化领域内有更大的领导权。② 除此之外，党的高级干部与作家之间的友好关系也缓解了作家与环境的尖锐矛盾，使许多作家能够自由地、安心地从事创作。即使那些从事宣传工作的文艺家，也是心甘情愿地选择以国家和民族的事业为自己的事业追求，这种选择很大程度上是出于个人的自觉行为，来自作家内在的道德律令，而不完全出于外在的规范。

二　延安文化人的人际关系

延安文化人主要由苏区与左翼两部分组成，但 1938 年以后，东北作家群作家、创造社作家、京派作家、自由作家和投奔延安追求革命的青年学生都陆续地来到了延安，延安文化人的成分比较复杂起来了，随之而来的是，文化人之间的关系也变得复杂起来了。尤其是其中有些作家在他们来延安以前，彼此就有成见。而左翼作家内部早已是矛盾重重，“两个口

① 余英时：《士与中国文化·自序》，上海人民出版社 1987 年版，第 2 页。

② 延安时期，张闻天关于文化、文艺的文献有：在中国文艺协会上的《洛甫同志讲演略词》（1936 年 11 月 22 日）、在特区“文化救亡协会”成立会上的报告《十年来文化运动的检讨及目前文化运动的任务》（1937 年 11 月 14 日）、在边区救亡协会第一次代表大会上的报告《抗战以来中华民族的新文化运动与今后任务》（1940 年 1 月 5—7 日）、为中共中央起草的《中央关于发展文化运动的指示》（1940 年 9 月 10 日）、为中宣部和中央文委起草的《中央宣传部、中央文化工作委员会关于各抗日根据地文化人与文化团体的指示》（1940 年 10 月 10 日）、为中宣部起草的《中央宣传部关于党的宣传鼓动工作提纲》（1941 年 6 月 20 日）。这些文章都发表于 1942 年以前，是延安《讲话》前的文艺工作的指导性文件。

号”之争更使本来宗派严重的左翼分成了壁垒森严的两派。

《讲话》以前，作家们大多住在延安城内，以写作为生活，他们多数集中于“文抗”和“鲁艺”两个延安最大的文化团体之中。所以，文学家也大体上可以分为以丁玲为首的“文抗”派和以周扬为首的“鲁艺”派，他们的文学观念、作品题材和表现手法都有一定的差别，后人概括为“暴露黑暗”派和“歌颂光明”派。周扬自己也这样认可①，尽管丁玲有些不同意见，但至少“文抗”作家的艺术趣味和鲁艺作家有些区别，这是历史能够证明的。

关于“两个口号”之争的问题，历来在现代文学论争中都是很重要的一笔，论争的意义在于：从作家主体上为左翼文学转入抗战文学做好了准备，宣告了左翼文艺运动的终结和抗战文艺运动的兴起。② 争论中只是显示了严重的意气之争和宗派情绪，基本上没有很深刻的思想分歧。夏志清说：

> （抗日）战争爆发前一年，“国防文学”的口号已引起一场论争。这是共产党创造的口号，藉此推行它的统一战线政策，以拉拢写作界的爱国分子到它的阵营，不过，即使没有这些宣传，很多作家也会相继声援抗战，歌颂战争英雄，以振奋人心。③

这说明，“国防文学”的口号是“左联”有意的政策引导，属于党的意识形态对文学的参与和指导性行为。但鲁迅认为这一口号有些片面，后来提出了“民族革命战争的大众文学”的口号，接着就发生了论争，从而引起了很多不愉快的人际纠纷，一直到延安才最终以行政的方式——党的领导人参与的方式得以解决。

其实，这是“中国文艺协会”做得最重要的一件事，也表明了延安文学的开端就与党的意识形态之间有纠缠不清的关系。在它成立半年以后，即1937年5月间，曾专门就上海左翼文艺运动引起的两个口号论争

---

① 周扬：《与赵浩生笑谈历史》，《新文学史料》1979年。

② 孙进增：《左翼文学向抗战文学的历史转换》，《抗战文艺研究》1988年第2期。

③ 夏志清：《现代中国文学感时忧国的精神》，载叶维廉主编《中国现代文学批评选集》，台湾联经出版事业公司民国六十五年版，第215页。

问题召开过两次会员座谈会。丁玲任主席，由从上海来的李殷森（朱正明）会前阅读资料，会议上作了关于联合战线下的文艺运动的报告。他在1937年秋天回到上海后写的《陕北文艺运动的建立》中，说其报告的内容为：第一部分是联合战线论；第二部分检讨这两个口号的论争；最后是联合战线下文艺运动的目标和任务。文章记录了他当时的观点：

> 显然的“国防文学”这个口号是更适合于进行和建立战线的，“民族革命战争的大众文学”的这个口号是太狭窄了。即以它的名字一项而论，标榜“大众文学”，那么非大众的分子就已经都被关在门外，丢到联合战线之外去了。民族统一战线不仅是要“大众”的联合，而且是要联合非“大众”的资产阶级、地主以至甚至军阀等等。如果政治上的联合战线或整个的联合战线的阵营是这样的广泛，而文艺界的联合战线却是如此的狭窄，那么这个联合战线是不可能成立的。所以“民族革命战争的大众文学”的这一口号在目前确是不适合的。①

中央局宣传部长吴亮平作了结论：

> ……对于“国防文学”和“民族革命战争的大众文学”这两个口号的论争，我们同毛主席与洛甫、博古等也作过一番讨论，认为在当前，“国防文学”这个口号是更适合的。“民族革命战争的大众文学”这个口号，作为一种前进的文艺集团的标帜是可以的，但用它来作为组织全国文艺界的联合战线的口号，在性质上是太狭窄了。②

文章最后谈到座谈会上“吴奚如和白丁两人是赞成‘民族革命战争的大众文学’这口号的，因为它的革命性质比较明显”。③ 就是说，虽然座谈会已经有了最后的结论，也仍然存在着不同意见。

徐懋庸是两个口号之争问题上的重要人物，1938年去延安后，他写

① 艾克恩编撰：《延安文艺运动纪盛》，文化艺术出版社1987年版，第18—19页。

② 同上书，第18页。

③ 同上书，第19页。

信给毛主席，请求接见，要谈一下上海“两个口号”问题的论争。毛主席派秘书和培元、华民约他凤凰山麓谈话，总体上是说，周扬来延安后，我们对这个问题已基本上有所了解。而且认为这次讨论的性质，是革命阵营内部的争论，不是革命与反革命之间的争论。[①] 直到1938年9月5日，《新中华报》辟出“鲁艺特刊”，沙可夫写了《抗战文艺杂谈二则》一文，仍然在谈这个问题。文章说：

> “国防文学”和“民族革命战争的大众文学”热烈的争论都无非是为了“正名”。为什么现在我们要用“抗战文艺”之名呢？我们中华民族已到了生死存亡关头，除汉奸亲日分子外，不分阶级、阶层、党派、男女、老幼，都一致奋起，精诚团结，巩固以国共两党合作为基础的抗日民族统一战线，坚持抗战到底，争取最后胜利。现阶段中国文艺也应该服从抗战。于是“抗战文艺”之名就应运而生了。但有些人死抱住“国防文学”或“民族革命战争的大众文学”之名，不肯放手，大有非此不能“名正”之势，那么，现在再来“名正”，似乎是必要的了。显然，“国防”与“民族革命战争”之名太笼统，太一般化了。已经不适合用来说明现阶段的中国文艺的性质与任务了。就现阶段来说，“抗战文艺”才是“名正”。

沙可夫是苏区文学的老作家，他对这个问题发言显然是有所指的，他要作家们抛弃当时两个口号论争的孰是孰非问题，关注当前的抗战现实，用现实代替对历史的既往不咎。这是一种高屋建瓴的见解，至此之后，这个问题就没有再出现过。沙可夫当时是鲁艺的代理院长，他有可能是针对文艺界存在的某些宗派主义倾向而发言的，他希望能彻底地清理历史，用新的名称来统一文艺界新的团结。

李初梨在《十年来新文化运动的检讨》中认为，大革命失败后到抗战以前的十年来革命文艺界，主要问题都存在着宗派主义、关门主义或教条主义的倾向；而抗战发生以后，由于上海、北平两个文化中心的相继失去，文化工作陷入了纷乱与停顿状态，自由主义成为严重的危险。所以目前的文化工作就是既要肃清宗派主义、关门主义，又要与投降主义、自由

① 艾克恩编撰：《延安文艺运动纪盛》，文化艺术出版社1987年版，第72页。

主义作斗争。① 这当然是就全国的革命文艺而言。延安在抗战以后，逐渐吸引了全国的文化工作者，在延安成为文化中心以后，也一直存在着宗派主义、自由主义等问题。

一个明显的例证就是周扬与“左联”作家的关系问题。本来在上海时期，他因与鲁迅的关系不睦，得罪了一些人，后来又与丁玲和胡风交恶。而与何其芳等人，虽然长期在鲁艺共事，关系也很平常。“左联”老作家吴奚如，在上海文化界发生“两个口号”之争时，曾站在鲁迅、胡风一边，为“民族革命战争的大众文学”讲话；在延安，曾经与丁玲一起组织“西北战地服务团”上前线进行抗战宣传工作。在《讲话》前夕，他对从未谋面的后生陆地说：

> 周扬在鲁艺都叫你们躲进象牙之塔，专攻什么世界名著。可就是他周起应（周扬）在上海左联时候，却拿走上街头冒险去搞飞行集会、贴标语、喊口号来考验个人的党性。把鲁迅、茅盾等等都给吓跑了。现在呢，从一个极端走到另一极端，让你们脱离抗战现实，关起门来提高。不左即右。②

在抨击了周扬之后，他肯定了陆地的小说《落伍者》，吴奚如说：

> 可周扬他作为党的文艺界的领导，却对它说三道四，甚至把它选作有争议的几篇作品之一，拿到文艺座谈会上去讨论，好在朱老总说了公道话：认为‘青年文化人肯写我们部队，单这一点就值得欢迎。文章写得不够全面不要紧，以后继续深入连队生活就会克服片面性的’。可见大人大量，高瞻远瞩，拿与人为善的胸怀，爱护人才，不同一些或右或左的机会主义者那样小肚鸡肠。③

吴奚如真是口无遮拦，这种做法一方面说明他个性真率，有意见随时就要说出来；一方面也说明了当时延安的文化环境还是比较民主的，不必

---

① 李初梨：《十年来新文化运动的检讨》，《解放》1937 年第 1 卷第 24 期。

② 陆地：《延安“部艺”生活点滴》，《新文学史料》1995 年第 2 期。

③ 同上。

担心说出来以后有什么不良后果。但小说《落伍者》还是遭到了“周扬手下理论班子的……发难”。陆地不服气：

> 好在当时即令在党报上也还允许学术问题的批评与反批评的自由。……立即写篇《关于〈落伍者〉》的答辩文章，投去《解放日报》文艺栏，给主编舒群，……①

文章发表以后，有一次散步遇见周扬，周扬让他有空去“我那里谈谈”。但陆地没有去，因为现在不在鲁艺，不受他领导，为什么要听他召唤？但陆地却真实地感到了一种“左”的空气，于是及时地把自己在鲁艺写的长篇《寻》的初稿投进了火炉。②

在大量回忆延安生活的文章中，很少有像陆地这样写延安，因为大部分有关延安的回忆文章都充满了激情和快乐的情绪。当然什么样的文章都有可能是真实的，都是个人的真实体验，因为每个人遇到的生活都可能有其特殊性，对生活的评价也有不同的观点。但一种相反的感觉或评论更应当受到重视，因为它表达了不同的声音。

陆地所谈的正好是1941年至《讲话》前后的事情，他作为一个普通的年轻知识分子，对当时的风云变幻全然不知：《解放日报》文艺栏主编已由丁玲改为舒群，延安正在召开文艺座谈会，政治部要他们写通俗小故事供前方战士阅读，但不准写对立和矛盾。陆地对此评价说：“这，明明白白是画地为牢，缚住了创作想象力的翅膀。”③ 一个普通作家出于职业的责任感和尊严，表达了对文艺政策的不满。

我之所以选择这一篇文章来看延安的文人关系，是因为陆地真实地写出了那时发生的事情和个人的真实心理，他不是在学习了《讲话》之后紧跟主流的表态。事实上，只有周扬的《与赵浩生笑谈历史》（《新文学史料》1979年第1期）与陆地此文具有比较真实的个人历史感，从中可以看到历史的烟云变幻。它不同于那些痛定思痛、人云亦云的官样文章，他没有言不由衷地叙说个人认识《讲话》伟大和自己渺小的过程，而是

---

① 陆地：《延安“部艺”生活点滴》，《新文学史料》1995年第2期。

② 同上。

③ 同上。

表达了作为作家真实自我的困惑与不解。

周扬的另一件事就是与萧军、白朗等就有关文艺问题进行的论争。

《讲话》之前的周扬有两种野心：既想在文学上有所成就，也想在政治上有所作为。所以，他要把作家组织起来为抗战服务，要求他们上前线体验生活，如果能在中国拥有苏联作家日丹诺夫那样的文坛霸主地位，全面掌控文坛和作家的话，这两种野心就能同时实现。

周扬在1979年回答美籍华裔记者赵浩生有关问题时，回忆了讨论的背景。他认为当时延安文艺界存在着两派，就是以“鲁艺”为代表的歌颂光明派和以“文抗”为代表的暴露黑暗派。周扬自己说他主张歌颂光明，并为回答暴露黑暗派而写了一篇文章：“我说，请你们不要在根据地找缺点，因为太阳中间也有黑点……那是在整风以前，我的思想也没有改造，……后来就是因为我写了这篇文章，延安有五个作家联名写了一篇文章反对我。有萧军、艾青，还有白朗、舒群。”（另一作家为罗峰——笔者）周扬的文章对作家指手画脚的态度和“我才是真理的代理人”的口气激怒了萧军等“文抗”作家。周扬在文中探讨了文学与生活的关系，他说：

> 一个作家在精神上与周围环境发生了矛盾，是可能有各种决然相反的原因的。一种是周围生活本身是压迫人、窒息人的，是一片黑暗，作家怀抱着对于光明的热望不能和那环境两立，他拼命反对它。另一种是他处身在自己所追求的生活中了，他看到了光明，然而太阳中也有黑点，新的生活不是没有缺陷，有时甚至很多；但它到底是在前进，飞快地前进。作家走着他特有的艺术知识分子的步伐，和那生活的步调就不一定合得很齐。①

因此，他认为作家

> 必须参加一点实际工作，而要这样做，你就得不怕麻烦。写钢板，来；做发行，也来；不论是教部队中的小鬼，或在乡政府上跑腿都好。安于工作，热心地活动，不妄想在这里求得创作的环境和时

---

① 周扬：《文学与生活漫谈》，《解放日报》1941年6月17—19日。

> 间。和周围的人们打成一片，向他们学习，请教他们。不怨他们不理解自己，倒是自己必须要理解他们。
>
> 我是主张创作多体验实际生活的，不论是去前线，或去农村都好。①

周扬这种指手画脚、高高在上的态度激怒了萧军、白朗等人，据说萧军曾为《解放日报》不予刊登他们争论的文章而找过毛主席，毛主席建议他发表在自己主编的杂志上。文中对“太阳中的黑点”回答说：

> 凡是到这新社会来的人，他们主要是追求光明、创造光明，另一方面对于“黑点”也不会全没想到，而且也决没有因了这黑点对光明起了动摇，不忍耐地工作，不忍耐地等待着……但若说人一定得承认黑点“合理化”，不加憎恶，不加指责，甚至容忍和歌唱，这是没有道理的事。除非他本人是一个在光明里面特别爱好黑点和追求黑点的人……

他们认为，周扬要求作家深入生活是对的，那么文艺理论家要不要深入生活呢？

> 比方我们不独主张创作家多体验生活，去前线，去农村，……对于文艺理论家，批评家，……我们是也主张这样做的。从大的方面说，理论与批评也就是一种创作，它也许比一个创作家应该知道得更广更多更深些。②

他们争论的问题是有价值的，关于歌颂与暴露的问题和关于作家深入生活、深入抗战前线的问题，是贯穿整个解放区文学的两个带根本性质的问题，这个问题直到《讲话》之后才以行政的手段一劳永逸地予以解决了。

---

① 周扬：《文学与生活漫谈》，《解放日报》1941年6月17—19日。

② 萧军等：《〈文学与生活漫谈〉读后漫谈集录并商榷于周扬同志》，延安《文艺月报》第8期。

其实这是当时延安作家面临的困境，很多文艺工作者都意识到了这一问题。诗人鲁藜说：

……因为惟有深入斗争的实践才能更有效地发挥文艺的功能。一个伟大作家的产生是联结于他的时代，联结于他在这时代的革命的实践的；革命的实践是一切艺术生命的源泉。我们反对躲在后方“闭门”创造浪费纸张的“作品”。[①]

应该说，周扬敏感地意识到并提出了这个问题，同时也提出了解决问题的方法，这是一个值得进行深入讨论的问题。但他提出问题的方法和口气却引起了萧军等作家不满，从而引起争论。其中部分原因应归于这些“左联”作家在上海时就有偏见，就存在着一定程度上的意气用事和宗派情绪。但也说明《讲话》之前的延安，文艺家可以自由发表对文艺问题的看法，而且这些问题也都发生在文艺家之间，没有上升为政治问题或立场问题。

自古以来，中国文化就有文人相轻的传统，他们之间的关系向来是不容易处好的，延安也不例外。当时艾青去延安时，几乎不与作家往来，他对只一墙之隔的萧军就有意见，关系冷淡。平时除了写作，只与江丰、古元等几个画家来往多一些。[②] 而萧军向来是我行我素，天马行空，好像只买毛泽东等几个人的账。[③] 萧军对处理王实味问题有意见，他可以在纪念鲁迅逝世六周年的大会上仗义执言，写什么备忘录，当众宣读，还要舌战群儒。受了委屈甚至可以一下子放弃一切，到乡下去当一个自由自在的农

① 鲁藜：《目前的文艺工作者》，《文艺突击》民国廿八年第4期。

② 程光炜：《艾青传》，北京十月文艺出版社1999年版，第337页。

③ 毛泽东于1941年8月2日写信给萧军说：“……我因过去与你少接触，缺乏了解，有些意见想同你说，又怕交浅言深，无益于你，反引起隔阂，故没有即说。延安有无数的坏现象，你对我说的，都值得注意，都应改正。但我劝你同时注意自己方面的某些毛病，不要绝对地看问题，要有耐心，要注意调理人我关系，要故意地强制地省察自己的弱点，方有出路，方能‘安心立命’。否则天天不安心，痛苦甚大。你是极坦白豪爽的人，我觉得我同你谈得来，故提议如上。如得你同意，愿同你再谈一回。”（《毛泽东文集》（二），人民文学出版社1993年版，第364页。）

民。[①] 好像一个延安文艺座谈会，萧军和高长虹没有受到任何冲击和教育。看起来很奇怪，其实是1942年以前延安文化空气比较自由的结果。当然，解放战争时期，萧军去东北解放区办《文化报》，还想延续“鲁迅风”杂文，很快就遭遇到了与王实味同样的处理方式。虽然没有危及生命，但写作生涯却被强制性地结束了。高长虹在新中国成立以后，长期被冷落，也算补上了延安时未被改造的一课。

但《讲话》之前，延安的文人关系还是松散自如的，虽然彼此之间有派系和观点的交锋，却都能够按照自己的心情交友与生活。而且很多文人都与党的领导人有直接交往的经验，这些经验成为他们以后坚持文艺为政治服务、改造自己灵魂的情感因素。

例如，丁玲与毛泽东的友谊历来都是文坛佳话。丁玲初到延安时，与毛主席交往很多，说话也很随意。毛泽东曾单独给丁玲写过一首欢迎词，词名为《临江仙》[②]，丁玲在陇东前线时，毛主席用电报发来了这首词，回去以后丁玲请毛主席把它写在宣纸上。还有一次，丁玲、徐梦秋和周小舟三个人正在一起为徐老六十寿辰凑句子，毛主席来了，看到他们在作诗，高兴得大笑起来，并对他们的诗进行了及时评价。[③]后来，在1942年4月初的高级干部学习会上，大家都批评了《野百合花》和《三八节有感》。毛主席最后总结说：

> 《三八节有感》同《野百合花》不一样。《三八节有感》虽然有批评，但还有建议。丁玲同王实味也不同，丁玲是同志，王实味是托派。[④]

---

① 王德芬：《萧军在延安》，《新文学史料》1987年第4期。萧军因东北《文化报》事件而长期处于体制之外，没有保护，只有批判。高长虹的精神因被压抑，近于疯狂。

② 《临江仙》：壁上红旗飘落照/西风漫卷孤城/保安人物一时新/洞中开宴会/招待出牢人//纤笔一支谁与似/三千毛瑟精兵/阵图开向陇山东/昨天文小姐/今日武将军。丁玲把毛主席的这张手迹寄到重庆的胡风那里，请他代为保管。胡风看出是毛主席的字，保管得十分用心。这张手迹在胡风手里保管了近40年，经历了各种各样的灾难，80年代以后才完好地回到了丁玲的手里。

③ 1937年1月30日，中国文艺协会祝贺徐特立六十大寿的诗：苏区有一怪，其名曰徐老。衣服自己缝，马儿跟着跑。故事满肚皮，见人说不了。万里记长征，目录已编好。沙盘教学生，AEUIQ。文艺讲大众，现身说明了。教育求普及，到处开学校。绿水与青山，徐老永不老。

④ 丁玲：《延安文艺座谈会的前前后后》，《新文学史料》1982年第2期。

这是毛主席有意保丁玲的话，使丁玲没齿不忘。

另外，萧军也有很多与毛主席等领导人交往而广为人知的故事。还是在延安文艺座谈会前，为了给作家俱乐部筹集基金，萧军当时向许多领导同志进行过募捐活动。刘增杰、王文金曾写道：

> 毛主席的生活当时也不宽裕，津贴不多，他分三次交给了我一千元。我找朱总司令要钱，总司令笑着说："没有钱了！钱让战士们拿去驮盐了，等他们回来后才能捐给你。"萧军同志风趣地打着手势，又回忆说："当时，边区政府主席林伯渠还算有点钱，他很痛快，一次就给了我们三千元。"这个小小的故事生动地告诉我们：在非常艰苦的环境下，党的领导同志对文艺事业的发展是异常关怀的，他们和作家之间存在着一种亲密无间的同志关系。①

在延安文艺座谈会召开以前，毛泽东做过大量的民主调查工作。他曾几次找到萧军、艾青、欧阳山、刘白羽等作家谈文艺问题，并让他们代为收集反面意见；同时也找周扬、何其芳、刘白羽等谈文艺的"写光明"与"暴露黑暗"等问题。毛主席这种"礼贤下士"的民主作风使这些老作家在四五十年以后，历经了政治生活的磨折却仍然心怀感激。

延安作家与党的领导人关系的分界是1942年《讲话》以后和接下来的"审干"运动。无休无止的学习和检讨，自我反省，使作家们终于知道了自己的身份和地位，曾经的那种启蒙大众的热情变成了向大众赎罪的心理，个人的情趣和爱好变成了"非法"，成为被批判的、需要被改造的"小资产阶级知识分子"的情趣。甚至作家之间的友好交往都是需要检讨的，因为这种交往排斥了与农民的交往。当时延安的知识分子，以"文抗"和鲁艺为两个最重要的文化山头，它们各有自己的作家、刊物，也有各自不同的文学主张和文学观点，好像成为两个不同的文学派别。但在交友方式和生活方式上却有很多相同的地方，鲁艺的周立波说：

> 整风以前，我到了延安，在鲁艺教课。这所艺术学院的院址是在离城十里的桥儿沟，那里是乡下。教员的宿舍，出窑洞不远，就有农

① 刘增杰、王文金：《有关〈谷雨〉的一些材料》，《新文学史料》1982年第2期。

民的场院。我们和农民，可以说是比邻而居，喝的是同一井里的泉水，住的是同一格式的窑洞，但我们都“老死不相往来”。整整四年之久，我没有到农民的窑洞里去过一回。

他还说这样的文化人

在当时的延安，不单鲁艺有好多，别的文艺团体里，也不在少数。

严文井说：

我的朋友是何其芳、周立波、陈荒煤，何其芳的朋友是我、周立波、陈荒煤，周立波的朋友又是何其芳、陈荒煤和我。这是什么意思？这是说除了我们几个搞文学的知识分子在很小的一个圈子里面彼此来往来往以外，我们没有别的朋友。没有农民的朋友。当然，更没有同工人、同兵士交朋友。①

这种文人之间的交往其实是中国传统文化的一部分，但在新的语境下，也是不合理的了。在《讲话》之前，作家不仅交往自由，在中央有关知识分子的文化政策上也被充分地尊重着，与领导人的关系也比较融洽，虽然不是都能以诗唱和与随意闲谈，至少是友好与平等的。

当然，这些并不特别说明延安作家之间的关系怎样不友好或怎样友好，在一个民主自由的社会中，文人之间互相讨论、互有争论是完全正常的，不论是争论学术问题还是彼此之间有成见，都是思想自由、言论开放的结果。而“诗人之间、社团之间，没有门户之见，相互关怀，相互支持，坦率磋商诗艺”② 若是指作家们在抗战文学目标上的一致性，是可以的；若是指延安全体作家之间的人际关系，则无疑是过分理想化的说法。

三 战时延安的文化语境

1936—1942年，延安文化的总体特征是一种政治型、实用型的文化，

① 艾克恩：《延安文艺运动纪实》，《新文学史料》1992年第3期。

② 龙泉明：《中国新诗流变论》（修订版），人民文学出版社2003年11月第三次印刷，第470页。

其总体目标是实现抗日民主统一战线领导下的“抗战建国”政治纲领，建立一个独立、自由与平等、民主的现代中国。延安作家对这一乌托邦之梦的孜孜以求，有其深刻的历史原因：它不仅与近代以来中国深重的民族屈辱有关，更与中国几千年来“文以载道”的儒家文化有关。20 世纪的中国知识分子为此目标的实现，曾经放弃了一切个人所有，包括头颅：从戊戌变法到五四运动，一代学人纷纷走上以启蒙图生存的救亡之路。所以，李泽厚概括中国现代思想为“启蒙与救亡的双重变奏”。

“启蒙与救亡”的双重任务在《讲话》以前的延安是有所侧重的，在救亡的呼声中，知识分子一直有着“新启蒙”的努力，他们没有放弃对民族劣根性的反思，更没有放弃对延安现存社会问题的批判，同时他们也反思自己在民族灾难面前的角色问题；但《讲话》以后，“启蒙”的任务失落了，因为“启蒙者”变成了被改造者。

《讲话》以前的延安，是知识分子自觉地以抗战为个人使命的时期，文艺发展也基本上处于自发期。尽管有党的领导人有关文化问题的各种讲话、各种文化政策的指示和各种官方的文化团体组织，文化人仍然有自由的个人言说空间，他们在题材的选择和表现手法的运用上，也有着充分的个人自我天地。延安的朗诵诗或街头诗等文艺活动的发生，与国统区武汉等地一样，是诗人自发自觉地寻求与政治运动结合的产物，不是出于党的意识形态行为。

艾思奇曾总结说：“17 个月来的文艺活动的各方面的成果，都是自然发生性质的东西。”① “17 个月”是指 1937 年 7 月（抗战爆发）至 1938 年底（广州、武汉等大城市陷落），这段时间一般被认为是抗战的第一个时期，此后就是漫长的持久战时期。其实，从 1941 年底“珍珠港事件”开始，中国的抗日战争就不是中国人自己的事情了，而是汇入了世界人民反法西斯的运动之中了。1939 年仍然是自发时期，1940 年至《讲话》以前，虽然共产党有意识地加强了对文艺的思想指导和行政领导，但由于处在与蒋介石政府争夺知识分子时期，延安有关文艺政策和知识分子政策都是友好和宽大的，如知识分子来延安，进出自由，陈学昭就三进三出延安城，卞之琳、沙汀、光未然都来过延安，一段时间以后又离开了。正因为这种相对宽松的文艺政策，才使延安的文艺得到了充分发展的机会，各种

① 艾思奇：《抗战文艺的动向》，延安《文艺战线》1939 年 2 月 16 日创刊号。

文艺观点、各种表现方法都有各自发展的空间，文艺家们可以发表各自不同的意见，可以自由创作和讨论，才使延安文学出现了真正繁荣的时期。

战时延安文化有三个特点：一是知识分子自觉地为抗战服务的决心，文艺家要尽力促成抗日民族统一战线之下的文化工作统一战线，不论是对旧形式的利用还是对文艺“民族形式”的构想，都以文艺如何能更好地为“抗战建国”服务为目标；二是延安文化强烈的亲苏倾向，对高尔基、马雅可夫斯基文学的介绍与褒扬充满了延安的党报党刊与文艺报刊；三是党的领导人和文艺家对鲁迅的普遍尊崇与学习。

（一）文艺为“抗战建国”服务是文艺家的共识

抗战改变了每一个中国人的生活，使每一个作家都或多或少地卷入了抗战的现实之中。因此，全民抗战是那一个时代的主潮，为抗战服务也是那一个时代的主旋律。茅盾在抗战一年回忆文艺界情况时认为，文艺所应表现的战时社会生活的核心

> 就是——我们民族的力量怎样像百川朝海似地从各自不同的“源”与“流”而汇合到当前的大事业：抗战建国。这是我们现在应该写的东西，非写不可的东西。而且应该以这为圆心，去摄纳我们这时代的森罗万象。①

茅盾所说的是全国抗战初期文艺的主导方向，也是延安前期文艺的特点。艾思奇也说：

> 有谁能够否认，目前中国的文艺，已经和抗战紧密地联系在一起，文艺作者的生活，更是和抗战的发展前途分不开了呢？②

综观解放区的文艺作品，这也是不可否认的事实。陕甘宁边区文化界救亡协会发出宣言说：

> 中国文化的存亡是取决于民族的存亡的；如果中国民族灭亡，那

① 茅盾：《八月的感想——抗战文艺一年的回顾》，《文艺阵地》1938年第1卷第9期。

② 艾思奇：《抗战文艺的动向》，延安《文艺战线》1939年2月16日创刊号。

就将是中国文化的灭亡。而这点正是需要我们全国文化界人士来深刻认识的。全国文化界人士正需要从这个认识来决定自己在这大时代中的使命的。这个使命就是：文化界人士需要把自己文化的工作和抗战的工作深相结合起来，而且要一切文化的工作服务于抗战，服从于抗战。①

延安文化人就这样与现实的政治发生了不可分割的关系，一方面他们有着儒家文化“经世致用”的精神，一方面他们继承了五四新文化运动中激进的文化传统。因此，在边区新文化运动中，艺术家们能够认识到：在这样一个特殊的历史时期，必须一切服从与服务于民族的抗战，一切以“抗战建国”为目标。所以，在文学表现上，有直接将文学的发展与党的政治任务、宣传鼓动工作联系起来的倾向，那些短小精悍的活报剧、街头诗、通讯、特写等文艺形式都是对抗战政治的文学应对。当然，作家们一边写着抗战文学，一边也认识到了文学的特殊功能。一篇署名“振”的文章说：

……我们的文艺，已亲切地与政治联系起来。……现在，文艺工作者的基本任务之一，在于反映转变与发展中的政治号召。创作者，要执行这任务，理论者及批评者要推动这任务的实现及完成。

要求文艺藉其特殊艺术功能，实切，机敏而具体地随时为政治服务。席勒式的留声机文艺，不应被给以高度评价的。

文艺工作者的心也是无边的，他愈爱政治，愈深入政治，他愈丰富，愈充实。②

文章在论述政治与艺术的关系中，一方面强调文艺为政治服务，一方面强调文艺应以自身的特殊性为政治服务。这个观点最符合毛泽东对文艺的基本要求，所以，三年后《讲话》的产生是有一定思想基础的。

(二) 文艺界的“亲苏”倾向

中国现代文学从五四新文化运动开始，就汲取着域外文学的丰富营

① 陕甘宁边区文化界救亡协会：《我们关于目前文化运动的意见》，《解放》1938 年第 39 期。

② 《政治号召与文艺》，《文艺突击》(新) 民国廿八年第 1 卷第 1 期，总第 5 期。

养。尤其是苏联的十月革命，对中国进步知识界影响很大，李大钊当时就有《庶民的胜利》、《布尔什维克主义的胜利》等文章介绍苏俄革命的成功，所以，激进的革命文学本身就是五四文学的重要一翼。而且，中国共产党从建党伊始，其方针、政策就倾向于苏联，在政治上也受到第三国际强有力的领导。所以，当“抗战”爆发，大批知识分子和青年学生奔赴延安以后，中国共产党的文化有了进一步发展的可能，其仿苏模式就可以表现在文化上的各个方面：文化、文学上明确的政治色彩和党派倾向；领袖者讲话对文学的指导性作用；文艺界论争的结论往往由政治干预得出；对文学组织形式的行政领导；对苏联文学创作方法亦步亦趋的模仿，等等。这种仿苏模式在《讲话》完成了对知识分子意识形态的整合之后，更显示了无所不在的强大精神力量。

翻阅当年的报刊，很容易发现很多对苏联文学的介绍和翻译文章，萧三、周扬、欧阳山等都写有这方面的理论文章，曹葆华、李又然、萧三等翻译了很多苏联的文学理论和文学作品。萧三是当年留苏作家，他写了很多宣传高尔基和苏联文学的文章，如《伟大的爱 神圣的恨》（为纪念高尔基去世五周年而作）①、《高尔基底社会主义的美学观》②、《抗战中苏联文艺动态一瞥》③、《关于高尔基》④ 等文章。萧三怀着一种自觉的政治信仰和精神皈依的情怀，把高尔基写成了一个具有明显意识形态倾向的作家。这种过分注重作家的政治作用而轻视其文学价值的做法，是延安文学理论批评最重要的一个方面，而且越到后来，这种倾向就越严重。

其实，对中国文化界来说，崇苏情结并非从延安开始，而是从苏联十月革命的消息传到中国就开始了，五四运动对此更是一个推进作用。对半封建半殖民地的中国而言，苏联作为一个新生的社会主义国家，和欧美、日本等国家一样，是作为解决中国现代化民主国家的参照而出现的。当时的重庆就办有《中苏文化》的杂志，而且全国报刊也都不断地登有苏联作家的作品和理论文章。如京派文艺阵地《大公报》“文艺”栏中，仅1941 年下半年就有三篇有关苏联的作品：9 月 8 日有戈宝权的纪念文章

---

① 《解放日报》1941 年 6 月 18—19 日。

② 《中国文化》创刊号（1940 年 2 月 15 日）与《中国文化》第 1 卷第 2 期（1940 年 4 月 15 日）连载。

③ 延安《谷雨》1942 年第 1 卷第 4 期。

④ 延安《谷雨》1942 年第 1 卷第 6 期。

《诗人莱蒙托夫百年祭》和一组《莱蒙托夫诗选》；10 月 8 日有范纪曼译的顿河流域哥萨克人的新歌曲《在新契尔喀斯基草原上》；12 月 10 日，有曹葆华翻译的高尔基小说《亚里克金》。与解放区相比，国统区对苏联文学的译介没有明显的政治倾向性，各个时期、各派作家都有翻译。

相比之下，延安文学对苏联文学的翻译比较具有明显的选择性，不仅题材集中，时间段和作家的选择也比较狭窄，多翻译苏联十月革命以来的进步作家作品；对 19 世纪翻译很少，即使阅读也只倾向于托尔斯泰等少数批判现实主义作家；对西方现代主义文学，则基本上持保留态度，甚至有一种出自本能的排斥心理，周立波、周扬等鲁艺教员都在教学中贯彻了这一想法。

事实上，在延安只有少数 19 世纪的西方作家才能入选，如《短诗四首》（歌德著，立波译）、《可怜的彼得》（海涅著，黄既译）和《故事及其他》（普式庚著，曹葆华译）[①] 等不到十个作家在延安被翻译过，而苏联作家则不计其数。

（三）鲁迅的“两副面孔”——政治家与文学家的不同理解

在延安文化界，有两个名字不断地被提起，一个是高尔基，一个是鲁迅，1942 年以前的延安，几乎每年都有对他们的纪念活动。对比高尔基一开始就被意识形态定位来说，鲁迅的意识形态化有一个逐渐被整合的过程：文学家心目中的鲁迅逐渐被政治家心目中的鲁迅所整合。但在 1942 年以前的延安，政治化的鲁迅和文学化的鲁迅可以并行不悖地存在，“鲁迅风”的杂文也可以被提倡和发表出来。

对于高尔基，1937 年 6 月 20 日，延安苏区文艺协会在召开高尔基逝世周年纪念会时，毛泽东到会讲演说，要学习高尔基的实际斗争精神与他远大的政治眼光，他不但是个革命的文学家，并且是个很好的政治家。[②] 毛主席作为政治家，要求延安作家学习高尔基的政治立场是很正常的，但作为作家的萧三等人也一直以革命家、政治家的眼光评论文学的高尔基。

对于鲁迅，毛泽东更是为了中国革命的需要而在思想文化上高举鲁迅旗帜，他说：

---

① 延安《文艺月报》1942 年第 14 期。

② 《苏区文艺协会召开高尔基逝世周年纪念会》，《红色中华》1937 年 6 月 23 日。

我们纪念他，不仅因为他的文章写得好，是一个伟大的文学家，而且因为他是一个民族解放的急先锋，给革命以很大的助力。[①]

所以，他强调的“鲁迅精神”是“革命精神”、“斗争精神”和“牺牲精神”。

1940年初，毛泽东在陕甘宁边区文化协会第一次代表大会上说：

鲁迅是中国文化革命的主将，他不但是伟大的文学家，而且是伟大的思想家与伟大的革命家。鲁迅的骨头是最硬的，他没有丝毫的奴颜与媚骨，这是殖民地半殖民地人民最可宝贵的性格。鲁迅是在文化战线上，代表全民族的大多数，向着敌人冲锋陷阵的最正确、最勇敢、最坚定、最忠实、最热忱的空前的民族英雄。鲁迅的方向，就是中华民族新文化的方向。[②]

毛泽东对于鲁迅的这一评价成为鲁迅研究中最重要的政治定论，周扬、艾思奇等在鲁迅被意识形态化的话语阐述中都起到了一定的作用。

特别是周扬，在上海“左联”时期因被鲁迅批评而无法开展工作，被张闻天调到了延安。当延安的文化空气以鲁迅为旗帜时，他抓住了鲁迅话语的阐释权，先后写了《一个伟大的民主主义现实主义者的路》、《精神界之战士》等文章，对鲁迅的思想加以意识形态化解释。

艾思奇也是鲁迅话语的官方阐释者，他认为鲁迅的生命

和中国民族求生存求解放的一切活动都有关系。他不仅是中国新文学运动的最显赫的旗帜，也是为着自由独立而斗争的中国人民的模范。

他把鲁迅的精神概括为“鲁迅主义”，其含义是：

为民族求解放的极热的赤诚，和对工作的细致而认真的努力。……他不能容忍一切压迫，一切妨害民族生存的新的和旧的传

① 毛泽东：《论鲁迅》，《人民日报》1981年9月22日。

② 毛泽东：《新民主主义政治与新民主主义文化》，《中国文化》1940年2月15日创刊号。

统。……学习鲁迅主义，并不在于做文章，并不在于俏皮和讽刺，而在于不论在什么工作当中，不论在文艺和一般文化当中，或在政治、军事以及一般抗战建国的工作当中，都能够贯注着这坚决不妥协的、英勇牺牲的精神。鲁迅的精神，事实上也就是中国的民族革命的精神。①

这些着重于“鲁迅精神”的话语阐释者，其实是以对鲁迅后期政治立场的理解架空了对鲁迅的文学性理解，使一个有血有肉的文学化的鲁迅，变成了一个革命化的、政治化的鲁迅。

文学家们的理解与政治家的理解完全不同：丁玲、萧军、罗烽等一批文化人是鲁迅精神的真正传人，他们在文学精神上继承了鲁迅，他们的创作不仅给延安文学带来了繁荣，更重要的是显示了文化人作为现代知识分子的独立意志和批判精神。丁玲写的《“开会”之于鲁迅》②，萧军写的《纪念鲁迅要用真正的业绩》③，以及《杂文还废不得说》④都与官方意识形态化的鲁迅构成歧异，正是这些作品成为延安文学的代表作，成为延安作家继承五四文学精神的凭据。

总的说来，延安的文化环境与国统区大相径庭；而且延安1942年《讲话》前、后也大不相同：虽然总体文化取向都偏向了苏联的马克思主义文艺和鲁迅方向，大环境也是“缺少学院气”的抗日战争和农村环境，但文化政策不同，对待知识分子政策也不同；知识分子的精神状态前、后迥异：由启蒙主义者变成被启蒙和被改造者，差别有如天地。《讲话》以后，现代意义上的具有主体人格精神的知识分子已经消失了，只有从事文化工作的专业知识分子，而且他们正在向普通劳动者转化，努力成为能够从事体力劳动的普通劳动者。

---

① 艾思奇：《学习鲁迅主义》，《文艺突击》中华民国廿七年第1卷第1期。

② 《大众文艺》1940年第1卷第5期。

③ 《解放日报》副刊《文艺》，1941年10月21日。

④ 《谷雨》1942年第1卷第5期。这时已是批判王实味和《讲话》之后了，毛泽东已明确表示：杂文不适合解放区，只适合对敌斗争。萧军仍要保存杂文文体形式，《谷雨》也给予发表，可见文艺界和萧军反应得多么慢。但如果《讲话》之后没有审干、强迫文艺家自我改造和下乡代职等具有惩罚性质的行政手段，《讲话》被作家普遍接受也是比较困难的事情。

第二节　延安诗歌与延安的文学刊物

1937年抗日战争的爆发，是中国现代诗歌发展的转折点：新诗几乎一夜之间停止了对西方现代派诗歌形式的多方问询，普遍开始了寻求与建立诗歌的民族化、大众化形式。即使如京派诗人何其芳、卞之琳，现代派诗人戴望舒、徐迟、艾青等，都在与抗战的现实发生深刻关系的同时，多少改变了一些以往的诗歌观念，甚至改变了诗歌写作的方式。许多怀着正义感的诗人更是为民族的兴亡走上了抗日战场，成为“左联”所要求的战士—诗人形象。战争几乎改变了中国的一切，也改变着中国的现代诗人。夏志清在论述中国现代文学时说：中国现代文学有别于古典文学，也有别于当代文学的地方：

> 那就是作品所表现的道义上的使命感，那种感时忧国的精神。[1]

在1918—1937年的20年里，作家的觉醒表现在

> 对人类尊严和自由的向往。[2] 1937年抗日战争爆发后，“很多作家……相继声援抗战，歌颂战争英雄，以振奋人心。……不少有地位的左派及独立作家，过去都批评中国人心理上的病态。现在却一改以前的作风，重新确定中国传统价值，表彰忠勇精神”。[3]

诗人们走出诗歌的象牙之塔，走上了战争的十字街头，时代语境和个人生活的巨大变化，使他们不自觉地改变了个人原有的诗歌风格，走上了探索新诗发展的另一条道路。

“感时忧国的精神”是中国现代作家最本质的特点，这使他们多少都会与大时代的政治发生一些关联。在这场有关民族生死存亡的战争中，传

---

① 夏志清：《现代中国文学感时忧国的精神》，载叶维廉主编《中国现代文学批评选集》，台湾联经出版事业公司1976年版，第201页。

② 同上书，第209页。

③ 同上书，第215页。

统中国文化“天下兴亡，匹夫有责”，“位卑未敢忘忧国”等古训重新焕发了诗人们空前的民族自尊心和正义感，很多著名诗人先后奔赴延安，丁玲、柯仲平、田间、何其芳、卞之琳、陈学昭、曹葆华、艾青、师田手、鲁藜、蔡其矫等，他们代表了各方各派的力量集聚延安。

当然，他们奔赴延安的最初动机是多种多样的。但不论他们是由于好奇心的驱动而去作知识性的探求，还是去寻找真正的抗日力量，或是寻找写作素材，他们都在战争中改变了自己，也改变了有关诗歌写作的观念。空间场景的转换使他们都不同程度地接触了战争，也接触了中国的社会现实，这使他们的诗歌从此或直接或间接地与战争、与现实发生了关系。而现实的改变最终不仅会影响诗人对世界的思考方式，更可能影响他们对现实表达方式的选择。①

延安，作为当时全国性的文化中心之一②，召唤了一批又一批的文化人士前去抗战。1940 年以前，延安诗人以自己最大的力量奉献给战争，以战争的需要为自己的需要。因此，他们千方百计地以诗歌的方式服务于战争。如何有效地进行抗战动员，宣传关于“抗战建国”的基本国策，就是当时诗人的政治任务。街头诗（诗传单、标语诗）、朗诵诗的热潮就是诗人这种服务战争意识的具体体现，他们的热情开创了中国历史上空前伟大的诗歌大众化时代。1940 年以后，战争进入了相持阶段，延安的生活也相对稳定，战争成为人们生活的日常状态，诗人们沉静下来，开始重新思考诗歌与现实的关系，重新关注那些传统“诗”的题材，也重新开始寻求“诗性”的表达，延安的诗歌创作终于摆脱了前一个时期抗战诗歌一味通俗化的恶果，产生了一些优秀的抒情言志之作。

抗战初期的延安诗人们踊跃参与抗战宣传活动，不论是作为诗社成员还是作为诗人个体，他们都给历史留下了积极的、努力的身影。以山脉文

---

① 卞之琳在去延安之后，才写起了报告文学，并且写短篇小说，也写反映战争的长篇《山山水水》。在整个抗战八年里，除了响应号召的《慰劳信集》是诗歌之外，所有的时间都耗在对这个长篇的经营上。

② 奚定怀在《毛泽东指导下的延安早期文艺活动》（《新文学史料》2000 年第 3 期）一文中说：新文学第一个十年的文化中心在北京；第二个十年在上海；第三个十年在延安。他认为，武汉只在 1938 年 10 月陷落以前，曾经作为抗战文化中心而兴旺过；重庆在“皖南事变”后疯狂压制进步文化活动，不可能成为新文化运动的中心。但我认为当时的文化中心比较分散：大后方的桂林、昆明、广州、香港等地都一度聚集了很多进步文化人士，开展过大量的进步文化活动。当然延安也是抗战时期的文化中心之一，但由于邮路和交通的困难，不可能成为像北京、上海那样全国性的文化中心，而“皖南事变”后交通的被封锁，这一中心地位也随之失落了。

学社为例，这是继延安战歌社之后的又一个大型诗文结社组织，以诗歌创作和诗歌大众化为中心，成员以抗大和鲁艺的教职员为主，出版过《山脉诗歌》。成员最多时达到200人，有十几个相应的文艺小组或分社，他们有组织地展开了文艺的普及活动。这个诗社最能代表延安诗人的地方是他们给自己提出了一个“十大工作方式”的公约①，具体内容是：

1. 出版文艺刊物；
2. 配合各种重大的政治活动（如纪念日、群众大会等），印发通俗的诗传单；
3. 在群众大会上，利用会前或休息时间，进行诗歌朗诵；
4. 召开文艺晚会；
5. 举行文艺的专题报告会；
6. 成立简易的流通图书馆；
7. 在山岩、墙壁上刻写文艺标语和街头诗；
8. 各单位的文艺小组出编壁报；
9. 文艺小组召开文艺创作的讨论会；
10. 向各地报刊推荐和搜送抗战文艺作品。

社长奚定怀，是抗大政治部秘书，曾亲自找毛主席题写封面，主动写信汇报诗社活动情况。1938年10月底，油印《山脉诗歌》创刊。由于战争时期物质供应的困难，印刷所需要的纸张、油墨等，经常没有保证；诗刊的出版经费更是全部自理，靠每个成员每月交纳的一角会费勉力维持；诗刊所用纸张也极不统一，毛边纸或其他低劣易碎的杂纸都使用过。现在只有个人手中存有几份，已经找不到全部期刊了。出版时间也无法保证，有时半月刊，有时月刊，大约坚持半年多，共出了十期。每期发行百份左右，除了赠送延安的领导同志和寄往其他敌后抗日根据地之外，只剩下一小部分交延安新华书店代售。到1939年6月，由于骨干社员先后奉命分赴敌后各抗日根据地工作，成员锐减，无法再开展有组织的活动。1940年秋，与战歌社合并，成立了新诗歌会，山脉诗歌社便告结束。

延安前期的诗人们大多是像山脉诗歌社的成员们那样积极参与抗战活

---

① 刘锦满：《延安时期的山脉文学社和〈山脉诗歌〉》，《新文学史料》1983年第4期。

动，在战争的间隙里写诗、读诗，他们是在完全自愿的前提下用诗歌为抗战进行宣传的。当时的出版也是完全自由的，不需要谁来批准，只要能够有出版的物力、人力，就可以出版了。即使出版这样自由，延安早期的诗歌也

> 因出版条件的限制，载入报刊的仅属很小部分，绝大多数发表于临时性的墙报、街头诗、诗传单，或只是拿着手稿口头朗诵一遍，就散失了。[①]

他们多是一些无名的诗人，即使像何其芳这样著名的诗人，也有一些延安诗歌就这样散失了。

早期的延安文学创作，最集中的就是诗歌写作了。丁玲说，当时的文艺小组“大半只喜欢写诗，说诗比较容易些”。[②] 萧三说，当时的《大众文艺》收到的全部稿件中，有 75%—83% 都是诗，而每期采用的，又非常之少。[③] 可见当时延安诗歌创作的盛况，因此，也可以理解延安为什么创刊了很多专门性的诗歌刊物，这是诗歌发展的现实需要。

1940 年以后，诗歌发展情况有了很大改观。一方面是政府落实了对文化人的有关政策，他们的工作受到重视，每月津贴为 5—10 元，相当于党的高级领导干部；另一方面，是更多有名气的作家来到延安，他们要在这样一个战乱的时代里写作个人诗歌。

1941 年 12 月 10 日由艾青、萧三等发起成立的延安诗会，以艾青主编的《诗刊》为暂时的会刊，并在创刊时的宗旨“努力提高中国新诗之艺术，克服新诗之标语口号的倾向”之外，把大量介绍外国诗歌理论与创作作为指导思想，目的是使延安和边区的诗作者，开阔眼界，有所借鉴。这个目的在《诗刊》的编目上就能看得出来，我们目前只能看到第 6 期，出版于 1942 年 5 月 5 日，其中有译作 5 篇，4 篇创作，1 篇理论。[④] 应该

---

① 奚定怀：《毛泽东指导下的延安早期文艺活动》，《新文学史料》2000 年第 3 期。

② 丁玲：《什么样的问题在文艺小组中》，延安《中国文艺》1940 年第 1 期。

③ 萧三：《诗到难成便是才》，延安版《新诗歌》1940 年第 4 期。

④ 有雪莱的两首诗《短诗》和《云雀歌》，有吴伯箫译的《雪莱剪影》，有马雅可夫斯基的诗《在哈瓦那登陆》和理论文章《怎样写诗》。这是延安最注重介绍外国诗作的刊物，其他刊物即使偶有译作，一般都是苏联的革命作家作品，基本没有 19 世纪的西方作家。

说，《诗刊》的出版是空前绝后的，它不仅是延安第一个也是最后一个本子式的铅印的专门诗刊，《解放日报》为它的创刊也作了报道。因为《诗刊》的出版受到有关领导的重视，“党中央和边区政府……帮助解决经费、纸张和印刷问题”①，使他们在1941年11月创刊后，几乎不拖期、不合刊地出到第6期结束，这在延安也是绝无仅有的文学现象。

从延安诗人的诗歌活动和诗歌创作中，我们看到：这些诗人在《讲话》以前的延安生活中，虽然面对着的是战争与农村的环境，是文人地位的边缘化，他们却仍然保持了一个强大的诗人自我主体意识，自觉地担负着启蒙民众、拯救国家的责任。在诗歌大众化运动中，因为诗人主体的存在，使诗歌活动带上了“化大众”的政治诉求：学习健康、明朗的大众文化的目的，是对民众进行抗战动员；把知识分子语言转化为老百姓的语言，其语言所表达的不是供老百姓娱乐的有关男欢女爱的日常生活内容，而是载有政治意识形态的启蒙内容。

可以说，《讲话》前、后延安诗歌最本质的区别就在于诗人“自我”主体的有无，而诗歌形式上的区别倒是其次的。像何其芳《夜歌》那样具有“忏悔录”性质的作品，其最大价值就是诗歌中鲜明的主体性和强烈的个人抒情色彩。作为成名诗人，何其芳有他个人已经成熟了的诗歌理想和诗歌追求，在“抗战建国”的大环境中，诗人表达的是“自我”在个人情感与革命之间的挣扎与矛盾，其真实性可以代表延安一代文化人的共同心声，因此也超越了一般公式化性质的诗歌。就此时的延安诗人来说，诗歌当然要为抗战的现实服务，但怎样服务却有诗人选择的自由，诗歌经过诗人的艺术处理之后，自然带有诗人的艺术理解和个人特点。

正是因为这一时期延安诗人强大的主体意识，才开创了延安新诗创作的新局面。

一　延安诗作：多种形式试验与散文化的诗歌方向

由于延安诗人一面要鼓舞抗战，一面怀着建立新中国的梦想，所以，延安诗歌也基本上表现了这样两种主题、两种方向上的努力：一是推动诗歌的大众化，所谓普及性工作；一是为将来而探索诗歌的民族化形式。在时间上大体显示为两个阶段：以1940年为界明显分为前、后两段，即进

① 《延安文艺丛书·文艺史料卷》第16卷，湖南文艺出版社1987年版，第741页。

行抗战动员的诗歌与诗人自我抒情言志的诗歌，这个说法也许不十分准确，因为萧三 1940 年主编的《新诗歌》与艾青 1941 年主编的《诗刊》，都开展了丰富多彩的多种诗歌普及工作，如街头诗、朗诵诗等抗战初期的诗歌形式。所以只能说，抗战诗歌主要发生在延安文艺初期，一般比较通俗，以动员民众参战为主题和以民众为主要读者群，诗歌或者有一些标语口号化的倾向或者与歌谣比较接近，艺术上乘的诗作比较少，以朗诵诗和街头诗为主要形式；而诗人诗歌则大多发生在 1940 年以后，他们比较完整地继承和发展了五四以来的新诗传统，诗人多是来自国统区已经成名的诗人，他们现在多是延安“文抗”或“鲁艺”的作家，延安诗歌以他们的创作为主要实绩。

延安如此，敌后（即“敌人的后方”的简称，指抗日前线）亦然。其诗歌与其新文化运动相互呼应，显示了与延安相似的两个方向的内容。李伯钊总结说：

> 敌后根据地的新文化运动，其本身包含着两种文化斗争的长期过程：一是对敌的奴化思想、政治阴谋的完全粉碎；一是对农村封建、落后、愚昧意识的彻底改造。也就是说，敌后新文化不但要同日本帝国主义的独占文化作斗争，还须克服殖民地半殖民地腐朽的旧文化的传统思想，这是敌后文化运动的一个方面；另一个方面则是动员一切可能动员的文化力量来直接加入抗战，广泛地进行组织、提高大众的政治文化水平的启蒙工作，推进科学思想、学术的自由研究，从而奠定新文化运动的基石，发展抗日的、民主的、大众的、科学的新民主主义文化。①

延安与敌后两个地区，虽然在文化意识上比较接近，但诗歌表现上存在着一定的差距。其中一个因素是：延安诗人多是来自国统区的成名作家，他们的文化教育和诗歌观念多来自五四的新诗传统；而敌后诗人多是在延安成长起来的新一代诗人，他们所受到的是意识形态化的文学教育，所以，两代诗人对诗歌的理解存在着巨大差别。

---

① 李伯钊：《敌后文艺运动概况》，《中国文化》第 3 卷，第 2—3 合刊，抗战四周年纪念专号，1941 年 8 月 20 日。

延安强大的意识形态力量，通过各种宣传活动深入了青年学生和战士的内心，使他们一旦开始写作，在诗歌内容和形式的选择上，都不由自主地有些意识形态化倾向。丁玲曾说：

> 他们大半是受过马克思主义的洗礼的，有一个正确的人生观世界观，他们创作的态度是严肃的，个人都希望着他们的作品有教育意义，有政治价值。①

但是，出于一个作家的职业尊严，丁玲疾呼：

> 文艺不是赶时髦的东西，这里没有教条，没有定律，没有关于要写自己要写的东西吧，放胆的去想，放胆的去写，让那些什么“教育意义”，“合乎什么主义”的绳索飞开去，更不要把这些东西往孩子身上去套了，否则文艺没有办法生长，会窒息死的！②

这就是说，当时的延安文学已经存在着严重的公式化、教条化问题，影响着学习写作的青年的思想，如对无产阶级、八路军、苏联、共产党、毛主席等题材的过分重视，几乎每篇作品都要写到，就是一个问题，诗歌也不例外。

客观地说，题材问题是左翼文学的一个“老生常谈”，左联时期就存在着这一问题：好像是否写无产阶级生活是衡量是否无产阶级文学的唯一标准。潘汉年在“左联”成立大会上的发言认为：题材不应该受到限制，工人农人固然该写，但地主豪绅、资本家、小市民亦同样可以写。他反对普罗作家去写自己不熟悉的生活，他说：

> 与其把我们没有经验的生活来做普罗文学的题材，何如凭各自所身受与熟悉一切的事物来做题材呢？至于是不是普罗文学，不应当狭隘地只认定是否以普罗生活为题材而决定，应当就各种材料的作品所表示的观念形态是否属于无产阶级来决定。③

---

① 丁玲：《什么样的问题在文艺小组中》，延安《中国文艺》1940 年第 1 期。

② 同上。

③ 潘汉年：《左翼作家联盟的意义及其任务》，《拓荒者》第 1 卷第 3 期，1930 年 3 月 1 日。

但这个问题其实并没有得到解决，抗战时期所发生的“与抗战无关”论的讨论，其争论的中心仍然是题材问题。延安文学在讨论“与抗战无关”论时，联系到抗战作品的“公式化”现象时，一篇署名卯的文章指出：

因为“战”了，于是一时大家都把眼睛放在“火线上”，你也火线，我也火线，当然今天中国是在抗战中间，当然，火线上是表现得最复杂最尖锐的，可是我们也得承认在抗战中每一环的重要性。……你如果肯从你熟悉的体验中去寻找题材，哪怕你写的并不是“火线”，而是深刻的、典型的、实际的，一样会含有伟大的成分。如果不这样也许为了“伟大”，偏要去写“火线”，而你对那儿是生疏的，这样你无法深刻，你只有让“火线”走上庸俗了的“公式”。……因此从这儿就联系到生活的“深入”与“体验”的问题上来。——所以对于这样一个问题，我觉得还是那句名言：“写你所熟悉的……”①

对题材问题的这个认识是符合文学原理的，但却没有引起足够的重视，后起的作家们大多仍然纠缠于这个问题。丁玲在《讲话》以后回答写光明、写黑暗问题时说：

我以为这个表面上属于取材的问题，但实际上是立场与方法的问题。②

这是一种高屋建瓴的观点：不把写光明、写黑暗问题归咎于题材问题，也不把题材问题局限于题材本身，而是看作作者处理题材的立场、能力和方法问题。

而有关题材问题，也不是左翼文学或延安时期才出现的新问题，整个20世纪现代文学都存在着这一偏向：重视内容、重视题材，忽略形式或技巧。事实上，文学的真正问题从来不是题材问题，而是如何运用形式去扩大题材的意蕴，使题材获得更多的形式上的意味。概括地说，不是“写什么”的问题而是“怎么写”的问题，当然“怎么写”是一个更具深度

① 卯：《为什么有公式化的现象呢?》，延安《文艺突击》民国廿八年第4期。

② 丁玲：《关于立场问题之我见》，《谷雨》1942年第1卷第5期。

的写作话题。一个不太成熟的作家总是在“写什么”的问题上绕来绕去，一个重大的、有现实价值的题材总是更吸引他的注意力，而怎样呈现这一题材好像还没有被重视起来。

正因为如此，那些在抗战的烽火中成长起来的很多青年诗人，还处于艺术上的探索时期，这使我们对延安诗歌大体上能够比较容易地概括其内容，归纳其写作手法。而对于那些成名诗人，如何其芳、卞之琳、艾青等，他们的写作首先不为当下的题材所拘囿，他们总是选取那些与他们个人艺术呈现能力相适应的题材，表现上也更追求诗的形式韵味。这就很难一语概括其创作特点，而这种复杂和多样更显示了这一时期延安诗歌值得探询和研究的一面。

总之，此时的延安诗坛，不论前期还是后期，诗歌创作上都呈现了比较活跃的局面，不仅诗歌社团和刊物很多，而且诗人们在诗艺表现上也进行了大胆而多样化的试验。他们希图通过自己的诗歌实践活动，找到一条切实地与当下的抗战现实和未来新中国梦想相称的新诗民族化、大众化的道路。而此一时期延安诗歌的特点也是全国诗坛的共同特点，就是诗风由晦涩难解普遍地转向浅显易懂，伴随着语言上的口语化和形式上的散文化，从总体上看呈现了一种明显的向乡村、向民间、向口语的走势，这与诗人从城市到农村的空间位置的迁徙正好形成对应关系。何其芳和卞之琳的诗风转变就是比较明显的例证，艾青更是自觉地主张诗歌散文化的诗人，他们都是40年代初期的代表性诗人。

延安的其他诗人的诗作也表现出同样的创作取向。如来到延安的东北作家群的诗人师田手的诗《汪精卫中央》[①] 虽然在形式上采取了马雅可夫

---

① 汪精卫在1938年10月武汉失守以后，就准备附逆，1939年底终于公开附逆。同时，日本人对国民党采取了政治诱降政策，由正面的军事进攻改为政治进攻，而且军事进攻陕北解放区，造成国民党内部抗战派与投降派（亲英美或亲日）两条路线的斗争，表现在军事上就是国民党的两次反共高潮和对进步文化持续不断的围剿。这是抗战时期最危险的时刻，所以，汪伪附逆的消息传来，延安在1940年2月1日就召开了拥蒋讨汪大会，毛泽东发表了题为《团结一切抗日力量，反对反共顽固派》的讲演。很多诗人此时都写了讨伐汪精卫的诗歌，艾青当时不在延安，也写了唯一的一首以讨汪为主题的自拟街头诗。延安的《大众文艺》第1卷第1期上有林今明的《闲话汪精卫》一文，写到汪精卫曾因刺杀摄政王而入狱时写的诗：“慷慨歌燕市，从容做楚囚。引刀成一快，不负少年头。”从一个昔日的革命者堕落为一个汉奸卖国贼，令人心惊其变化之大，之不可思议。此诗也出自同一期的《大众文艺》。

斯基①的楼梯体格式，但诗句却显示了歌谣的特点：

汪精卫——
　卖身的婆娘，
　　也要坐中央。
他的中央，
　　　在日本军阀的
　　　　　　　刀尖上。
见大将，
拜天皇，
　赚得一个奴才王。
围住日本军阀的
　　　　　　血手，
苍蝇们拼命的
　　　　　　奔忙。
背叛中国人民，
报空想
　　“反共灭党”。
奴才立志
　　　多么伟壮
听从日本钞票的
　　　　　　指挥，
癞狗们吠叫得
　　　　　发了疯狂。

全诗一共四节，第四节只有最后三个字不同，作者把“刀尖上”换成了“炮口旁”，造成首尾两节互相照应的效果，几乎重复的诗句也有回环往复的民歌韵味。全诗不仅押韵，而且一韵到底，韵脚很密，全部为开

① 卞之琳在《翻译对于中国现代诗的功过》一文中说：“……（马雅可夫斯基）这位大诗人的许多诗常把一行分成上下几级排列，实际上原来都是以重音为节奏单位建行的格律诗，却在翻译中成了随便分阶梯写的自由诗了。……”

口而上扬的江阳韵。所以，虽然体式上来自苏联，而由于诗歌的节奏和韵脚读起来有一种铿锵有力的感觉，比较适于朗诵和表演，就有一种民间“三句半”的趣味。尤其是“卖身的婆娘”，“也要坐中央”等诗句，把汪精卫的卖国求荣比作中国民间最不齿的女性行为，而且“卖身”之后还要“坐中央”，更是令人不齿，这些诗句调动了民众原有的道德意识和性别意识，具有让读者心领神会的诙谐、幽默情调。

诗人师田手来自东北，他的这首诗就有东北民间二人转和三句半的韵味和情调，可以看作诗人在新诗写作上自觉地汲取西方与民间资源加以融会贯通的努力。

在发表师田手这首诗的延安《大众文艺》（中华全国文艺界抗敌协会延安分会编）1940 年第 1 卷第 1 期上，有三篇关于马雅可夫斯基的文章，一篇是萧三的译诗《左的进行曲》，这首写于十月革命后不久国内战争时的诗，在苏联革命的会场常常能听到对这首诗的朗诵，最后一句

左脚
　左脚
　　左脚

常常被人引用。另一篇是萧爱梅写的《正确地认识马雅可夫斯基——为诗人死去十周年（1930、4、14—1940、4、14）纪念作》，还有一首马雅可夫斯基写的、被列宁表扬过的著名诗作《开会迷》。当时，在延安诗人中，马雅可夫斯基被推崇的程度，有如高尔基和鲁迅。但其被推崇的原因主要不是诗歌的艺术要素，而是诗歌中所表现出的革命精神和作为诗人的战士情怀。如果检索当时报刊登载的研究马雅可夫斯基的文章或是马雅可夫斯基诗作的话，我们可以发现，此时的报刊差不多每期都有关于高尔基和马雅可夫斯基的，但不一定都有关于鲁迅的文章。

在同一期上，有曹葆华的诗《西北一天》，也是一首具有新意的诗作。全诗分《早上》、《正午》和《傍晚》三个部分，每个部分都有三节，一共九节。诗作虽无严格的韵脚，但节奏简洁明快，如宋代的词调或元代的小令，记述的是延安人的开荒生活。这里选摘三节，可以分析一下：

（2）塞上喇叭/如刺刀/割断午夜梦想/留下一团火/在胸臆间/如

红日/世纪的动力//

(4) 在田间/北风是无礼的家伙/吹落草帽/在半山坡/大汗珠/从额到地/组成了一条线//

(7) 天上星/草上白露/千百支歌声/飘过茫茫草原/如山洪/流向西北/黄昏的门限//

整首诗都选用名词为主要意象，如喇叭、刺刀、红日、田间、草帽、半山坡、大汗珠、星、白露、歌声、草原、山洪，等等，这些名词的顺序排列，使人想起元代马致远的小令《天净沙·秋思》："枯藤老树昏鸦，小桥流水人家，古道西风瘦马，夕阳西下，断肠人在天涯。"虽然都只是名词的排列组合，但全诗又确实展现了一幅动态的画面：在由远及近的一个镜头里，我们仿佛看见一个远离家乡的游子，在夕阳掩映下的一幅田园风光中，风尘仆仆地奔波于异乡之地，不知今夜宿于何处。这幅画面令人想到一种无奈、忧伤的人生，景色与画面人的强烈反比，凸显了一种失败感和凄凉感，使人感慨于元代士人地位的低下。

而曹葆华的这首诗在境界上就高出马致远一筹：那种昂扬向上的精神状态不是中国传统文化的美学规范所能涵盖的，它是五四新文化运动以后逐渐形成的革命诗歌的一种新传统。尤其是诗歌所选用的名词充满了时代感，传达出了诗人对生活的热情和对未来的美好盼望。而由景色变幻和劳动者的行动显示了一天三段时间的不同忙碌，更有一种时间上的流动感和充实感，人生的不同境界正由此而显现出来。

诗歌在形式上更接近于长短交错的宋代词调而不是整齐的小令，每个诗句三、四、五、六、七个字不等，诗句基本上不押韵，韵脚不明显，但节奏感很强，读起来有朗朗上口的感觉。这是新诗形式探索上值得注意的诗作，也是诗人对新诗的贡献。

在这些自觉地寻求新诗主流主题和大众化形式的努力中，也有非主流的诗人写作，尤其是那些与抗战的现实与延安的生活关系不大的诗歌，更显示了诗歌超越现实的一面。

《解放日报》文艺栏中，发表新诗作品三四十首，有很多诗作至今未见任何选本，如林今明的《冰心》、默生的《春天的歌》、钟静的《秋天》、宁世的《河边的巨岩》、学昭的《烦忧》、肖梦的《雷之歌》、厂民的《雪落着》和书斐的《我们怎能不歌唱》等，都是一些咏物或抒怀的优秀之作。

这些诗没有表现抗战、大生产等明显具有时代性、地域性特点的主题。但与同期的国统区诗歌创作相比，从写作技术和语言风格上看，又带有强烈的时代性、地域性特点。它们虽然在表现形式上采取了新诗的象征和比喻的方法，没有采取当时流行的民歌式或故事式写法，但在诗质的表现上，仍是汇入了那个时代对一种昂扬精神的抒写。诗人的主体意识赋予了表现对象强烈的主观色彩，使这些诗能够穿越时光的幽暗隧道，显示出那一时代抒情言志诗歌的艺术魅力。

以《解放日报》的文艺栏为例。作为党报的《文艺》副刊上的诗，展示了那个时代新诗人对诗歌表现能力多种不倦的寻求。

如宁世的咏物诗《河边的巨岩》，充满了深刻的哲理和积极向上的人生情怀。

> 你是上侏罗纪的岩层，/我是新世纪的人，/你有我所没有的风雨的经历，/我有你所没有的说话的声音。//假如你有我的声音，/你会笑我的多么短促的生命，/假如我有你的经历，/我也将自叹不如那银河和星云。//深夜我读着人类的历史，/清晨我在河边向自己发问：究竟是什么真正能够永恒？/一切劳动成果比起自然算得什么——/假如人类不敢于爱和恨？/全部劳动与斗争的故事里，/都泛滥着爱与恨的痕迹！/人在短促的生命中也有他的伟大？/因为他们的劳动和工作曾使热情开过灿烂的花，/而且结下了果实，/播种在后代人们的心田之下。①

诗人在把自己的血肉之躯与巨石的对比中，认识到生命的长久、劳动的成果并不是人生的最终目的。爱与恨的能力、工作和播种的辛劳，使短暂的人类比永恒的自然更伟大。这首诗宕开了传统诗歌感时伤怀的经典意境，创造了在时代发展的新语境中，新诗歌所追求的新境界。

林今明的诗《冰心》更有一种新的寓意：

> 让你们践踏吧！/让你们的刀子和轮子，/在我的面上擦过去，/

① 《解放日报》1942年6月16日。

你看，我是很结实的。//

让你们把我剖开来，/随便捡一块来看一看，/我是很清白的！//

但是，/到了阳光能够给我/以温暖的时候，/你看，我会奔腾起来，/汹涌澎湃。① //

在“我”还处于弱势的时候，只能任你们凌辱，虽然我很清白，不该遭此不测；但有一天，我会长大和强壮起来，我会有无比的力量奔腾向前。这让读者很自然地联想到中国当前的抗战现实与抗战胜利的远景。

从形式上看，这首诗更接近于散文诗，用“吧、的”等虚词和“时候、过去、起来”等时间名词、趋向动词结尾，区别于多以名词结尾的新诗，诗的感觉不强烈，节奏感也不强。但却富有诗意的感觉，这恰好与废名《论新诗》的诗论核心相合：新诗区别于古典诗的是“诗的内容，散文的文字”。

从诗质上看，全诗以咏物的方式歌颂中华民族的忍辱抗争、等待时机的精神，具有鼓舞人心的力量。

女诗人戈焰的《酸枣棵》②，是一首生趣盎然的咏物诗。诗中写道：

山崖的边沿，倾斜的土坡，/那是我的族类散步的地方。/我与荒芜偏僻为邻，/从来不曾受人栽培，/从来不曾听到一声亲爱的赞扬。/而我泼刺强壮，/欢乐在暴风雨里，/笑傲那暖室里培植的盆栽。//青天公平地分给我一身绿衣，/我不开放灿烂的花朵，/却要孕育丰富的果实。//……冰冻的天气里，/铁叉子把我送进灶膛，/吱—吱—吱……/我轻声地歌唱，/贡献了全部生命，/发出燃烧的炽热，/发出强烈的火光。//

酸枣棵这种奉献自己、贡献人类的精神自然是我们所熟悉的，但用拟人的方法写出，令人心动，也符合那个大时代的精神氛围。

另外，柯蓝的《小盲女》③ 也是多有寄托的诗作：

---

① 《解放日报》1942 年 3 月 24 日。

② 《解放日报》1942 年 9 月 24 日

③ 《解放日报》1942 年 4 月 29 日。

日创刊于汉口，至1946年5月4日终刊，连同特刊共出79期，整整坚持了8年；茅盾、楼适夷主编的《文艺阵地》时间也很长，从1938年4月16日创刊至1944年3月停刊，共出63期，中间有过停刊；胡风的《七月》曾经在上海、武汉、重庆等三个地方的不断迁徙中坚持出版，从1937年9月11日创刊至1941年9月停刊，共出35期。而且1945年1月至1946年10月还以《希望》为名出过8期，并诞生了以“七月”命名的作家群体；《大公报》副刊也在南北东西的大迁徙中坚持着自己独立的办刊方向，延安的多数作家在1942年以前都在这个副刊上发表过作品。在延安，文学杂志刊数最多的就是萧军、舒群主编的文抗《文艺月报》，1941年1月1日创刊至1942年9月终刊，共出17期；延安的其他刊物大多只能坚持一年，出6期左右。这里除了经济上的原因之外，只能诉诸意识形态的解释。

报刊业，不仅是文学进入现代以来的优秀传统，也是文学现代性的表现和文学繁荣的标志。《讲话》以前的延安，作家把上海等地作家自办刊物的风气带到了延安，文学创作和创办刊物都只是作家的个人行为，这使得根据地的报刊业得到大发展的机会：从全国各地来延安的知识分子可以随意办刊物，只要能够解决纸张和印刷问题，几个作家就可以办起一份杂志。延安的这一做法影响了所有的解放区作家，直到《讲话》之前，解放区作家都有自办刊物的自主权。而且越到后来，中央越重视文化工作。1940年9月，中央发出指示，要推行国统区和各个民主根据地的抗日文化运动。指示说：

> 要注意收集一切不反共的知识分子与半知识分子，使他们参加在我们领导下的广大的革命文化战线，应反对在文化领域中的无原则的门户之见。每一较大的根据地上应开办一个完全的印刷厂，已有印刷厂的要力求完善与扩充。要把一个印刷厂的建设看得比建设一万几万军队还重要。要注意组织报纸刊物书籍的发行工作，要有专门的运输机关与运输掩护部队，要把运输文化食粮看得比运输被服弹药还重要。①

① 《中央关于发展文化运动的指示》（1940年9月10日），载中共中央档案馆编《中共中央文件选编》（12），中共中央党校出版社1991年版，第487页。

在政治上已经与国民党建立了抗日民主统一战线之后，共产党非常重视建立文化人的抗日民主统一战线工作，根据地各种各样的文化人团体就是这种统一战线的一种表现形式。由这一指示精神，也可以看出党对文化工作的重视程度。

1941 年是延安纯文学杂志诞生最多的一年，也是文艺活动最多、创作最丰富的一年：

> 延安每月竟有了近乎几十万字的文艺作品产生——《解放日报》，文抗会刊《谷雨》，诗歌会的《诗刊》，鲁艺校刊《草叶》以及其他的半文艺性的刊物等若干种。[①]

这种文学的繁荣景象与洛甫 1940 年 10 月起草的，关于各根据地文化人与文化团体的指示大有关系。指示说：

> 各种不同类的文化人（如小说家、戏剧家、音乐家、哲学家等），可以组织各种不同类的文化团体，如文学研究会、戏剧协会、音乐协会、新哲学研究会等。这些团体亦可联合起来，成立文化界救亡协会之类的联合团体。……这些团体的任务，一般是：介绍、研究、出版、推广各种文化作品；吸收与培养各方面的文化人才；直到大众的各方面文化活动；联络文化人间的感情与保护他们切身的利益；组织文化人向各地报纸杂志的写稿；介绍并递寄他们的作品或译著到全国性大书局出版；向外面的及大后方的文化团体进行经常的联络。纠正有些地方把文化团体同其他群众团体一样看待及要他们担任一般群众工作的不适当的现象。
>
> 团体内部不必有很严格的组织生活与很多的会议，以保证文化人有充分研究的自由与写作的时间。
>
> 文化人的最大要求，及对于文化人的最大鼓励，是他们的作品的发表。因此，我们应采取一切方法，如出版刊物、剧曲公演、公开讲演、展览会等，来发表他们的作品。同时发表他们的作品也即是推广

① 《为本报诞生十二期纪念献辞》，《文艺月报》1941 年第 2 期。

文化运动的最主要的方式。①

各根据地依据这一指示精神都相应地下发了类似的文件，这一发展文化事业的倾斜性政策，大大地推动了解放区文学走向繁荣。

在延安，即使如《解放日报》这样新创刊的党报，也开辟了《文艺》专栏，以活跃文学创作。作为1941年5月16日创刊的中共中央机关报，它合并了原来的《新中华报》和《今日新闻》，它们的源头是1931年在江西瑞金创办的《红色中华》。创刊伊始，就辟有文艺副刊，只是没有单列出来。报社社长博古说，好的文艺稿件可以发在二版，也可以发在一版上。1941年9月16日副刊《文艺》创刊，占第四版的半个版面，到1942年3月15日之前，都由丁玲主编，之后由舒群接替，4月1日改版，《文艺》副刊改为以文艺为主的综合性副刊，占第四版一个整版。改版前的《文艺》专栏共出了111期，前100期由丁玲主编，后11期由舒群主编。

在文艺百期的总结文章中，欧阳山谈到了它在文艺理论方面的贡献。他说：

> 回想起来，可以这样说：我们讨论过文艺与生活的关系，思想在文学上的地位，果戈里的创作方法，中国小说家的阶级关系和创作倾向；我们还看到过对于具体作品和戏剧，音乐，美术的展览，演奏的批评和介绍等等。此外，在一般艺术上，我们也做过若干理论上的探讨。这是很好的工作，但这只是工作的第一步。

还有更多的工作需要努力，欧阳山举出了延安文艺界的不团结、抗日和反法西斯的任务没有得到最醒目的位置、群众文艺的日益冷落、文艺活动比大后方逊色、文艺界问题不能用民主的方式加以解决、文艺的民族形式没有得到建立和发展等方面的问题，希望“百尺竿头，更进一步”。②

奚如认为，从投稿者和读者的立场来说：

---

① 《中央宣传部、中央文化工作委员会关于各抗日根据地文化人与文化团体的指示》（1940年10月10日），延安《共产党人》1940年第12期。

② 欧阳山：《祝〈文艺〉的百尺竿头》，《解放日报》1942年3月12日。

在这一百期中，我很惋惜地没有看到应有的因文学上的各种问题所引起的严肃而热烈的论战。

如果说消息是日报的灵魂，那么，论战应该是副刊的精髓了。过去的《自由谈》、《动向》，之所以能够像磁力似的吸引着广大的作者和读者，那原因也就在此。

延安文艺界表面上似乎是天下太平的，但彼此在背地里，朋友间，却常常像村姑似的互相诽谤，互相攻击；各以为是，刻骨相轻。显然的，这里存在着许多待决的问题，如对文学理论的见解，作品的看法，以及作家之间正常的关系等等。

为什么大家不能很明朗地，正当地提出来论战，面向广大读者一决雌雄呢？

这显然是一种虚伪而诡诈的病症。[①]

欧阳山、奚如都提到了文艺界的不团结、《文艺》副刊没有以民主讨论的方式解决文学争论等问题，丁玲隐隐约约地给予了回答。她说，报纸主编博古是《文艺》副刊的直接领导，他说：这是党报，我们不搞报屁股，甜点心，也不搞轻骑队。[②] 因此，文艺栏给人的感觉是不活泼、文章长等。为改变这种“持重”的态度，“而稍具泼辣之风，在去年七月中就号召大家写杂文，征求对社会、对文艺本身加以批评的短作”。而正是这种鲁迅风的“杂文”，使丁玲不仅失去主编位置，更有20多年的流放之灾。

但丁玲很骄傲在她编辑《文艺》百期时，能够发现30余位新作家，如孔厥、韦君宜、黄钢、贺敬之、朱寨等[③]，他们都是在这里发表处女作或成名作的，后来都成长为解放区和新中国的著名作家。这个总结出现在《讲话》之前，作家们还能畅所欲言：他们只是就文学本身谈论文学的发展问题，没有涉及作家要联系实际、深入群众等《讲话》之后的惯用语。

毛泽东对《解放日报》的不满与作家的观点不同，他严厉地批评它

① 奚如：《一点意见》，《解放日报》1942年3月12日。

② 延安西北青年救国会的壁报，以讽刺延安的黑暗现象而闻名，副刊编辑陈企霞在来报社以前，就是轻骑队成员。他们的壁报放在大砭沟的文化沟口，经常吸引人特地来此观看，毛泽东在1942年春天时也专门来看过。文章主要以短诗、杂文、漫画等讽刺性文体见长。

③ 丁玲：《编者的话》，《解放日报》1942年3月12日。

的办刊方法是书生办报，所以，创刊十个月就亲自主持进行了彻底的改版工作。他认为，《解放日报》的主要问题出在宣传工作的失误上：

> 党性不强，脱离实际，反映群众的活动不够，缺乏独立自主的精神。①

博古是一个具有知识分子气质的领导者，在版面安排上，遵守的是国际办报通例：一版欧洲，二版远东，三版国统区，四版半个版面为陕甘宁边区，另半个版为综合和文艺副刊。《解放日报》作为党报，没有紧紧围绕党的中心工作办报，如对整风运动的报道较少，对党的有关政策宣传不够，转登国际新闻没有自己的观点，在文风上存在党八股的恶习等。

最具有讽刺意味的是，在毛泽东 1942 年 2 月 8 日发表《反对党八股》演说时，对《解放日报》已经进行了不点名的批评；一个月后，他给《解放日报》写的题词是“深入群众，不尚空谈”，也体现了毛泽东的办报思想。但作家对文艺的理解与党对文艺的要求好像永远是南辕北辙，这可能就是中国现代知识分子的悲剧根源。就在毛泽东题词的第二天，文艺副刊就发表了丁玲的《三八节有感》，好像故意与整风唱对台戏，这篇杂文不仅直接导致了丁玲的被调离和她个人后半生的悲剧，也直接促成了《解放日报》的改版，并由此拉开了《解放日报》的整风序幕。无独有偶，在毛泽东钦定舒群接替丁玲时，他仍然遵循丁玲的选稿原则，背离政治的大方向，竟在 3 月 13 日和 23 日连载了王实味的《野百合花》一文，引起雷霆之怒。

改版后的《解放日报》仍然是对开一张四版，但版面设计作了很大的改变，完整地体现了党报的特色：一版是以根据地为主的要闻版；二版是边区版，详细报道边区军民战斗、生产的消息；三版为国际版，报道国内外敌占区的情况动态；第四版为副刊版。这种改变体现了党对文化工作全面意识形态化的领导，体现了文艺工作是党的工作的重要组成部分。1943 年 4 月，在北岳区党委文艺工作者会议上，胡锡奎说：

---

① 米晓蓉：《毛泽东与〈解放日报〉的创刊及改版》，《圣地》（延安革命纪念馆主办）2004 年第 4 期。

文艺工作是党的工作的齿轮或螺丝钉。但在其表现形式和技巧上来说，又有不同于党的一般工作的特殊性，党历来就重视这一工作，二十年来，党对文艺工作的一贯方针就是文艺要为政治服务。[①]

但《讲话》之前的“文艺要为政治服务”只是一个大方向，作家们的理解是要为抗战服务。但如何才能为抗战服务，作家们可以坚持各自不同的理解，也可以有自己的写作方式。延安作家的这种独立人格和对文艺的文学性理解，阻滞了延安文学彻底功利化的进程。如《草叶》在《讲话》之后出版的两期革新版[②]，仍然显示了作家们的艺术理想和独立意识。

《草叶》（1941 年 11 月 1 日创刊至 1942 年 9 月 15 日终刊，双月刊，共出 6 期）是鲁艺的机关杂志，6 期刊物共发表作品 20 余万字，署名作者 30 多人。它的办刊方针是：

……用它来发表鲁艺从事创作的同志们的作品，而且主要是同学们的作品，好像外面那些学校的陈列室里的装在玻璃柜里的手工，或者图画的成绩展览一样。[③]

其选稿标准是：

第一，要使读者能够读下去，就是说要有一定水平的技巧，而不是乱七八糟的连语言文字都成问题的作品；第二，要使读者读后，多少能够得到一点东西，就是说要有一定分量的艺术性和革命性结合起来的内容，既反对空洞无物的概念化、公式化，也不赞成对于新的现

---

① 《加强文艺工作整风运动 为克服艺术至上主义的倾向而斗争》，《晋察冀日报》1943 年 5 月 21 日。

② 《解放日报》1942 年 6 月 15 日消息：《〈草叶〉杂志革新》，其中说道：《草叶》召开检讨座谈会，检讨出三个缺点，并拟定了新的编辑方针。“创作要多反映目前的现实，多反映边区和八路军的生活，论文要研究‘普及’同指导‘普及’。希望与离校的校友们发生联系，发表他们的稿子，并在创作修养上帮助他们云。”

③ 《草叶》社：《给读者们》，《草叶》1942 年第 5 期。

实采取一种消极的态度。[①]

但是第3期发表了艾青的诗《野火》，突破了只发表鲁艺人作品的限制；第4期发表了都德的小说《老人》，突破了只发表创作的局限。第5期出版于《讲话》之后，同时发表了《草叶》社《给读者们》[②] 和严文井对过去四期《草叶》创作的评论，突破了没有批评的局限。严文井评论了何其芳的诗《黎明之前》、赵自评的诗《带露珠的心情》、周立波的诗《我凝望着人生》等之后说：

《草叶》里绝对多数的诗就是描写着一些知识分子在这样一次投生的过程中，那又快乐又痛苦的心情的。从他们这些心情中，我们也间接地看见了世界的一部分；但假若诗人真如《黎明之前》里所说，是“命中注定了来唱旧世界的挽歌，并且来赞颂新世界的诞生的人”，那么，我们就要在自己以外来唱一点这个时代的更重要的人物，同那更丰富的现实生活。只有这样做，我们才能跨过自己的旧阶段，才能唱出与时代的脉搏相应的调子的，才能把那挽歌和赞歌唱得响亮而且有力。

因此，文章在对小说一一评论之后，指出问题所在：

---

① 《草叶》社：《给读者们》，《草叶》1942年第5期。

② 该社在文中对刊物进行了实事求是的自我批评：“它某种程度上脱离了实际，它不适合于广大群众的最迫切的需要。它对于战争和革命没有发挥出较多的力量和作用。它没有带着一种开阔道路的精神向前进行，而只是按期地展览了一些作品。因为作者们生活在和平环境里的一个学校里，他们除了从个人的感情来歌唱革命，从狭小的局部的现实来反映这个时代而外，容易从回忆去写我们的旧中国。这样的作品并不是毫无意义的，然而大多数或者甚至全部作品是这样，这个刊物就自然显得无力而和广大的群众有些疏远了。而且由于作者们是正在改变着而还没有无产阶级化的知识分子，他们的立场就没有显出应该有的尖锐和鲜明，他们的思想和感情就不能和工人农民的先锋队的呼吸和脉搏十分合拍。虽然这是一个难于很快地突破的限制，提出一个最高的标准来做我们努力奔趋的方向还是非常必要的。另外，因为不登载文艺理论批评的缘故，这个刊物又脱离了当前文艺运动中的斗争。它没有研究实际，它没有对许多问题发言。它没有帮助那些从事广泛的文艺运动的工作者，尤其是脱离了鲁艺的课堂而走到各个战场上去的工作者。”并对此提出了三点明确的改革计划。

主要的还是由于我们的作者写的东西少，接触到的生活还是狭小，他们多以知识分子作为自己作品的主角。那少数不以知识分子为主角的作品又从一个知识分子的观点来写。那歌颂光明的不够深刻，那接触到黑暗又没有抓住其中真正黑暗的东西，两者都显得有一些单薄、无力，因此不能给人以强烈的影响，同强烈的感动。

《草叶》第 6 期发表了何其芳的理论文章《杂记三则》和惠特曼的诗《士兵们的尸体》，内容比以往各期更见其丰富。这两期发表的都是叙事长诗：朱衡彬的《是的，我是农民的儿子》、简桃的《记两位同志》、张铁夫的组诗《乡村》等，显示出诗人自由体长诗探索的成功，只是这种写作在《讲话》以后的叙事长诗试验中失落了。

《讲话》以后文学杂志的纷纷停刊，不论是出于政治、经济或是作家的自身原因，都标示着一个文学转折时期的到来：一个不同于《讲话》以前的文学环境正在生成，新的文学、新的文学观念和新的文学标准正在酝酿之中。

延安时期，共产党之所以把文学当作一个重要的意识形态领域，不仅有大量的指示、政策，还特别有延安文艺座谈会，特别重视对文艺家的思想、情感的改造，是因为党的领导者意识到了文艺的力量，尤其是它的宣传能力。因为文学、艺术、音乐所表达的真理和见解，是任何其他形式所无法表达的。马尔库塞说：

美学形式是一个既不受现实压抑，也无须理会现实禁忌的全新的领域。……艺术是独立于既定现实原则的，它所召唤的是人们对解放形象的向往。①

冲破压抑、解放自身的文艺，现在担负了民族解放的重任。但艺术家在进行民族解放的宣传鼓动时，从来不会忘记对人类自身问题的关注：对现存社会的批判与对自身解放的期望从来都是一而二、二而一的东西，它们具有内在的不可拆解的联系。当延安诗人在相对宽松的文学

① ［英］麦基编：《思想家》，周穗明、翁寒松译，三联书店 1987 年版，第 72 页。

环境中，以诗歌的方式引导着中国民众走向自由解放之路时，他们的主体精神和社会责任感都得到了极大发挥，他们的独立意志和个性品质也得到了新的培养。这些具有“五四”色彩的现代精神气质与党的意识形态政策必然会发生某种冲突，冲突的结果就是一代诗人的精神悲剧和现代诗歌的悲剧。

第二章

解放区诗歌的理论建构：“大众化”与“民族形式”

文学大众化问题是中国现代文学“现代性”中的一个重要话题。从“五四”新文化运动以来，一直是“进步文学”所追求目标。尤其是30年代“左翼”文学①，在大众化的理论和实践上都为延安文学的大众化做好了准备，《讲话》之前的延安文学大众化可以看作对“左翼”文学大众化问题的深入与发展。《讲话》之后，大众化问题的性质和重心都发生了变化，不再停留于文学大众化而是要求知识分子思想与感情的大众化。

从胡适、陈独秀的大众化文学主张到“左联”时期的大众化问题讨论，再到1942年以前延安文学大众化的理论与实践，可以看作文学大众化问题在同一个方向上的不断深入与发展过程，虽然是三个不同的历史阶段，但都致力于文化上的大众化努力，即：如何在文学的语言和形式上吸收民间文化的优长，使文学与大众的精神世界真正发生联系，以实现文学启蒙大众的任务。而1942年以后《讲话》所规定的“大众化”，已经离开了文学本体问题，变成了如何使知识者本身成为“大众”的一员，这种方向性的转换开启了文学大众化问题的一个全新时期。

延安文艺区别于现代文学任何一个时期的最大特点，就是对文学大众化的理论寻求与具体实践，几乎所有的延安作家都自觉不自觉地卷入了对这一问题的探索之中：街头诗与朗诵诗运动、集体创作、延安文艺小组活

---

① “左联”时期曾专门成立过大众文艺委员会，出版了《大众文艺》。1930—1932年举行了两次关于大众化问题的讨论会，既肯定了文艺大众化的重大意义，也讨论过大众化的途径和方法，涉及语言、体裁、形式、创作方法、写作技巧等多个方面。

动、星期文艺学园和新文字运动等，都可视作是对文学大众化的具体展开。

《讲话》之前的延安，作家们对于文学要“大众化”这个理论命题，都表示了相当程度上的共识，但对如何大众化、怎样大众化却存在严重分歧。《讲话》之后，有关大众化的问题已经有了无可置疑的结论，这就是毛泽东在《讲话》中的一段著名论述：

> 许多同志爱说“大众化”，但是什么叫做“大众化”呢？就是我们的文艺工作者的思想感情和工农兵大众的思想感情打成一片。

这就取消了知识分子精神上的优越性，取消了他们在大众化追求中的“化大众”责任，但同时也使知识分子沦入了被改造的境地。其结果是知识分子的话语逐渐被消解，代之以一套革命话语。在寻求文学大众化的过程中，知识分子不期然地由启蒙者变为被启蒙者，由教育者变为被教育者，其主体性的失落使他们无法为文学负伦理上的责任。

但无论怎样，文学的“大众化”追求显示了文学作为精神消费产品由精英阶层向普通民众的转移，表现了文化重心下移的趋势。

《讲话》之前的延安文学，在理论上的最大贡献就是试图构建文学上的“民族形式”。虽然这个话题是承接“左联”时期文学对旧形式的继承而来，并且受到毛泽东有关马克思主义理论中国化的启发，但也显示了延安作家顺应新文学发展的自身规律，创造与“抗战建国”的大时代相适合的新文化勇气。

延安自由宽大的文艺政策培养和保护了作家的主体意识，也调动了作家个人的主动性和能动性，所以，在向旧形式寻求大众化表现方式的同时，他们意识到了创造民族新形式的重要性。应该说，对文学“民族形式”的寻求，既与当时民族统一、共同御敌的政治形势相适应，也是补充更注重横向汲取的新文学发展形式上的不足，在纵向继承上寻求与古典文学、民间文学的内部联系。

延安文化界对“民族形式”问题的广泛讨论和持续两年之久的普遍兴趣，更显示了文学“形式”问题给作家带来的表现上的焦虑：受众群体的改变和对受众的启蒙责任构成了“形式”问题，民族主义的意识也需要借助文学的形式力量加以培育和宣传。①

但寻求文学“民族形式”的努力最终落空了，既没有形成与之相对应的文学文本，也没有形成作家们统一的共识性认识，只留下了延安作家们勇于建设新文化的身影。当然，论争中也涉及了一些对新文学发展方向具有建设性价值的理论，它们成为文学发展有关民族化与世界化问题的理论资源。

延安文学试图寻找统一的“民族形式”探讨，随着“皖南事变”的到来，国共两党政治上统一战线的名存实亡，这种讨论失去了现实的政治基础而销声匿迹。随后的《讲话》对所谓“工农兵”文学的高扬，对民间文化的过分倚重，对文学大众化的颠覆性界说，使解放区文学进入了一个新的历史时期。有关文学的“民族形式”问题，很快就成为一个遥远的历史性话题。

《讲话》之后出现的赵树理小说，新歌剧《白毛女》和李季、阮章竟的民歌体叙事长诗，已经是另一个层面上的民族化、大众化作品了，它们是与《讲话》精神相对应的文学实践性文本，与何其芳等人所追求的鲁迅式的“民族形式”理想相距遥远。

---

① 当时，朱德在鲁艺成立两周年的大会上说：“打了三年仗，可歌可泣的故事太多了，但是好多战士英勇牺牲于战场，还不知道他们姓张姓李，这是我们的罪过，而且也是你们文艺的罪过。”“希望前后方的枪杆子和笔杆子能够亲密地联合起来。”（《解放日报》1940 年 6 月 21 日）毛泽东曾说：很多同志“是从上海亭子间来的，从亭子间到革命根据地，不但是经历了两种地区，而是经历了两个历史时代”。“到了革命根据地，就是到了中国历史几千年空前未有的人民大众当权的时代。我们周围的人物，我们宣传的对象，完全不同了。”（艾克恩：《延安文艺运动纪实》，《新文学史料》1992 年第 3 期）以此为标准，延安文艺界存在的问题是：唯心论、教条主义、空想、空谈、轻视实践、脱离群众，等等，这些思想与无产阶级、共产主义显然是不相容的。所以，文艺整风是必然的，无产阶级必须使文艺成为国家机器的一部分，成为齿轮与螺丝钉，切实地为政治服务。整风前，政治领导人对文艺的普遍不满，说明了文艺不能适应党对文艺社会功能的期待。但作家们还是愿意表现抗战现实的，而如何表现、采取何种形式予以表现，是作家所面对的写作难题。当作家的思想和感情问题没有被当作问题提出来，并进行改造的时候，大众化、形式问题等，就构成了作家为现实服务的写作瓶颈。

第一节 对诗歌大众化的理论探求

一 抗战语境中的诗歌大众化

抗战中的延安文艺一方面反对封建旧文化，一方面学习民间的优秀文化，目的是努力将五四以来的知识分子新文化转化为老百姓能懂的语言，以进行抗战的新启蒙运动。

在知识分子语言向老百姓语言转化的过程中，两种语言所代表的文化（所谓雅与俗）不自觉地进行交融与对话，渐渐地吸收对方的有益营养，以丰富自己。但相互渗透与转化并不意味着取消对方的存在或者融合而成为一种新文化，几千年文学发展的历史证明：雅文化与俗文化无论怎样融合，都仍然保持了各自的独立性，因此，任何民族都有形式上的雅与俗两种文化。

很显然，抗战中的知识分子清醒地认识到了这一点：他们只是为了新启蒙的需要而学习民间文化，他们从来没有宣称要放弃自己的雅文化，把自己完全融化到农民的俗文化之中，他们看到了这种文化的天然缺陷。[①]诗人们也只是出于抗战动员的需要，才采用民间歌谣的形式；但在采用的同时，也有改造，期望在改造中创造一种更具有普遍意义的雅文化，当时称做具有“民族形式”的新文化。

对这种兼容了民间文化的“新文化”的渴望和积极建构的心态，其实是基于对五四新文学语言过分“雅化”的反拨意识：

> 现代汉语历史性地获得了某种“西质中形”的品格，……成为一

① 陆定一在《文化下乡》（《解放日报》1943年2月10日）一文中说：“我国农民对艺术是有爱好的，但是他们的‘食粮’，向来是一则粗制滥造，二则封建意味极为浓厚。我们革命的文化人，有责任来给他们以思想上政治上和技巧上很好的新食粮。”这是《讲话》之后对民间文化的态度：希望文化人制作的文化适合农民的口味，代替那些艺术上粗糙、思想上封建的民间艺术，使雅俗两种文化合为一种新的文化。但《讲话》之前的艺术家，只是形式上学习民间文化，内容上则是有关“抗日建国”的新思想，所谓“旧瓶装新酒”，目的是普及，而提高的艺术则是另一种文人写作。

种既非白话也非西语更非文言，而是在这些资源历史地融合后的语言。①

这种语言正是新诗的语言，而且它一直面临着自己企图解决的难题：

“五四”白话文运动奠基的现代汉语内部，一开始就隐含着两种对立：一是文言与白话的对立，一是在此基础上形成的“欧化”白话和大众语言的对立。②

以这种语言写成的新诗，只能以城市的小资产阶级知识分子和学生为读者对象，它无法深入工农群众中间，老百姓听不懂，也不感兴趣。当抗战需要诗歌作为动员群众、组织群众的武器时，新诗由于语言问题而无法完成自己的使命，因此向民间语言学习，改造这种与大众隔膜的“新文言”，以达到宣传民众参战的目的，就是唯一的捷径。正是在这一前提下，抗战刚刚开始时，文艺界就相应地进行了文艺的通俗化活动。与此相应，如何运用旧形式也就成为文艺的中心问题。

首先是作家们痛切地感到了新文学与普通老百姓的距离，也认识到了旧文学与他们的亲近关系。在他们看来：

文艺以及其他的一般艺术，是人民大众日常最接近的文化食粮。二十余年来，中国新文艺、新艺术没有对于这种旧文艺、旧艺术传统的接受和利用，尽最大的可能。……一部《三国志》，或者《水浒》，或者《儒林外史》，或者《红楼梦》，销售在全国民间的，不知有多少千万的本子。但我们最好的新文学作品，在全国所销售过的也不过几万本；各地方某种“小书”，可以无孔不入地深入民间。为“略识之无”的人所传诵，而内容可为广大毫不识字的人所传说。但我们新

---

① 张桃洲：《现代汉语的诗性空间》，北京大学出版社2005年版，第7页。

② 同上书，第20页。五四新文化运动中形成的白话文一直被诟病为“新文言”：“是中国文言文法、欧洲文法、日本文法和现代白话以及古代白话杂凑起来的一种文字，根本是口头读不出来的文字。”（陈建华：《“革命”的现代性——中国革命话语考论》，上海古籍出版社2000年版，第5页）它的使用范围被认定为是受过教育的小资产阶级知识分子和青年学生。“左翼文学”曾提出了大众语问题，1942年前的延安文学大众化是在此基础上的深化。

文坛上，直到今日也还没有任何一本通俗小册子可以和那样的势力相比拟其万一。各地的旧戏剧、旧歌曲，成为各地民间所熟习、所最高兴和嗜好的东西，而我们文化运动中的新戏剧、新歌曲，却还很少能那样地打进最广大的落后的人民的心坎。①

基于这一普遍性的认识，如何使新文学像旧文学那样，成为老百姓日用的精神食粮，就是迫在眉睫、急需解决的问题。只有解决了这一问题，文艺为民族救亡服务才是可能与现实的。

而文艺为抗战服务，不是出于意识形态对作家的要求，而是出于当时作家的一种自觉的社会承担意识和使命精神，一篇署名“振”的文章说：

……我们的文艺，已亲切地与政治联系起来。……现在，文艺工作者的基本任务之一，在于反映转变与发展中的政治号召。创作者，要执行这任务，理论者及批评者要推动这任务的实现及完成。

要求文艺借其特殊艺术功能，实切，机敏而具体地随时为政治服务。席勒式的留声机文艺，不应被给以高度评价的。

文艺工作者的心也是无边的，他愈爱政治，愈深入政治，他愈丰富，愈充实。

在论述政治与艺术的关系中，文章一方面强调文艺要为政治服务，一方面又强调文艺应以自身的特殊性为政治服务。这个观点最符合毛泽东对文艺的基本要求，三年后的《讲话》对这一观点进行了更为具体的阐述，而这一观点也说明：《讲话》产生有其深广的思想基础。

1941 年 6 月 10 日《解放日报》社论《欢迎科学艺术人才》，对这一观念进行了深化：

这里不提倡“与抗战无关”的作品创造，也不鼓吹为“一个领袖”服务的精神，一切都服从战争，服从大众。

---

① 陕甘宁边区文化界救亡协会：《我们关于目前文化运动的意见》，《解放》1938 年第 39 期。

并且强调说:

> 我们并不把科学艺术活动局限在启蒙与应用的范围，我们同样重视，或者毋宁说更重视在科学艺术本身上的建树，普及和提高两个工作，在我们总是联结着的。虽处在战争环境，但估计到战争的长期性，中国地大的条件，以及抗战与建设新民主主义的必须同时进行，我们不应把科学艺术上的提高工作推迟到抗战胜利之后。

这是当时共产党文化领导人的主导思想：为抗战服务，但也要为未来新中国的新文化做好准备。《讲话》之前的延安文艺就是在这样的主导意识形态和思想氛围中诞生和成长的，关于大众化的不同观点也是在这样的环境中孕育和发展起来的。有人说：

> 当时对晋察冀各种体裁的文艺作品，评价大致如下：音乐比较大众化，其次是戏剧和美术，其次是文学，诗最差。[①]

但是各种体裁都有其自身的独异性特点：音乐可以听，可以教唱；戏剧是舞台艺术，表演具有直观性特点；美术也是直观性艺术，识不识字没关系；小说具有故事情节，只要识字就可以吸引人；诗却不具备这一切。诗被称作人类精神世界中的"天国艺术"，是一切文体中的最高文体。要求诗与音乐、戏剧、美术、小说等达到同样程度的大众化，不仅违反艺术规律，也是不现实的。其结果就是取消了诗的含义蕴藉的本性，成为对大众产生速效却失掉诗性的文化宣传品。

萧三在《讲话》之后的1943年曾经总结了《讲话》之前延安文艺大众化的几种观点：

> 有人认为"写些通俗的、大众化的作品，只是为了抗战需要，是出于一时的不得已，而其实，那是文艺的降低，甚至那不是文艺"。
>
> 也有人认为："通俗、大众的东西，至多只是文艺的一种，——而且是'低级'的一种。"认为："那些主张及实行写通俗大众东西

① 周进祥:《大众化与"化大众"》,《抗战文艺研究》1990年第3期。

的作家，是写不出来真正‘高级’作品的一种遁词。”

还有人以为：“只要是‘为大众’而写，或者是‘为大众’的作品，纵使大众自己看不懂，也不妨其‘为大众’的创作。”

认为：“作品不为此地，今天的大众所懂——没有什么关系；反正在别处，在全国各地，在将来（也许在五百年后!?）可以得到读者而永垂不朽。”

大家该还记得：“提高和普及应‘分工’与否”的争论，“民族形式”的含义应以民间艺术为主，或应以“西方技巧”为主的说法等等，等等。①

萧三以《讲话》为标准，对《讲话》之前所有这些有关大众化问题的观点均持否定与批判态度，但这些观点并非全无价值。或者说，因为它们的价值与《讲话》的价值相反或相冲突，在萧三看来就没有多少价值。《讲话》之后对这些观点的全面否定，使文学发展失去了多元价值参照，从而归顺于一元的政治话语，严重地影响了文学发展的自然态势。

在国统区的重庆，关于大众化的讨论也有几种不同的意见。“皖南事变”以后来到延安的大诗人艾青，对文学大众化的见解比较具有代表性，他说：

全国文盲占了百分之八十强，写什么样的诗能使大家都懂呢？难道叫我们写“大狗跳，小狗叫”小学生教科书吗？国家培养一个作家多不容易，叫他们当小学教员岂不可惜吗？一个飞机师不让他坐飞机，而偏让他坐摇篮，那岂不是笑话吗？通俗化的工作应该做，但不一定叫作家来做，五言七言诗，大众也是不懂的，新诗叫大众都懂也

① 萧三：《可喜的转变》，《解放日报》1943年4月11日。萧三此文还说，《讲话》以后：“大众化，面向工农兵大众，为工农兵服务，与工农兵结合——是我们文艺之唯一的出路与发展前途；而大胆，广泛吸收民间艺术，拿来加以精制、改造、提高，又放还到民间大众去，再吸收、再精制……再归还……如此循环不息，努力而又努力，……”这好像是说：文艺工作者的工作不是艺术创造，而是艺术改造。也许萧三理解得太正确了：《白毛女》就得之于对民间传说的成功改造；风靡全国的大秧歌得之于对民间歌舞的成功改造。新中国成立后，新编历史剧的风行、八个样板戏的成功都得之于改编。对民间形式进行意识形态化的过程，是作家对《讲话》的理解与文艺权威不断强化的结果。

是很困难，我觉得能叫知识分子都懂就够了，我们不能因为不懂，而来写“大狗跳两跳，小狗叫两叫”。

通俗化运动是要分工合作的，譬如叫作家去作识字运动，不是会不会的问题，而是合适不合适的问题，作家的作品只要影响一般的知识分子，知识分子再去影响广大的人民。①

艾青不同意让作家去做文学大众化的工作，他认为这是“大材小用”，应该让普通知识分子去做文学通俗化的工作。

就延安地区来说，从抗战到1942年《讲话》以前，由于各地文化人和青年学生的大批到来，已经完全改变了原有苏区的文化格局；延安文学的影响不再仅仅限于共产党领导的革命根据地，而是影响到了全国。尤其是延安文化政策的宽松与自由，鼓励作家大胆发表作品和自办刊物，使延安文学不仅突破了苏区时期的革命话语局限，而且其创作成绩表明：延安文学已经进入了新文学的轨道，能够与国统区文学平分秋色。

从苏区时期的集体性写作到抗战初期的作家个体创作，不仅是作家自我承担能力问题，更是文学成熟和独立与否的标志。

《讲话》以后，集体写作再度畅行，一是作家出于改造的需要而主动湮没自我的声音，二是与政权的审美意识形态倡导有关。

整个解放区文学，只有此一时期属于民族主义文学意识高扬时期，文学观念几乎与重庆、昆明等国统区同步。而此前、此后的延安文学主题都与新文学或国统区文学有着很大的差异，那些有关阶级斗争的意识形态内容显然属于苏俄的革命话语，与启蒙主义文学或自由主义文学判然有别。

所以，这一时期的延安文学既区别于苏区时期的客观封闭，也区别于1942年《讲话》以后的主观自闭，而是处于特殊时期的开放状态：虽然有关于抗战主题等意识形态的制约，但作家的思想活跃，创作自由，他们既继承了五四、左联时期知识分子的启蒙精神和批判传统，也具有为新中国创造新文化的参与意识。而且，不论是对新诗大众化问题的讨论还是对新诗“民族形式”的建构，都是在自觉地继往开来的思想

① 《民族形式座谈笔记》,《新华日报》1940年7月4日。

意识中进行的。

尤其是对新诗大众化的理论和实践，几乎完全继承了左联的文化遗产，在新诗实践大众化的路上，作出了独特的贡献。

二 有关新诗大众化的方法与途径讨论

基于为抗战现实服务的诗歌大众化的紧迫要求，延安和晋察冀地区都面对现实，针对新诗如何学习民间语言和民间歌谣问题、诗歌的发展前途等问题展开过认真而热烈的争论。

当时讨论的一个重要问题竟然是“诗与歌谣将来是合成一个，还是各走各的路”，这是一个关系到新诗生死存亡的问题。

邓拓在边区文艺工作者创作问题座谈会的报告中说：

> 关于诗与歌谣的问题，目前有两种看法：一种是认为诗与歌谣的划分，是由于阶级的划分，社会劳动的分工，诗在阶级社会里，多半与大众隔离，在将来阶级社会消灭时，诗将与歌谣合流，结果就会造成诗的灭亡论；另一种则认为诗与歌谣有不同的特点，诗有一定的体裁与内容，是作者的主观的创作，而歌谣是从民间产生出来的，多数人凑成的，这种不同的特点不会消灭，因此诗与歌谣仍将在两条路上发展，结果造成诗与歌谣的分家论。……诗与歌谣将来在基本上虽然合流，但在形式上仍有不同的道路，随着社会的发展，劳动分工将会愈益细密。既经发展了的东西，有它存在的客观条件，它只会向前发展，不会消灭下去。①

邓拓认为：诗与歌谣在形式上是不同的，而且它们都是业已成熟的文学样式，所以不会合流的。并且随着将来劳动分工细密化程度的提高，它们可以更好地保持各自已有的独特性，可以发展出自己更加独特的道路。邓拓的这个认识是比较理性的，也符合事物发展的必然规律：诗与歌谣的想象方式不同，面对的读者对象不同，处理题材的方法也各有千秋，因此，诗与歌谣只能各有各的发展道路。

而其实，关于新诗的发展前途和新诗歌谣化问题，在左联时期就已经

① 邓拓：《三民主义的现实主义与文艺创作诸问题》，《边区文化》1939 年 4 月创刊号。

有人提了出来，只是尚未引起注意而已。穆木天曾论述说：

> 新诗运动虽然是相当地成功，可是，新诗正于为几个人之享受品而没有获得大众性，也不能不说是一种失败。
>
> 这是值得我们新诗人反省的。新诗未能广泛地被民众所接受，诗人只管做新诗，而大众仍在唱着封建的五更调，
>
> 新的诗歌应当是大众的娱乐，应当是大众的糕粮。
>
> 新诗之歌谣化，总可以说是新诗运动之目标之一。①

穆木天提出新诗发展的“歌谣化”方向，并作为新诗大众化运动的一个目标，虽然当时没有得到呼应，却是延安此类诗歌问题讨论的先声。

抗战初期的延安，诗人们怀着救国的热情和创造新文化的理想，在关于诗歌如何发展的问题上展开了富有建设性意见的讨论，但也存在着很大的争议：诗歌究竟是走自由体的新路还是走歌谣化的老路，是最常见的两种对立意见，而且就最后歌谣灭亡还是新诗灭亡也有截然相反的看法。

邵子南认为：

> 到达将来幸福的时候，人们都有机会参加文化的社会的时候，歌谣不成问题，也将有一个空前的更大发展，像现在苏联一样更加产生大批表现集体情绪的集体创作的歌谣诗人。②

史轮则持一种完全相反的论点，他认为将来“歌谣专家就不会再是只能写歌谣的专家了；他们何尝不能‘向拜伦、雪莱学习’？他们为什么不能学做诗人？他们为什么不能变做诗人？”在史轮看来，歌谣就像原始工具，诗歌就像现代工具，当民众进步以后，他们会更爱诗歌而不是更爱歌谣。“所以，大众一定由歌谣走上诗去，那么歌谣也就跟着人的行动被带到了诗里去。”根据是：自古以来都是士大夫在诗的国度里，而贫苦人在歌谣里。那么，结论是：

---

① 穆木天：《关于歌谣之创作》，《新诗歌》1934 年第 2 卷第 1 期。

② 史轮：《我的几个诗歌问题的见解》，《边区文化》1939 年第 2 期。

“歌谣是能由诗来包容了，兼办了和代替了的。”诗与歌谣的合流不是“诗的消亡”，反倒是歌谣的没落。

除了这两种完全对立的观点而外，还有一些其他的认识。史轮总结说：

在延安住了半年，接触到诗歌的种种的不同见解，内中有这些主张：

一、现在的诗，可以用七言七律来写。

二、完全用歌谣的形式和非采用歌谣的长处不可，不然便是不要大众化，看不起歌谣，而作品呢？是学生们的；因为将来诗与歌谣要合流。

三、与歌谣将来各自发展，一定不合流。

四、歌谣味道的作品和歌谣味道的创作不是诗，是△（谣），意思是只有自由诗的形式和散文诗的形式才是诗。[①]

这四种意见其实概括了诗歌已有的四个方向：古典诗、歌谣诗、诗与歌谣并存、自由诗，实践证明：不仅诗与歌谣可以并存，各自有着自己的发展前途，而且，真正优秀的诗作仍然是诗人创作的自由诗。

关于歌谣问题，当时的延安不仅有许多仿歌谣的诗人创作和群众创作，而且也有理论研究工作。只是这一研究不是抽象的歌谣理论，而是针对具体歌谣修改问题的不同见解。比如：《小白菜》[②] 是一首广传于大江

---

① 史轮：《我的几个诗歌问题的见解》，《边区文化》1939 年第 2 期。

② 以写作自由诗而著称的公木，1941 年写了“小白菜调”的《孤儿叹——调寄小白菜》，发表于延安版的《新诗歌》1940 年第 1 期上：秋天里呵树叶黄呵，十五六岁失家乡呵！日本鬼子真凶狠呵，爹爹妈妈都杀光呵！爹娘被杀房被占呵，小小年纪走四方呵！出得山来两眼黑呵，云儿飘飘风儿凉呵！日落西天无处睡呵，想起爹娘泪汪汪呵！泪汪汪呵，泪汪汪呵！//桃花开呵，杏花落呵，我想爹娘谁知道呵！爹娘想我一阵风呵，我想爹娘在梦中呵！爹娘头上染血红呵，日本鬼子真正凶呵！爹娘躺下不作声呵，想起爹娘泪盈盈呵！风儿凄凄日无光呵，睡到三更哭爹娘呵！哭爹娘呵，哭爹娘呵！//鸡上架呵，狗跳墙呵，跑来跑去到何方呵！河水哗哗葡萄长呵（葡萄，指乡人讹称滹沱河），弯弯曲曲到家乡呵！家乡相隔八百里呵，大好田园都遭殃呵！爹娘死得不合眼呵，此仇不报脸无光呵！一心加入游击队呵，打了胜仗回家乡呵！回家乡呵，回家乡呵！//

南北的民歌，写的是失去母亲孩子的痛苦，传达了与后娘一起生活的心灵凄苦感。当时在杂志上发表时写的作者是烽火剧团平山原作，马朗改作。全诗是：

> 小白菜，地里黄（改为好凄凉），/三岁两岁没了娘（改为三岁不到），/跟着爹爹还好过！/只怕爹爹要后娘！//娶了后娘三年整，/生个弟弟比我强；/他吃肉，我喝汤，/拿起饭碗泪汪汪，/后娘问我为啥哭？/我说碗底熨得慌；/河内开花河内落，/我想亲娘谁知道！（最后两句改为：爹爹问我为啥哭？我说弟弟有亲娘。）

编辑在《删改的理由》中说：

> 这是一首民歌，发表在这儿供大家参考，改动的只是几个字句，意思没有大改动。我们不主张原原本本地把旧民歌写下来。应该吸收民歌的优点，创造新民歌。

可见，改动《小白菜》的目的是“创造新民歌”。编辑支持这种修改，并认为改得比较好的原因，主要是改作比原作容易懂了，意义上更相连了。编辑多次指出原作诗句之间缺少意义上的必然联系。比如

> “地里黄”三个字，与下一句的意思接不上，改为“好凄凉”，就把小白菜当作人了，在意思上讲，前后都连成了一气。我们也知道，开头第一行与第二行不连接，是民歌的特点，但是这是不合理的做法，我们必须要改正这种习惯。

其实这是编辑缺少诗歌常识，借物作喻，或为言彼物而先言他物，是从《诗经》以来我国诗歌就约定俗成的常用的比兴手法；“三岁两岁”，编辑认为是“口传的错误，把‘两岁’改为‘不到’，就讲得通了”。其实这是老百姓口语里的惯用法，不仅读起来顺口、押韵，还可以比喻年龄幼小，不是确指几岁；最后两句改得诗意全无，但编辑说，改动的结果是使诗歌的意思更加集中了。编辑论述说：

（“河内开花河内落”）这一句与上面的心理描写，丝毫没有关系，想是瞎添上去的；改为“爹爹问我为啥哭?”无论在形式上，在意思上都比较好。（“我想亲娘谁知道!”）这一句与前一句也无关系，同样是凑上去的；脚韵也不和。我这样改，是与前面的心理描写，相对照的，而且形式上也很完整。

但其实这首诗是换韵的，共有三个韵，换韵的结果是使诗句更加活泼流畅，有一种自然的旋律感。

这是发表于《大众习作》[①] 第1卷第4期（民国卅十年二月十五日出版）上的文章，到第1卷第5—6期合刊（民国卅十一年九月十五日出版）时，就有署名读者展潮的来信：《关于〈小白菜〉的改作问题》，文章首先明确指出这是一首著名的民歌，不是哪一个人的个人创作，并认为修改得不合适。作者在一一指出其改作的具体错误之后，又非常仔细周详地论述了原作的好处，不仅显示了作者充分的诗学素养，也显示出一个学者对新诗发展前途的真正关心。尤其是指出最后两句的改写：

“河内开花河内落”，是指花开花落无人知的意思，用无人知来衬下句的“我想亲娘谁知道”一句，既较亲切而又含义悠远，令人感慨深长。若改成“我说弟弟有亲娘”简直就无味了，而前者是凄凉幽怨之语，后者便接近愤愤不平，反映不出孤儿的心隐藏的痛苦了。而幽怨凄凉暗自饮泣，却正是本歌的一贯精神，愤怒不平反而表达不出这种凄凉感了。

不仅如此，作者还列出了民歌头一句不与下文相连的五种类型：有关于喻义的、喻场所的、指时间的、谐音的和形容的五种，也举出了具体的民歌作为例证。

这种针对编辑的不同意见能够及时地发表出来，不仅显示了延安自

---

① 延安大众读物社出版，周文主编，1940年8月1日创刊，1941年9月15日终刊。共出6期，其中2—3期与5—6期都是合刊，所以只有4本杂志。原因是纸张和印刷的困难。其特点为：“（一）登的文章多是真正大众的作品；（二）有原文与改写双登，……（三）由这个刊物本身，提供出一个大众化的具体办法，即指出了走向大众化的一条新的道路。”（《新中华报》1940年8月30日）

由、民主的学术风气，也引导了讨论向纵深方向发展，并廓清了读者大众对于民歌的一些错误观念。

改作后的《小白菜》删去了原作中所有的比兴句或比喻句，全诗都是口语的叙述。当然这样的民歌也是有的，而且对比原作，意思、韵脚和节奏也没有多少改变。但诗的感觉改变了：《小白菜》之所以能够流行于大江南北，得益于的就是这种"诗的感觉"。这种修改破坏了老百姓对于《小白菜》原有韵律的朴素直觉，他们不会接受这种改编，因为不上口，也不形象。

老百姓世世代代生活在民歌的语境中，哪些民歌能够流传，哪些不能流传，不是出于哪一个人的权威或指示，而是诗歌本身经受起了历史公正的选择。

当然也有一些完全口语化的民歌很流行，如《大众习作》第1卷第4期上的民歌《反对买卖婚姻》：

> 九月里，秋风凉，/爹娘暗里作主张，/把我卖到高山上，/深沟去担水，/脚小路太长！/路太长，苦难当！/放下水担骂一场：/一恨爹贪财，/把你女儿当猪羊；/二恨娘太错，/为何给我缠小脚；/三恨说媒人，/胡说八道害人精！/走一步，骂一声，/我要反对这婚姻。//

这首民歌的开头一句也是"兴"的手法，与后面的一句没有必然的因果关系，可以看作指时间的一种"兴起"类型。这首诗与《小白菜》相比，缺少了诗的韵味，但韵脚只转换一次，由"ang"韵的开口直呼向"in"韵的闭口压抑转换，韵脚转换的规律与诗歌的叙事内容协调一致。又由于全诗是由三、五、七等奇数诗句构成，所以既有一种口头告白式的宣泄意味，又有一种歌唱的调子。其内容既述说了小脚给劳动妇女带来的痛苦，也抨击了封建买卖婚姻对女性的摧残与虐待。所以，即使是不如《小白菜》流畅婉转，也有理由流传下来。

令人遗憾的是，解放区的很多仿民歌写作都陷入了对《小白菜》改作的误区，好像老百姓只能听懂大白话，任何诗意都与他们无缘：没有比喻，只有押韵，节奏感通过字数的整齐和韵脚的帮助显现出来。如果能在诗句中嵌入一两句有比喻色彩的句子，就是好诗了。如若望的诗《炭井工人之歌》[①]：

没奈何，/下炭井，/养不活婆姨，/炭井黑，/炭井湿，/炭井工人腰不直！//见到太阳等过年；/见到月亮似神仙；/见到刮风不怕啥；/见到下雨苦连天！

诗中的太阳、月亮两句有夸张和比喻的双重效果，渲染了炭井工人的可怕生活。尤其是以“炭井”开头的三句和以“见到”开头的四句有一种韵律感和急迫感，使全诗生辉。

当时比较有名的街头诗诗人刘御也有类似的诗歌，如《第一架水车》[②]：

延安县，高桥川，/有个大怪物，/立在河边上。/水冲它，它就转，/河里水，上了岸。/农民团团围着看，/大家越看越喜欢。/一传十，十传百，/四面八方都传遍。//

全诗有如顺口溜，三、五、七个字不等，错落有致的排序给人一种活泼流转的感觉，又好像一个谜语，诗句趣味横生。

写过《给我一枝枪》的季纯写了民歌《摇机歌》[③]：

摇机真辛苦，/汗珠如草露，/汗随体流下，/润湿脚下土。/为了打日本，/却不辞劳苦，/多出一分力，/多印一页书。/纸弹与炮弹，/一样能御侮，/努力再努力，/创造新乐土！//

全诗押韵整齐，只有一个韵脚，隔行押韵；全部为五字句，好像乐府诗。

这些都是多少有些比喻的民歌风味的诗人诗作，若望哀叹炭井工人的辛苦，与刘御和季纯赞美边区新气象一样具有意义：新时代的农民们

① 延安《中国工人》1940年第5期。
② 延安《中国工人》1940年第8期。
③ 延安《中国工人》1941年第12期。

终于开始了机械化生产——使用水车而不是人的肩膀担水；印刷厂的工人印书就是造炸弹。他们已经超越了传统民歌的情歌或哀歌的题材限制，拓展了民歌的表现领域：一切能够入诗的对象都可以用民歌的形式予以表现。

但由于内容多是社会动员性质的，语言又是口语化的，不太容易流行。而且，诗人创作诗歌的艺术生命力究竟不能与世代相传的民歌相比，因为大部分作品是出于宣传的目的，在艺术表现上可能弱一些。

刘御另有一首叫作《义务工》的诗，节奏感很强，但近于快板表演，缺少诗的形象和生动：

> 做了八点钟，/再做一点钟！/这点钟，义务工！/为啥叫做义务工？/既不加工资，/又不受强逼；/为了多生产，/自愿的劳动，/边区各厂的工人，/人人做过义务工。/他们说——/横竖为的是自己，/必要时，我们还愿意，/多做几点钟。//

由此可以看出，从社会动员出发而写作的诗歌，虽然也可能会有一些好诗，但由于诗人要兼顾到读者的阅读水平和理解能力，诗人在这类诗歌的创作上竭力要寻求其通俗易懂性，有时反而违反了老百姓的欣赏习惯，缺少最基本的艺术想象力和语言表现能力，使诗歌失去诗的韵味而成为大众宣传品。

而其实，为追求大众化而写作的诗人民歌与真正的民歌是不一样的：前者是诗人用诗的方式寻求与老百姓的艺术感觉沟通，沟通的目的是进行精神启蒙或社会动员，这是一种自上而下的诗歌写作；后者是千百年来老百姓的口耳相传之作，积淀了他们生活的智慧和艺术直感，这是真正的民间创作：

> 作为长期的、有机的、多方面创造性参与的过程的结果，民间文化尽管时常有着幼稚笨拙的外观，却是相当精致完美的。重要的是——还是用麦克唐纳的话说——"民间艺术自下面生长出来"，而"大众文化是从上面强加的。它由企业雇佣的技术专家制造出来；它的受众是被动的消费者，他们的参与限于在买与不买之间作选择。生产媚俗艺术的大老板们开发大众的文化需求以牟取利益，且（或）

维持他们的统治阶级地位——在共产主义国家里，只有后一方面的目的”。①

当然，当时为抗战宣传而写的大众化诗歌与今天的大众艺术有着本质上的区别：首先它不是媚俗艺术，它的目的不是为了赚钱而是为了宣传，它的消费者虽然是被动的，但却不是中产阶级而是下层老百姓；相同的就只有一点：都是为了争取观众而制造适合观众口味的艺术产品。

三　有意识地培养“大众自己的作家”

抗战时期文艺大众化的目的就是实现文艺的政治功用性，建立一种与抗战的现实相适应的大众文化。不论部队还是农村，都有这样急迫的要求。

部队文艺工作的方针，首先在于团结和培养有战斗生活经历的专门文艺工作者，使他们能够用戏剧、音乐、美术、文学等等形式，把民族战争中的一切现实生活（民众及将士在抗战中的英勇斗争，日寇、汉奸、投降分子、顽固分子的阴谋诡计等等）反映出来。②

对文艺这样具体的要求，其实也间接地形成了对作家的要求。“深入生活、深入前线”等口号不仅是中央对作家的号召，也是文艺工作者的内在自觉，它具有引导、影响或规范延安作家的巨大力量。诗人鲁藜说：

……因为惟有深入斗争的实践才能更有效地发挥文艺的功能。一个伟大作家的产生是联结于他的时代，联结于他在这时代的革命的实践的；革命的实践是一切艺术生命的源泉。我们反对躲在后方“闭门”创造浪费纸张的“作品”。③

① ［美］马泰·卡林内斯库：《现代性的五副面孔》，周宪、许钧主编，商务印书馆2004年版，第262页。

② 《总政治部 中央文委关于部队文艺工作的指示》，《八路军军政杂志》1941年第3卷第2期。

③ 鲁藜：《目前的文艺工作者》，《文艺突击》民国廿八年第4期。

因此，延安很多作家曾以各种方式到过前线，他们或作为文艺工作团的成员，或作为鲁艺实习的带队老师，或者寻找其他的机会体验过前线的生活，何其芳、卞之琳、田间等都到过前线或长期生活在前线。

文艺理论家一方面认识到了文艺大众化的现实意义，一方面也为大众化规定了努力方向：

> 中国民主革命的斗争给予文艺上新的课题，这课题的中心是文艺走向大众，文艺首先应该为大众而服务，逐渐为大众所把握，成为大众自己的东西。

这是一个共识性的前提，然而怎样才是大众化呢？作者认为：

> 文艺大众化进展到高阶段的时候，必要的应该培养大众自己的作家、文艺工作者和文艺通讯员。只有从工人和农民、从一切大众的组织中，从战斗的部队中锻炼出来的作家、文艺工作者和文艺通讯员，才是真正和大众自己的生活密切结合着的，他们的作品，才是大众自己的文艺。①

这种有关大众化问题的观点其实与“左联”时期的瞿秋白、郑伯奇很接近，郑伯奇曾论述说：

> 大众文学应该是大众能享受的文学，同时也应该是大众能创造的文学，所以大众化问题的核心是怎样使大众能整个地获得他们自己的文学。②

可见，延安文艺大众化的思路完全是承接左联而来，是接着左翼的话题往下说。而30年代的左联与抗战时期的延安作家之所以在文学大众化问题上认识一致，是因为他们对现实“革命”问题的理解一致：革命需要劳苦大众

---

① 梅行：《论部队文艺工作》，《大众文艺》1940年第1卷第4期。

② 郑伯奇：《关于文学大众化问题》，《文学运动史料》第2册，上海教育出版社1979年版，第367页。

的参与，他们是革命的主力军，但大众是需要启蒙的。文学要对大众起到启蒙和动员的作用，就必须让大众看得懂，必须走大众化之路。

所谓精英文学向大众文学的倾斜，不仅是一个表面上的读者层次与数量的问题，更是一个有关文化领导权的问题。既然革命的力量来自农民和战士，那么文化的重心也应该是以农民与战士为主，不仅以他们为主人公，更要以他们为理想的读者对象。

在延安文学为大众化目标而寻求新的表现形式的时候，旧形式自然地进入了作家的视野，大众作家也成为格外被期待的新作者。这也是延安文艺与国统区文艺最大的区别，对文艺大众化的特别强调和实践活动，在延安的文学刊物上也有所表现：比如《边区文艺》发表了边区印刷厂工人的集体创作《我们的生活》，后来被《七月》转载；《文艺突击》上经常有“工厂文艺”，发表过工人诗人赵鹤的诗歌《两个九月》和《给职工大队的兄弟姊妹们》，还有工人作者刘亚洛的报告《130只油桶的计划是怎样突破的》。街头诗的组织者与作者林山也很关注大众的文学创作活动情况，他在总结延安文艺小组的文章《谈谈延安的文艺活动》中说：

> 延安的文艺活动，还有两个特点——文艺小组和墙报。我们这样确信，文艺应该是大众的。而大众文艺的作者，最有希望的是生活在大众中间的大众作家。所以，提拔与培养大众作家，对中国的大众文艺运动，是有着决定的作用的。……目前，印刷厂和机器厂，已经都有文艺小组，而且已经产生了好几篇工人的作品。这，在中国的文艺运动史上，可以说是新的一页。

但也存在着一些问题：

> 首先应该指出大众化的程度的不够。……文艺工作者，……还多少带着过去的作风，还没有或者说很少产生出真正大众化的作品。

另外：

> 新的文艺理论还没有建立起来，……这样，不只减少了对全国的影响，就是在实际工作上，也不能好好地开展的。

这说明当时的延安作家有一种全局的观念，他们不仅是在延安进行抗战的文化宣传工作，更是要以延安为典范影响全国的文艺创作。林山认为延安文艺活动的前途是：

> 一，创造或产生一些新的抗战文艺作品和文艺理论。二，成为中国文艺运动的主流之一。三，成为西北文艺运动的中心，对华北游击区的文艺工作起着领导或推动的作用。①

但是，延安的大众化创作还是不令人满意。一个普遍的观点是：

> 真正的大众化作品还是少见。……写出来的东西，大半都是空洞，抽象，呆板和枯燥。要克服这弱点，一方面当然应该更进一步号召与组织作家去参加实际生活，深刻地去认识、了解大众，去学习大众的语言和表现的方法，另一方面，就是培养大众作家，从工厂，部队，农村中提拔，教育，培养出大批新的文艺干部，这是很重要的。……它比一般知识分子所写的大众化作品更丰富、现实、具体、生动和健康。②

严格地说，只有延安与晋察冀边区的后期街头诗运动才真正实现了群众写、群众读的诗歌大众化目标。

四　朗诵诗运动的有关理论探讨

诗歌大众化的另一个实践目标就是朗诵诗运动，诗人们试图建构和朗诵实践活动相对应的朗诵诗理论。而且，可以说，当时的有关理论探讨已经比较成熟了。音乐家吕骥曾给朗诵下过一个定义：

> 朗诵，……人类用他所能发出的极丰富的声音所创造的最高级的语言（几乎是音乐）的艺术。

---

① 林山：《谈谈延安的文艺活动——提供一些材料和一点小小的意见》，《文艺突击》1938年第1卷第3期。

② 林山：《从大众中培养新作者》，《文艺突击》1939年第4期。

他还提出：

……如何丰富我们的音色，如何咬字，强弱的对比，节奏的变化，如何创造适合一首诗特殊内容的特殊（朗诵）形式，如何完成适合于现在的朗诵的风格。

那么，什么样的诗适合朗诵呢？他说：

诗歌要适于朗诵，必定要口语化，……我们必须学习大多数人所说的流行于各地的土话，语汇最丰富，又最活泼有生命的，大多数人所熟悉的一种语言。诗歌土语化以后才能更接近群众，在通俗化这方面才能获得更大的效果，是不仅仅对于朗诵有利的。

主张诗歌朗诵要“土语化”，这是根据当时老百姓的普通话水平而定的。在一个流行土语的地方，很多人听不懂普通话，土语就是通用的语言。那么，为什么要提倡朗诵诗呢？因为

诗歌由文言解放出来用白话写作已经获得相当的成果，不过对于大众还没有发生伟大的影响，那是因为是被印在书本上的缘故。现在已经被解放出来成为口头的了，我相信它一定会唤醒无数同胞，号召千百万民众整队地站起来为祖国的解放而战斗的。①

可见，诗人们寻求的是如何通过朗诵，让老百姓理解和接受新诗的形式，从而达到动员民众、进行抗战的宣传目的。②

在延安，刘御、柯仲平等领导的战歌社，是最早开展以朗诵诗活动为

① 吕骥：《从朗诵说起》，《战地》民国廿七年第2期，丁玲、舒群主编，上海杂志公司总经销。

② 在延安的诗歌大众化问题上，有两种实践活动，一为朗诵诗，一为街头诗。尽管这两种大众化方法以前中国诗歌会都提倡过，但真正持久的实践还是在抗战时期，尤其是解放区。它们贯穿于延安时期的整个诗歌活动，对比起来，街头诗成绩更大一些，因为它最后变成了群众性的自娱自乐的文艺活动；而朗诵诗事实上只有柯仲平、李雷等少数几个诗人的实践，他们在延安晚会开始之前的等待时间里上台朗诵，已成惯例。

主要任务的诗歌团体。建社之初，他们就曾每周集会研讨诗歌、举行诗歌朗诵活动；“西北战地服务团”也曾组织诗歌朗诵队，深入前线朗诵诗歌，借以鼓舞士气。但是，与武汉等地的诗歌朗诵活动相比，延安的诗歌朗诵活动基本上是失败了。

主要原因还是由于新诗的读者市场问题：武汉等国统区群众比延安群众有更多的诗歌阅读经验，因此民众中也有更多的新诗读者，对比起来，延安的群众更倾向于欣赏民间艺术。比如：1938 年在陕北公学的新年晚会上，以诗朗诵出名的柯仲平代表战歌社参加表演，结果只带来了一些嘲笑声。1938 年 1 月 25 日，战歌社举行“诗的朗诵问题”座谈会，林山谈了诗歌朗诵的时代意义，他说：

> 诗歌朗诵将有怎样的前途呢？我们的回答是前途光明得很。理由是时代迫切的需要诗歌的朗诵，而诗歌也可以而且应该是一种朗诵的艺术。①

雪苇谈到了诗歌朗诵的技巧问题，包括感情的适度、声音的特点、听众的大众化等；沙可夫着重论述了诗歌朗诵与小说、戏曲朗诵的不同之处：音韵的旋律感、朗诵者对诗歌的理解与表情要吻合诗歌的内容等；柯仲平谈了诗朗诵的特点是介于说话与歌唱之间，但又不同于单纯的说话与歌唱。②这次讨论基本上没有涉及朗诵诗的写法问题，涉及的都是如何朗诵新诗的话题，他们关注的重点是如何使新诗由视觉艺术变为听觉艺术。

接着，1938 年 1 月 26 日，延安战歌社举行了一次“诗歌、民歌演唱会”，毛主席亲临观赏，但结果失败了。会后及时进行了总结，当时就有人评论说：

> 晚会是在屋子里举行，观众多数是各机关的工作人员，没有老百姓。……老百姓还是玩着几百年前的老把戏。……公子调情的旧戏，怪模怪样的舞蹈……
>
> 那末，怎样使文艺深入大众？是值得大家探讨的。……

① 《关于诗的朗诵问题》，《新中华报》1938 年 1 月 25 日。

② 艾克恩编撰：《延安文艺运动纪盛》，文化艺术出版社 1987 年版，第 43 页。

> 诗歌朗诵是把诗歌送到大会中去的一种手段。
>
> ……一是怎样改造诗歌本身，适合于大众口味，掀起他们的感情；一是怎样朗诵适当地传达出诗歌的思想感情。……现在的诗歌……还是知识阶层所有，大众不能理解和接受；……在这次晚会上失败了。听众原来有一二百，走到最后剩下二三十人。①

可见，普通群众对新诗的接受程度非常有限。

有鉴于此，新诗在形式方面的变革成为必然，诗歌朗诵活动促进了诗人们的这一认识。为了朗诵的需要，新诗的散文成分增加了。朱自清对此评论说：

> 这也可以说是民间化的趋势。……民间化自然得注重明白和流畅，散文化是必然的。而朗诵诗的提倡更是诗的散文化的一个显著的节目。②

新诗的散文化主要表现在语言上的明白晓畅和形式上的自由体选择，这些变化都有利于新诗的普及工作。客观地说，朗诵需要新诗改变诗行简短和诗意含蓄的写作策略，必须极尽铺叙之功，才能引起听众的注意。

朗诵诗歌的目的是让听众听得懂。因此，不是所有的诗歌都适合于朗诵，为此而出现了一些为朗诵而写作的诗歌。③ 延安一些著名的歌词在成为歌曲流行以前，都曾以诗朗诵的形式在解放区产生过很大影响：如《黄河大合唱》、《生产大合唱》和《八路军大合唱》等。

---

① 元留：《边区的国防文艺》，《战地》民国廿七年第1期，第12页，丁玲、舒群主编，上海杂志公司总经销。

② 朱自清：《新诗杂话》，三联书店1984年版，第39页。

③ 刘增杰在《中国解放区文学史》（河南大学出版社1988年版，第221页）中说："1938年曾就朗诵诗的形式问题展开过讨论，……于是一种新的诗体形式，便在解放区加入了宣传抗战的大合唱。"我没有找到有关朗诵诗形式问题的讨论的文章，找到了《新中华报》1938年1月25日在"边区文艺"专栏里的文章《关于诗的朗诵问题》，发表的是有关战歌社召开的"诗的朗诵问题座谈会"的纪要文字。内容是林山、雪苇等人讨论怎样朗诵诗歌，而不是怎样写作朗诵诗。陈安湖主编的《中国现代文学社团流派史》说："1938年1月，林山、雪苇、柯仲平、黄药眠等在《边区文艺》上发表文章，专题讨论'关于诗的朗诵问题'。"据我个人搜索，延安没有名为《边区文艺》的杂志，不知是否是指《新中华报》的"边区文艺"专栏。

在诗歌朗诵理论上建树最高的是锡金，他曾在丁玲、舒群主编的杂志《战地》上发表文章：《朗诵的诗和诗的朗诵》。他认为：

> 朗诵诗的终极该是语言的诗而不是文字的诗，文字仅是记录着而已。……文字有文字的静的形象的美，而语言却有它的动的声音的魅力。[①]

诗与朗诵的关系是：

> 诗更要在朗诵里，逐渐地吸收更多的活的语言。这样，可使它在数千年已经僵死的文字里解放出来，充实和活泼了它的内容。再经过新的诗的言语，诗人们要为民族创造新的言语。[②]

锡金在“朗诵的诗”和“诗的朗诵”之间的辩证观点，对于正确地认识文字的诗歌与语言的诗歌大有启发价值，同时他把朗诵活动从单纯宣传抗战的功利目的中解脱出来，看到了朗诵诗可能在被朗诵的过程中，创造出民族“新的语言”的本体价值，转换了人们对待朗诵诗功利的、局限的眼光，深化了人们对于这一活动的理论认识。

在抗战初期，诗歌朗诵活动在全国都有开展，但在武汉发展得最为成熟，高兰、穆木天、冯乃超、光未然、蒋锡金等都是从事朗诵诗创作和理论探讨的诗人，有人评论这一活动说：

> 在抗战初期，从事朗诵诗创作的人很多，作品的数量也颇为可观，可惜在战争的环境中大多没能保存下来，今天所能见到的只是其中很小的一部分。……群众称之为“听的诗”。[③]

“听的诗”，形象地概括了朗诵活动诉诸听觉的特点，也说明了当时这一活动的宣传性、群众性和集体性特点。

---

① 锡金:《朗诵的诗和诗的朗诵》,《战地》1938 年第 1 期。

② 同上。

③ 陈安湖主编:《中国现代文学社团流派史》，华中师范大学出版社 1997 年版，第 567 页。

对于文艺大众化问题，鲁迅曾评论说："文艺本应该并非只有少数的优秀者才能够鉴赏，而是只有少数的先天的低能者所不能鉴赏的东西。"鲁迅赞成文艺大众化的主张，但也指出了欣赏文艺的个人必须具备的条件：

> 首先是识字，其次是有普通的大体的知识，而思想和情感，也须大抵达到相当的水平线。否则，和文艺即不能发生关系。若文艺设法俯就，就很容易流为迎合大众，媚悦大众。迎合和媚悦，是不会与大众有益的。①

抗战时期的诗歌大众化被鲁迅不幸而言中。

第二节 新诗的理论建构："民族形式"的讨论

一 文学"民族形式"讨论的意识形态背景

抗战初期，延安有关"民族形式"的讨论，不仅适应了当时民族主义文学发展的内部要求，也显示了延安文化人建构新的文学理论的一种自觉精神。它涉及后来文学研究中不断被提起的中国与西方、古典与现代、民族化与现代化的多重关系问题，当然，新文学从注重横向借鉴到注重纵向继承的视点转移，也不能仅仅看作新文学资源中心的调整，同时也是延安文化人重建新文学的一种尝试和努力。

> 有计划有系统地来开始一个理论的运动，……而且要考虑到新文艺的较永久的建设。②

因此，由延安《文艺战线》发起的这一场全国性大讨论，一直被认为是带有浓厚意识形态背景的讨论。但不可否认，它也是延安《讲话》之前在文学理论建设上最富有学术创新性的讨论。

有关这一讨论的触媒点历来有几种说法。大多数理论家认为，它的最

---

① 鲁迅：《文艺的大众化》，载文振庭编《文艺大众化问题讨论资料》，上海文艺出版社1987年版，第17页。

② 周扬：《我们的态度》，《文艺战线》1939年创刊号。

初意识是由30年代文艺大众化运动、抗战初期旧形式利用等问题引发而来。利用旧形式作为抗战宣传的有力武器，是当时全国文艺界人士的共识。但如何利用旧形式，则出现了较大的分歧。① 也有人认为是抗战爆发后文学为适应新的政治形势而出现的必然发展趋势。而其更直接的缘由是1938年10月，毛泽东在题为《论新阶段》的报告中首次使用“民族形式”一词并提出马克思主义中国化的问题。文学上对“民族形式”这一当时延安社会上流行的政治术语借用，使这一讨论带上了强烈的政治化倾向，从而也与马克思主义中国化的延安社会政治思潮发生了精神上的某种同构关系。

毛泽东在1938年冬对中共扩大的六中全会的报告里面说:

> ……共产党是国际主义的马克思主义者，但马克思主义必须通过民族形式才能实现，没有抽象的马克思主义，只有具体的马克思主义。所谓具体的马克思主义，就是通过民族形式的马克思主义，就是把马克思主义应用到中国具体环境的具体斗争中去，而不是抽象的应用它。成为伟大中华民族之一部分而与这个民族血肉相关的共产党员，离开中国特点来谈马克思主义，只是抽象的空洞的马克思主义。因此，马克思主义中国化，使之在其每一表现中带着中国的特性。即是说，按照中国的特点去应用它，成为全党亟待了解并亟须解决的问题。洋八股必须废止，空洞抽象的调头必须少唱，教条主义必须休息，而代之以新鲜活泼的、为中国老百姓所喜闻乐见的中国作风与中国气派……。②

---

① 在国统区，就有三种观点：一是全盘肯定旧形式，主张“旧瓶装新酒”。通俗读物编刊社就持这一观点，在《关于“旧瓶装新酒”的创作方法》座谈会上，认为只有民间文艺才真正属于大众，以向林冰为代表。二是旧形式只是应急手段，是为了宣传的必要而“利用”的形式，文学大众化采用旧形式只是一种过渡状态。胡风的《七月》杂志就持此观点，他们召开了题为《宣传、文学、旧形式的利用》座谈会，围绕旧形式与大众启蒙运动的关系、与五四新文学的关系、与文艺创造的关系等展开了讨论，认为只有新文学特别是其中的现实主义一翼才是文艺发展的主潮。三是批判地继承旧形式。茅盾认为：要在改造的基础上利用旧形式，创造民族的文艺新形式，才能实现文艺的大众化。

② 毛泽东:《论新阶段》，延安《解放》周刊第57期。

可见，在这段话里，毛泽东并没有指导文学的意思，他是针对当时党内马克思主义教条化而说的。但在文学的“民族形式”问题已经在全国展开讨论之后的1940年1月初陕甘宁边区文化协会第一次代表大会上，毛泽东在《新民主主义的政治与新民主主义的文化》的报告中，对文学的“民族形式”问题就作了比较明确的说明：

> 中国文化应有自己的形式，这就是民族形式。民族的形式，新民主主义的内容——这就是我们今天的新文化。①

显然，这一表述隐含了对文艺界民族形式问题讨论的某种回应，也借鉴了讨论中的某些研究成果，而且对斯大林所说的“社会主义的内容，民族的形式”这一口号也表示了认可。

郭沫若曾经肯定地指出：

> “民族形式”的提起，断然是由苏联方面得到的示唆。苏联有过“社会主义的内容，民族的形式”的号召。但苏联的“民族形式”是说参加苏联共和国的各民族对于同一的内容可以自由发挥，发挥为多样的形式，目的是以内容的普通性扬弃民族的特殊性。在中国所被提起的“民族形式”，意思却有些不同，在这儿我相信不外是“中国化”或“大众化”的同义语，目的是要反映民族的特殊性以推进内容的普遍性。所谓“马克思主义必须通过民族形式才能实现”便很警策地道破了这个主题。又所谓“洋八股必须废止，空洞抽象的调头必须少唱，教条主义必须休息，而代之以新鲜活泼的，为中国老百姓所喜闻乐见的中国作风与中国气派”，更不啻为“民族形式”加了很详细的注脚。这儿充分地包含有对于一切工作者的能动精神的鼓励，无论是思想、学术、文艺、或其他，中国目前固须充分吸收外来的营养，但必须经过自己的良好的消化，使它化为自己的血、肉、生命，而从新创造出一种新的事物来，就如吃了桑柘的蚕所吐出的丝，虽然同是纤维，而是经过一道创化过程的。②

---

① 毛泽东：《新民主主义的政治与新民主主义的文化》，延安《中国文化》1940年创刊号。

② 郭沫若：《“民族形式”商兑》，延安《中国文化》1940年第2卷第1期。

这是一篇富有个人洞见的文论，不仅翔实地指出了"民族形式"的出处，也指出了两者含义上的巨大区别，它对毛泽东的《讲话》思想也极具启发性。①

"民族形式"问题之所以能够引发全国性的讨论，根本原因在于：抗战文艺的直接动力来源于全民族的民族主义精神，来源于整个民族对一个统一、独立、自由的民族共同体的集体性想象；1941 年"皖南事变"以后，政治上与国民党抗日民族统一战线的破裂，使延安文化界统一战线随之破裂。从 1939 年到 1941 年的三年时间里，延安相关的讨论文章有 90 多篇，萧三、何其芳、沙汀、周扬等都发表了各自不同的见解，但理论上没能达成共识，创作上也没有形成文学"民族形式"的"典范"之作，鲁迅被高举为文学上实现了"民族形式"的作家。

1942 年延安文艺座谈会的召开表明，随着政治形势发生的微妙变化，文学的中心已经悄然转移：对有关"民族形式"文学话语的寻求已经告一段落，新的时期是"新的人民的文艺"，其中心是"为工农兵服务"，"小资产阶级知识分子"既是文艺服务的对象，也是需要改造的对象。他们已经被新的"阶级话语"排除在外，除非他们的思想、感情已经过改造，能够与人民大众打成一片。

二　文学"民族形式"问题讨论的共同前提

《讲话》以前，延安的文艺思想是丰富而复杂的，涉及的文艺现象和文艺理论问题也是多方面的。比如：文艺与人民大众的关系，文艺与现实生活的关系，文艺与政治的关系，以及对文学创作的认识、文艺的民族形式，等等。文艺家可以在各种文艺问题上自由发言，有共识也有分歧。报刊上既可以发表分歧意见较大的文章，也可以发表比较偏激的观点，文艺界的领导人张闻天、博古、周扬等都强调独立思想和自由讨论的学术精神。但延安作家的独立与自由都有一个共同的出发点，这是为抗战的政治环境所限定的。

---

① 如《讲话》所说现实生活是文学的唯一源泉，就来自郭沫若的《"民族形式"商兑》的启示。重庆的"民族形式"讨论是最能显示战时学术水平的一次讨论，向林冰的"民间文化中心源泉论"、葛一虹的"新文学中心论"与郭沫若的"现实生活中心论"各持一端，把讨论引向了学术的领域，并引向了深入。重庆的讨论因避开了延安的意识形态背景，能够更多地关注文学本身的问题，使讨论的成果更趋于理性化和学术性，至今仍有学术参考的价值。

延安作家因为天赋的使命感和责任感，使他们最自觉地关注文艺与民族精神重建的关系问题。应该说，这不是一个新问题，梁启超最早在“新民说”中就论述过；五四新文化运动以后，鲁迅对“国民性”问题的持久探讨，使这一话题成为新文学经典。

延安文学是在民族的战火中发展起来的，它的现实性使它天然地看重文艺的启蒙作用和宣传教化作用。延安的《文艺突击》曾发表短论说：

> 文艺是民族精神的集中表现，也可以说是最高表现。它反映着民族的生活现实，鼓舞着民族的战斗意志。……文艺必须服从于抗战，成为抗战力量的一部，这一个大的原则是不应有疑义的。①

艾思奇在延安的文化建设中是一个很重要的人，他几乎在延安文化的所有方面都有一些建树。1938 年春，在谈到边区文化时，他说：

> 边区范围里整个的文化发展，成为不平衡的状态。一方面有高度的大都市文化，一方面还有着极落后的文化。学校闪耀着学生从各地带来的最近代的文化光芒，民众中间却还存在着中世纪的封建的文化层。延安城的文化高度和边区其他各县的文化高度是有相当距离的。……民众中间现在还保存着许多有地方特色的，然而为流俗低级的趣味所腐蚀了的文化生活，在年节的关头还做着男女调情之类的空洞的无意义的舞蹈的表演，文化工作者应该走到他们中间去给以指导，教育，改善一些低级的东西，发扬他们的特色，加入抗战的内容。文化要尽力于它的抗战任务，也得要向民众深入，才能够达到它的最后的目的。因为目前我们的一切工作的中心，就是一个抗战的动员，不能到民众中间去充分发挥它的动员作用的文化，即使它有抗战的内容，也是空洞无益的。②

---

① 本社：《文艺界的精神总动员》，《文艺突击》（新）民国廿八年第 1 卷第 1 期，总第 5 期。

② 艾思奇：《谈谈边区的文化》，《战地》民国廿七年第 2 期，丁玲、舒群主编，上海杂志公司总经销。

对文艺社会功能的过分强调，不自觉地培养了延安作家的“革命”意识。所以，所谓“自由”，不是讨论与创作的无限制、无禁区，而是在文艺服务于“抗战建国”的根本原则之下的自由讨论与创作。因此，《讲话》之前延安的文学理论争论很多，而有深度、有建设性价值的理论成果则不多。

文艺家的各种不同的学术理念和不同的创作风格，都有其共同的出发点：即文艺如何更好地为“抗战建国”的总目标服务。所以，延安文学的丰富与复杂，也是在这一个共同前提和根本原则之下的丰富和复杂。文学上“民族形式”的讨论即是在此前提下进行的，其对民族性的诉求和对未来新中国新文学的建构意识就是不言而喻的。

可以说，“民族形式”问题包含了两个相关性的话题：文学的民族性与世界性关系；文学的现实功利性与艺术性关系。

在延安对“民族形式”问题的讨论中，萧三①等人因为重视文学抗战宣传的“当下效应”而把目光更多地转向了民间文化与旧形式，而何其芳等人因为更富有面向新中国文学未来的心态，而属意于以五四文学为基础的新文学，并试图建构一种兼有民族性与现代形态的文学形式。

延安时期的作家心怀未来新中国的乌托邦理想，在新文化的建构上显示了极大的创造性意识，但其所参照的理论资源却排除了西方现代派艺术的一脉，而专心于在中国民间文化和五四新文化的武库中寻求其理论生长点。

这一种向“后”向“下”而不是向“前”向“上”的参照意识，与抗战的现实环境有着极大的关系：西方先进国家给这个民族带来的是一连串的羞辱和侵略，取法于西方的五四新文学无法为大多数的中国人所欣赏；抗战的宣传需要文艺进行社会动员工作，要求文艺成为大多数民众的精神食粮。所以，民族自强的意志与大众的欣赏水平，限制了新文化建构

---

① 萧三是一个致力于诗歌大众化的诗人，也非常重视诗歌的政治功用性。王明曾说，萧三用俄语写诗，然后翻译成汉语，就是新诗了。萧三的新诗现代感不强，也是事实。1941 年在延安，他曾写过《我的宣言》，与郭沫若宁愿做“标语口号人”的宣言比较接近。“我的诗 诚哉是非常粗浅。//只希望，读下去 顺口顺眼。//不敢说 大众化 和民族化，//但求其 听起来 像人说话。//如认为 不能登 大雅之堂，//那我就 把他们 贴在街上；//或者是，直接向 人民群众// 在会场，在广场 高声朗诵。//假如是 这形式 和这内容 //能起到 宣传和 鼓动作用，//我宁肯 被开除‘诗人’之列，//将继续 这样唱 和这样写。//”

中对参照资源的选取。在如何建立新诗的“民族形式”问题上，基本上就是围绕着对这两个资源的不同认识而展开的。这两个资源恰好代表了“民族形式”论争中两个最重要的方面：即“民族性”与“现代性”——民间文化与旧形式显示了中国传统民族文化的根基，五四新文化显示了文学的现代性方向。

而就抗战时期延安具体的政治而言，“民族形式”的讨论也是具体语境中的产物。中国共产党紧紧地抓住了“抗日民族统一战线”这一砝码，也是出于抗战大局的需要。联合蒋介石共同进行抗日救国的大业，是全国的民意所在和人心所趋。

1938 年 10 月，日本先后占领武汉和广州以后，抗日战争进入相持阶段，日本速战速决的侵华战略政策宣布破产。国内资源的有限和战线过长等原因，促使日本政府想迅速结束战争。所以，在侵略政策上也有所调整：他们改变了以往单纯的军事进攻原则，改为以政治诱降为主，辅之以军事进攻。蒋介石也因此在抗日这件事上处于动摇状态：“即动摇于亲英反共降日与亲苏联共抗日之间。”①

从 1939 年初开始，蒋介石发起了抗战以后的第一次反共高潮，以围攻八路军和进攻我敌后根据地的方式撕毁了对共产党抗日民族统一战线的政策。日本为了加强蒋介石降日的决心，不仅大力扫荡八路军，同时大举进攻陕北地区。② 日本与蒋介石的和谈条件中有一条就是消灭共产党。这些情况，促使共产党更加努力于抗日动员工作。影响到文学创作和批评领域，就是民族意识的空前高涨，因此，1939—1941 年延安的“民族形式”讨论与当时的政治军事形势恰好形成了某种同构关系。

对“民族形式”讨论的重要性不仅是当时文学界人士的共识，当时的军事领导人也认识到了这一问题的重要性。朱德在为鲁艺文学院所作报告的提纲中说：

> 我们的艺术作品不是给少数人看的，而是给中国广大民众和军队

① 《中央对时局指示》（1939 年 12 月 23 日），载中央档案馆编《中共中央文件选集》（12），中共中央党校出版社 1991 年版，第 221 页。

② 参见毛泽东《反投降提纲》，载中央档案馆编《中共中央文件选集》（12），中共中央党校出版社 1991 年版，第 82 页。

看的。我们必须认清对象，面向群众，面向士兵。认清对象，便提出一个问题——艺术的民族形式和民间形式的问题，也就是大众化和通俗化的问题。[①]

朱德从宣传的角度提出了文学的“形式”问题，其实就是文艺能否争取“中国广大民众和军队”的读者问题，是文艺能否以文艺的方式激励群众进行抗战、创造新中国的问题。

周扬是一个具有高度政治敏感性的作家，毛主席关于马克思主义中国化的思维启发了他对文学形式问题的思考。在《文艺战线》1939 年 11 月 16 日出版的第 5 期上，作为主编的周扬，集中发表了六篇不同艺术部门的“艺术创造者论民族形式”文章[②]，在音乐、美术、诗歌、小说等各种艺术门类上深化了文艺民族形式问题的讨论。

而且《文艺战线》是在延安编辑之后，由桂林生活书店出版，向全国发行的杂志，在国统区影响很大，所以，全国有关文艺“民族形式”的大讨论都是在延安引导与影响之下开始的，但以重庆的讨论最具理论深度和建设价值。

在文艺上最早引用“中国作风中国气派”这一说法的，是柯仲平的《谈中国气派》[③]一文，文章把民族气派与一个民族特有的经济、地理、人种、文化传统联系了起来，这种观点与泰纳的文学观颇有相近之处。

关于如何建立我们民族的艺术形式问题，柯仲平从自己的艺术实践经验出发，从“老百姓喜闻乐见”的旧戏形式谈起。他曾领导民众剧团走街串巷地演出，他说：

……利用旧形式，即是创造新的民族形式的最初的一个过程，这个过程是非常重要的。有利则用，无利不用，这已经含着充分的选择性，创造性了。……“抗战依靠民众”……在今天，若不从利用旧

① 朱德：《三年来华北宣传战中的艺术工作》，载《延安文艺丛书·文艺理论卷》，湖南文艺出版社 1987 年版，第 105 页。

② 有冼星海《论中国音乐上的民族形式》、罗思《论美术上的民族形式与抗日内容》、萧三《论诗歌的民族形式》、柯仲平《论文艺上的中国民族形式》、何其芳《论文学上的民族形式》、沙汀《民族形式问题》等六篇。

③ 柯仲平：《谈中国气派》，《新中华报》1939 年 2 月 7 日。

> 形式做起，那末，我们实在找不出使“老百姓喜闻乐见的”其他更好的方法。……它的意义，决不等于所谓“旧瓶装新酒”，或“照旧格式填词”，它已经被认为是创造新的民族形式的一过程，同时是创造新的大众艺术的过程，……直说“运用旧的民族形式，创造新的民族形式”也可以。……我们要说，“五四”时期产生的新艺术，是对于中国艺术传统的一次否定。在这次否定过程中，是使内容更加丰富了，到了抗战时期，却是一个否定之否定的阶段，在这阶段上，会使艺术到了一个较高的综合。……在今天，因为有了“五四”时期的一个锻炼，知道应吸收的西洋文化还须经过中国化，才能使它深入，普遍到大众中去，……有了“五四”经验，并且由于抗战的这一空前大变动，使许多艺术家去实际地接近大众，……运用文化传统去教育大众，才好创造新的、真正的大众艺术了。①

柯仲平的观点是：只能通过运用旧形式才能创造民族的新形式。民族新形式不是一个原有的、固定不变的东西，而是需要艺术家创造与建构的。这几乎是文艺界的共识，但在什么基础上“创造”，却是言人人殊。因为这关系到文艺家对民间文学、新文学、古典文学与外国文学的认识与汲取问题。其实，有关民族新形式的构建问题，也就是两种基本观点：在民间形式基础上创造，还是在五四新文学的基础上创造。

柯仲平不否定五四的新形式，但认为抗战的现实使艺术家有了真正的民间经验，那么，民族新形式的建立就应该放在对五四的西洋形式“否定之否定”的基础上，吸收民间形式，达到建立“新的、真正的大众艺术”的目的。柯仲平民族新形式的重点是“大众艺术”，所以，对民间艺术的过分倚重就是必然的。

对“民族形式”问题的不同观点，基本上都出于延安作家个人的艺术实践活动：那些在老百姓中生活或者有较强意识形态观念的作家，更重视民间文化资源的重新起用；那些成名作家和“文抗”的专业作家对新文学更倾心，也更重视对多种文化营养的吸收。

---

① 柯仲平：《介绍查路条并论创造新的民族歌剧》，《文艺突击》（新）民国廿八年第1卷第2期，总第6期。

三 构建现代诗歌的“民族形式”

在诗歌的民族新形式理论建构中，萧三和何其芳代表了上述两种持截然相反的观点。萧三说：

> 中国的新诗直到现在还没有“成形”，这是无可讳言的。
>
> 唱本，弹词，大鼓词……之类是民间习惯了的调子，是“老百姓所喜闻乐见的”，是大众文学形式之一种，是民族形式的东西，……①

郭沫若在《“民族形式”商兑》一文中强调指出，不要把老百姓“喜闻乐见”变成“习闻常见”，是很有针对性的一种观点。如果对照萧三的理论，“民间习惯了的调子”就是老百姓所“喜闻乐见”的，这就很有问题了。而且，萧三直接认为旧形式就是“民族形式”：

> 因为说旧必有新，但是中国诗的形式是什么呢？它只是欧化的，洋式的，这不能说是中国的新形式。因此写出这样的诗来，不合中国人的口味，中国人不喜欢读，读了也记不得。②

但萧三并非否认新诗，只是他认为：

> 单就形式论，还是要中国民族形式的，民族感情的才是。不管内容是如何的新，但是假如不是用民族形式把它表现出来，仍然收不到大的效果。再进一步说，所谓新的内容也必然是民族的，能为中国人所接受。③

萧三把五四以来的新诗与古典诗歌相比，指出了其本质区别是：古典诗歌可以吟诵，而新诗是“终归只能入目”。要新诗能入耳，能唱出来，

① 萧三:《论诗歌的民族形式》,《文艺战线》1939 年第 1 卷第 5 号。

② 同上。

③ 同上。

能让人听得懂，目的是诉诸新诗的社会功能：要达到其抗战宣传、动员民众的效果。

那么：

> 什么是诗歌的民族形式呢？我以为这问题有两方面，即是说发展诗歌的民族形式应根据两个源泉：一是中国几千年来文化里许多珍贵的遗产，楚辞、诗、词、歌、赋、唐诗、元曲……；二是广大民间所流行的民歌，山歌，歌谣、小调、弹词、大鼓词、戏曲……新形式要从历史的和民间的形式脱胎出来，而其结果和收获还得是民族的形式。①

萧三也认识到了新诗民族性与现代性的关系问题，但他笼统地认为：愈是民族的东西，便愈是国际的。因此，他主张回到古典诗歌和民间歌谣当中去，吸收其有益成分，以建立我们民族诗歌的新形式。

就新诗来说，何其芳的观点与萧三恰好相反，他不仅认为新诗有成就，而且认定是：

> 比较旧的韵文，比较初期白话诗，都是大大地进步了的。②

因为

> 把语法比较简单，比较破碎的中国语言文字丰富起来，锻炼起来，使它足够表现现代人的复杂的，深沉的思想、情感，这是一个重要的事实。③

而与诗人诗歌相比，民间文化却有着明显的缺陷，它们：

> ……常常保留着书本上的旧文学的许多影响；其次，它们是比较

① 萧三：《论诗歌的民族形式》，《文艺战线》1939 年第 1 卷第 5 号。

② 何其芳：《论文学上的民族形式》，《文艺战线》1939 年第 1 卷第 5 号。

③ 同上。

简单的短小的形式。①

即使是利用民间诗歌形式成功的诗作者柯仲平，何其芳也指出其描写的"不经济"和形式的"不现代化"。

何其芳在新诗"民族形式"的建构问题上，显示了少有的清醒与理性态度。他的观点不仅坚持了五四新文化运动的方向，捍卫了新诗已经取得的成就，更引导了延安诗歌的正确发展道路。我们无法想象在抗战的烽火中，只有短小、通俗的街头诗，没有诗人创作的、含义蕴藉的自由诗。

何其芳的观点代表了延安"民族形式"论争中的主流观点，尤其是他从冼星海的文章中读出了"民族形式"：

> ……它还是一种尚待建立的更中国化的文学的形式，它需要承继着旧文学里的优良的传统，吸收着欧洲文学里的成分，而尤其重要的是利用大众所能了解、接受和欣赏的民间形式。②

这种全面汲取文学营养的观点，使后来的《讲话》也受到了影响。

但是：

> 这种更中国化的民族形式的文学的基础应该是五四运动以来的还在生长着的新文学呢，还是旧文学和民间文学？
>
> 它的三个组成部分，旧文学的传统的承继，民间文学的利用，欧洲文学的影响的接受，应该有着怎样一个比例？即谁是主要的，谁是辅助的？
>
> 旧文学和民间文学的形式的利用有着怎样的限度？
>
> 是不是这种利用就等于大众化？
>
> 大众化是不是需要一个过程？
>
> 大众化会不会降低已经达到的文艺水平？③

---

① 何其芳：《论文学上的民族形式》，《文艺战线》1939 年第 1 卷第 5 号。

② 同上。

③ 同上。

何其芳认为：

“五四”运动以来的新文学是旧文学的正当的发展。

目前所提出来的民族形式，不过是有意识地再到旧文学和民间文学里去找更多的营养，无疑地只能是新文学向前发展的方向，而不是重新建立新文学。因此它的基础无疑地只能放在新文学上面。

还说：

我认为欧洲的文学比较中国的旧文学和民间文学进步，因此新文学的继续生长仍然主要地应该吸收这种比较健康，比较新鲜，比较丰富的养分。……其次才是民间文学。[①]

延安“民族形式”问题的讨论，因为有了何其芳的这篇文章而奠定了良好的方向和理论高度。何其芳对民间文化的质疑态度，显示了一个著名诗人的诗学良知。他认为：

民间形式利用之被强调，主要的还是为了大众化吧。[②]

把“民间形式”的利用定位在“大众化”问题上，就淡化了其背后的“民族性”和“人民性”的政治背景，把问题限制在文学的领域之内。

何其芳也承认新诗的形式不够大众化，但又辩解说：

新文学不够大众化不仅是形式的问题，更主要的还是由于内容。[③]

《红楼梦》、《儒林外史》就不能像《三国演义》、《水浒传》那样流行于大众与民间。这一观点得到了沙汀、卞之琳的应和，沙汀认为：

---

① 何其芳：《论文学上的民族形式》，《文艺战线》1939年第1卷第5号。

② 同上。

③ 同上。

但我却不同意把旧形式利用在文艺上的价值抬得过高。因为我们不能不承认决定一篇作品的价值和意义的主要因素到底是内容，是作者的观点和精神，而不是附丽于内容而存在的形式。①

卞之琳在延安时没有发表具体意见，但他 1946 年在西南联大的一次晚会上说：

保持传统，主要是精神上的问题。形式和内容本来互相关联，可是既然大家要谈，要保存民族形式，我以为那像主张一个人穿马褂，不穿西服（其实马褂又何尝是国粹），重要实不如民族精神，就像一个人保持自己的个性。……精神产物的文学作品在形式上待借鉴西洋的还正多。②

由此看来，他们三个人都强调文学内容的“民族性”以对抗文学形式的“民族性”。

而且，新文学不够大众化的责任主要地也不应该由新文学来负，因为

中国还有着百分之八十以上的文盲。无论怎样大众化的作者，总不能写出不识字的人能够阅读的书。

所以：

大众化也只能是新文学向前发展的方向，它的百分之百的实现或者做到还需要着一个长期的过程。

但是，

我们并不能反对作者们继续写更高级的东西。因为抗战的人民的

① 沙汀：《民族形式问题》，《文艺战线》1939 年第 1 卷第 5 号。

② 卞之琳：《新文学与西洋文学》，转引自张曼仪《卞之琳著译研究》，香港中文大学中文系 1989 年版，第 92 页注 26。

成分是很复杂的，尤其是不能忽视小市民阶层的知识分子的重要性。①

何其芳还有一个与当时很多人不同的观点，他坚持文学的各个部门除了戏剧以外，本质上都是诉诸文字和眼睛的。所以，欣赏文学作品，一要识字，二要有相当的欣赏能力。因此，客观地说，目前的文艺大众化，以利用旧形式为主的大众化，“即为了影响文化水准较低的大众去参加抗战而采取的那种部分的临时的办法”，无疑会降低文艺的艺术成分。

总起来说，何其芳认为：抗战时期的文学应该有大众化、通俗化的作品，注重其宣传效应，但也应该有高级的艺术品，以满足文学素养较高的读者群的需要。这是一种艺术形态二元论的主张，但得到了周扬的支持。周扬认为，高级的艺术虽“不为大众所理解”，但也有“存在的权利”，

这文艺所拥有的知识分子的读者虽在全国人口中只占着少数，但是他们在社会上和抗战中却起着极大的作用。②

作者心目中所期待的理想读者的不同和作者创作目的不同，可能导致作品的不同。一个作者应该既为农民和战士读者创作，也要为城市小市民读者创作。《讲话》以后，周扬文学观仍然是“五四”新文学的立场而不是民间立场：

在伟大的民族解放斗争中，我们的文学运动是继续着五四以来的道路：我们是要创造独立的、作为世界文学光荣的一部分的中国自己的民族文学的。③

在新、旧文学的关系问题上，周扬认为：

利用旧形式不但与发展新形式相辅相成，且正是为实现后者的目的的。把民族的、民间的旧有艺术形式中的优良成分吸收到新文艺中

① 何其芳：《论文学上的民族形式》，《文艺战线》1939 年第 1 卷第 5 号。

② 周扬：《我们的态度》，《文艺战线》1939 年创刊号出版。

③ 周扬：《中苏英美文化交流》，《解放日报》1943 年 2 月 6 日。

来,给新文艺以清新刚健的营养,会使新文艺更加民族化,大众化,更为坚实与丰富。①

在对旧形式的认识上,周扬持更为肯定的态度,他说:

旧形式正是以那文字的简单明白而能深入了广大读者的心的,但这工作还没有得到普遍的重视,民间艺术的宝藏还没有深入地去挖掘。对这工作也还没有完全正确的态度,还没有把吸收民间文艺养料看作新文艺生存的问题。用简洁明了的文字形式,在活生生的真实性上写出中国人来,这自然就会是“中国作风与中国气派”,就会是真正的民族形式。②

这是一种调和论观点,他显然想调和萧三和何其芳的不同意见,得出一个不偏不倚的结论。他认为,在争论中,现在的文艺

一面尽可能利用旧形式使之与大众化的新形式平行,在多少迁就大众的欣赏水平中逐渐提高作品之艺术的质量,把他们的欣赏能力也跟着逐渐提高,一直到能鉴赏高级的艺术;另一方面所谓高级的现在的新文艺就切实大众化,一直到能为一般大众所接受。③

延安的论争基本上是这三种观点中的一种,但没有得出统一的认识,也没有强行一致的结论,更没有相应的实践性文本。与《讲话》以后民歌体叙事长诗的意识形态化相比,讨论最终在实践层面上落空了,没有任何有效的成果面世。但讨论之后,个人还可以坚持自己原有的观点,恰恰是学术民主化良好风气的显现。

后来,朱自清在谈到“真诗”时认为,延安“民族形式”问题讨论的结果是:

---

① 周扬:《对旧形式利用在文学上的一个看法》,《中国文化》1940 年 2 月 15 日创刊号。

② 同上。

③ 同上。

就利用民族形式或文艺的通俗化而论，也有两种意见。一是整个文艺的通俗化，一面普及，一面提高；一是创作通俗文艺，只为了普及，提高却还是一般文艺（非通俗文艺）的责任。不管理论如何，事实上似乎是走着第二条路。①

这其实就是何其芳所指出的艺术形态的二元论的“路”：文艺可以为了宣传而大众化，但也必须为那些有文学修养的读者写作有艺术性的作品。这是一种在延安的文学实践中实行的方法：延安1940—1941年的“演大戏”风潮，理论上说，是一面为了解决“剧本荒”，一面为了学习他人的戏剧成就。但其实也可以看作为干部和有欣赏能力的观众而演出的；鲁艺的“关门提高”、延长学制、增加理论课程等正规化、专门化教学，是为了培养新中国更有艺术创作能力的作家，而不是为当前大众化、通俗化服务的举措。如果把延安1940—1941年的纯文学刊物与创作的热潮放在普及与提高二元论的观点下去看的话，那么，这些现象都可以看作二元论的文学发展观念在延安文艺实践中自行展开的结果。

为什么民间诗歌能与文人创作一样，被看作创造新的“民族形式”的资源呢？这不仅因为我国古代诗歌形式最初都来源于民间歌谣，而且因为

民间文学……是指流行于民族中间的文学。民间文学的作品，有两个特质：第一，创作的人乃是民族全体，不是个人。第二，民间文学是口述的文学，不是书本的文学。所以民间文学与普通文学的不同：一个是个人创作出来的，一个却是民族全体创作出来的；一个是成文的，一个是口述的不成文的。②

把民间文学的作者指认为“民族全体”，不仅符合五四时期“劳工神圣”的观念，也有利于抗战时期对全民抗战的动员工作。不仅如此，民间文学也被指认为“平民文学”，与贵族文学相对立。③那么可以说，旧文

① 朱自清：《新诗杂话》，三联书店1984年版，第81页。

② 胡愈之：《论民间文学》，《妇女杂志》1921年第7卷第1号。

③ 董作宾：《民间文艺·敬告读者》，广州中山大学《民间文艺》1927年第1期；顾颉刚：《圣贤文化与民众文化——1928年3月20日在岭南大学学术研究会演讲》，广州中山大学《民俗》周刊1928年第5期。

化被五四文化人分为贵族的与平民的两种，因此，在“研究旧文化，创造新文化”的过程中，平民文化也就可以与贵族文化平分秋色，成为新文化建构中很重要的资源了。①

何其芳在1946年5月写的《略论当前的文艺问题》一文，再次谈到了延安关于文艺的民族形式讨论。这是他在重庆做“钦差大臣”的时候写的，此时对《讲话》的深刻认识正是五体投地之时。所以，对以前的观点有所修正。他说：

> 抗战期间，延安和重庆都曾经讨论过民族形式问题。当时都未在理论上得到结论。然而在解放区，最近三年来的文艺运动的事实已经给这个争论作了结论了。就我的理解简单说来，民族形式问题实质上是一个文艺与中国广大人民结合的问题。因此凡是符合今天中国人民的需要，能够为今天中国人民服务的，无论它是新形式或从新形式改造过来的，无论它是旧形式或从旧形式改造过来的，都是民族形式。只有这样一个最高的也是最宽的标准。形式的基础是可以多元的，而作品的内容与目的却只能是一元的，那就是只有从人民生活中去获得文学的原料，并使文艺又回转去服务人民。我想，这个经验在这大半个旧中国也是实用的。②

他把文学“民族形式”构建的基础完全功利主义化了：“能够为今天中国人民服务的”文学不一定具有优美的艺术形式，“广大人民”也并不是“人民”的全部，那些具有很高欣赏能力的小资产阶级知识分子读者的利益，在这里被忽略了。

延安1940年的讨论已经深入到比较年轻的诗人之中了。其实当时的每个诗人都有自己所理解的“民族形式”，公木说：

---

① 1942年以前的延安，有关民间文学的基本见解继承了五四的民间文学观。新中国成立以后，情况有所不同，尤其是1953年钟敬之给译著《苏联口头文学概论》写序时，提出用“人民口头创作”或“人民创作”代替约定俗成的“民间文学”概念，剔除其中的封建、落后、庸俗的民间创作，认为这些作品是封建文人、地主等制作的“口头文学”。这就纯化了这一概念，其结果导致了“民间文学是文学史主流”的误区。1958年的大跃进民歌也与学界的这一认识相关。

② 何其芳：《略论当前的文艺问题》，载《何其芳全集》第2卷，河北人民出版社2000年5月第1版。

……所谓通过民族形式，不单单是运用旧形式的问题，主要还是创造新形式的问题。因此，在实践中，在把“中国作风”与“中国气派”具体运用于新诗歌的创作中，这新诗歌必然是大众化的。因为我们所说的大众，主要不是泛泛的抽象的大众，而只能是现代中国广大人民大众，它是中国的，又是现代的；……①

公木也注意到了旧形式与新形式的关系问题，并且把大众定义为“现代中国广大人民大众”——既是“现代的”，又是“中国的”，这个认识抓住了新诗“民族形式”建构的核心问题。与何其芳一样，他看到了其背后隐藏的文艺与人民大众的关系问题。

新诗“民族形式”的建构话题，由文学的大众化和旧形式的利用引发而来，受到毛泽东“马克思主义中国化”提法的启示，应和了建立在西方文学基础上的新文学自身存在的问题。尤其在民族解放战争的炮火之中，讨论文学的“民族形式”建构，其意义已经远远地超过了文学本身的症结性问题，一次次地回应着文学与政治、文学与大众、文学与民间等与新文学纠缠不清的理论命题，把新文学发展引向了一个更加广阔的空间。

① 公木：《论“发辫小脚”与“圆颅方趾”》，延安版《新诗歌》1940年第2期。

第三章

解放区的街头诗运动：诗歌宣传与诗歌的大众化

解放区街头诗的发生，直接受制于特定环境下的时代语境、读者大众与相对匮乏的物质条件，是现代汉诗在面对抗战的全民动员要求和艺术欣赏能力较低的读者所尝试创造的一种应对性新诗形式。

抗战要求全民觉醒，奋起反抗，争取民族的独立自由和人民的自主权力，这就对诗歌内容进行了总体上的“诗质”规定，政治诉求成为其主要取材范围[①]；而解放区基本上都处于偏远落后的农村地区，诗歌的读者由城市的小资产阶级知识分子和普通的有知识的小市民变成了基本上不识字的农民和战士，他们对“五四”以来的新文学表达方式是完全陌生的。

现代汉诗再一次面临着培养自己的读者问题，因为读者中99%以上是文盲，他们有关诗歌的知识都来自世世代代口耳相传的民歌和民谣，这也对现代汉诗“诗艺”的寻求进行了方向性规定：只有向民间歌谣学习才是培养新的读者的一条捷径。解放区街头诗的产生就是对这种时代性与地域性因素的艺术响应，是现代汉诗在特殊语境下的一种变形发展，它带有很大的试验性特点。

根据街头诗不同的艺术特点，我把它分为前、后两个时期：基本上以1940年为界。

前期街头诗作者因为是由田间、史轮、刘御、林山、邵子南、钱丹

---

① 抗战的形势发展要求作家把创作活动与全民族的抗日救亡运动相连。1938年3月27日在武汉成立的“中华全国文艺界抗敌协会”在《发起旨趣》（载《文艺月刊》1938年第9期）中，要求文艺工作者“像前线战士用他们的枪一样，用我们的笔，来发动民众，捍卫祖国，粉碎敌寇，争取胜利”。周恩来在成立大会上具体指出作家的取材范围，“希望作家多多取材前线将士的英勇奋斗，与战区敌人的残暴，后方全民众总动员的热烈”（见《北京师范大学学报》（社会科学版）1982年第2期）。

辉、柯仲平等专业诗人组成，他们对诗歌有一种天然的艺术性要求，因此，通过他们的诗歌实践，街头诗基本上建立起了作为一种新的诗体形式所要求的艺术规范。

后期因为已经变成了一种群众性的写作运动，尤其是解放战争时期战士“枪杆诗”的出现，街头诗的性质也随之改变了：诗的要素逐渐减少，对时事的一种敏感、及时的快速反应，使街头诗终于变成了分行而写的标语口号诗。

这样，在表现形式上，街头诗由自由诗体变为歌谣体形式；内容上也由诗人的自由想象变为对现实的直接描述。尤其是1942年《讲话》以后，随着对工农兵颂扬、对知识分子贬抑而来的，是对文学政治性标准的片面强调与对其艺术性标准的怀疑与批判，因此街头诗的文人创作性特点降低，其歌谣化、程式化、群众化和通俗化等民歌性特点得到了进一步发展，最终改变了前期诗人把街头诗作为诗而写作的文人性特征，被一种有章可循的集体性的“顺口溜”取代了。

这其实也是诗歌对其政治诉求与大众读者欣赏水平过分迁就的结果，至此，前期街头诗的艺术性特征基本上已被完全抽空，街头诗的定义也因此而被不断地改写。

什么是街头诗？田间说：

> 它是一种短小通俗、带有鼓动性的韵律语言。它一经诞生，与人民群众相结合，便似乎有了翅膀，可以飞了，它飞往战地，它飞往敌后，它飞往战士的心里。[①]

田间强调其形式的短小与通俗；语言有韵律感，有鼓动性；并且在战争场景中和战士读者那里能受到更多的欢迎。晋察冀边区的诗人说：

> 街头诗（墙头诗），就是要把诗歌贴到街头上，写在墙头上，给大众看，给大众读，引起大众对诗歌的爱好，使大家也来写诗。这不仅是要利用诗歌作战斗的武器，同时也是要在不断的实践中，来求得诗歌从学校里，课堂上，文人的会议席上，少数的知识分子中解放出

① 田间：《田间自述（之三）》，《新文学史料》1984年第4期。

> 来，使它真正的大众化，成为大众的诗歌。①

这是从街头诗的发表方式上和读者群落上引发其大众化的特征。盐阜根据地的研究者说：

> 墙头诗是介于民谣和新诗之间的形式。它大部分吸收了民谣风格，同时又接近新诗。它比新诗更简洁，好似粗笔画，几笔就能说出一个意思，群众更容易接受。②

又说：

> 它接近民谣，而形式比民谣更自由；它也接近新诗，而比新诗更简朗明确，容易为今天的群众接受。③

因为盐阜根据地的街头诗直到1940年才开始，1945年达到高峰，所以其诗歌特点也与延安和晋察冀有别，盐阜的街头诗一开始就表现了歌谣化的取向，所以，才有钱毅的如此概括。

钱毅是阿英的儿子，对文学有较高的批评能力。现代的研究者总结说：

> 街头诗就是符合某种特定形式并书写在街头上的短小的政治抒情诗……第一，不超过十行的短小篇幅；第二，参差错落的句式和排列；第三，基本上不押韵脚；第四，凝练精警的语言表达。④

这个概括重视的显然是延安、晋察冀地区的前期诗人街头诗，因为其自由体形式和精练的语言就是以田间等诗人为代表的前期街头诗的特点。还有人说：

---

① 史塔：《关于街头诗》，《抗敌报》1938年10月26日。

② 钱毅：《谈谈“墙头诗”》，《新华日报》1946年5月10日。

③ 钱毅：《盐阜区的墙头诗运动》，《江淮文化》1946年创刊号。

④ 周进祥：《街头诗在晋察冀》，《新文学史料》1983年第1期。

> 街头诗，也称墙头诗、岩头诗、传单诗，从广义上来说，它仍属于政治抒情诗。除了具有一般诗的特点外，短小、精悍、有力、快速、及时更是它的长处。①

这些对街头诗特点的描述大都是指前期街头诗的创作。从这些评述中，我们也看到了街头诗作为一种诗体的本质性规定：它属于短小通俗的政治抒情诗范畴，内容上多是时事宣传与战争动员；表现手法上可谓“中西结合”，既有新诗的自由、散文化的特点，也有外国诗阶梯式的成分，也有中国传统民歌的比、兴手法；语言上采用口语形式，富有节奏感。

但即使作为一种诗体形式存在的前期街头诗，它也既没有提供一种具有可操作性的普遍性范式，也没有给出其长久效应和长期存在的诗性基础，所以，当大规模的群众动员已经过时，低水平受众也不存在的时候，这种诗体形式也就自然消失了。

后来在1958年的“新民歌运动”中，街头诗的发表方式也在某些地区昙花一现过。②

可以说，街头诗的出现是现代汉诗对特定时代和特定读者的一种回应性策略，它提供了一种诗歌大众化的写作方法，这种方法属于新诗利用民间资源培育大众诗人和大众读者的一种过渡性形式。

时过境迁，街头诗只能作为一种历史性事件被历史性地描述，它几乎无法从艺术上为百年现代汉诗提供可资借鉴的经验，这是新诗担负其时代精神的一种极端性表现。

所以，在中国新文学史上，街头诗只是作为解放区诗歌运动的一部分来论述的，它既不被看作一种新的诗歌形式，也不被看作是一个新的诗歌流派。而且大部分文学史和诗歌史对此要么只字不提，要么语焉不详。对街头诗的研究今天可能已经可以归为对特定时代的诗歌历史研究了，而不

---

① 刘增杰主编：《中国解放区文学史》，河南大学出版社1988年版，第221页。

② 田间在《谈诗风——在河北诗歌座谈会上的发言》中要求“开展街头诗运动。写作街头诗，也是中国的一个传统。太平天国时，就有‘入川题壁’四句豪迈的短诗。抗日战争期间，河北农村的街头巷尾，到处是街头诗。如：中国好比一块田，蒋帮如石在田间；全国人民齐动员，除掉顽石好种田！……张家口地区就是街头诗地区。……点灯不用油，耕地不用牛，抗旱不担水，生活不发愁”。我们希望：“村村有街头诗，社社有墙头画。”见《蜜蜂》1958年7月号。

属于对诗歌艺术特征的研究。另外，诗歌中强烈的主流意识形态色彩也是抗战初期解放区诗歌的独异性表征。

而且，回到街头诗运动和街头诗的文本上来，我们会发现，解放区的街头诗创作走向与整个解放区诗歌创作走向基本上是一致的：诗歌形式从自由诗到歌谣化，诗人队伍从专业诗人到工农兵群众。

这种变化其实也是整个解放区文学创作的缩影，是解放区文学通俗化运动的表现。但街头诗的歌谣化与长篇叙事诗和抒情诗的歌谣化有着本质性的区别：街头诗是诗人们对一时一事的诗意表现，是灵感的随意抒写；长篇叙事诗和长篇抒情诗则参与了对国家与民族的“现代化想象”，表现了诗人们对新中国文化建构的热望。

本章重点论述前期诗人写作的街头诗①，前期的街头诗由于以著名诗人和专业文艺工作者为主要创作队伍，出现了一些优秀之作，初步形成了街头诗独立的艺术特征，可以看作一种新的诗体形式。②

后期的街头诗主要是群众的歌谣诗、战士的枪杆诗，诗体以仿民谣创作为主，虽偶有优秀之作，但程式化特征明显，个人创作特点减弱，不值得多作论述。

第一节　作为抗战动员的街头诗运动

一　街头诗的发起及其宣传性质

延安解放区诗人萧三在1940年第1期延安出版的油印《新诗歌》的刊首语中说：

---

① 大部分诗歌辞典并不把街头诗作为一种诗体形式，只有少数辞典把它作为一种诗体形式。例如陈绍伟的《诗歌辞典》（花城出版社1986年10月版）这样解释街头诗：“诗体的一种。也称传单诗、墙头诗、岩头诗等，主要流行在抗战时期各个抗日民主根据地。以当前的现实斗争为题材有强烈的战斗性和宣传鼓动作用；一般以短诗为主，语言通俗易懂，风格刚健。有的张贴在街头、墙头、岩头上，或印成传单散发。”

② 其实，从1939年开始，由于街头诗的普及运动，街头诗创作队伍扩大了，不再由单纯的诗人组成，农民、战士普遍加入写作的结果，使街头诗很快失去了那种创造性的诗的质素。标语、口号式的句子时常出现，诗体也由以自由诗为主向格律诗为主转化。但也时常有诗人的成功之作，只是到了《讲话》以后，诗人必须以工作人员的身份下乡挂职参与农村管理、劳动与生产，街头诗几乎全部由非诗人继续写作，街头诗才彻底变成一种民谣式的诗歌。

> 延安的诗歌运动——街头诗运动，朗诵诗运动——开全国之风。①

这个说法其实不准确，朗诵诗和街头诗在抗战以前，就由中国诗歌会提倡过。抗战爆发后，朗诵诗运动最早开始于武汉，1937 年 10 月 19 日，在鲁迅逝世周年纪念会上，高兰等人就朗诵了诗歌。在国统区，高兰、冯乃超、光未然、锡金、徐迟等都是朗诵诗运动的积极推动者，他们既写朗诵诗，也参加朗诵诗实践，同时撰文探讨朗诵诗理论。穆木天的短论《诗歌朗诵与诗歌大众化》② 是较早的朗诵诗理论的探讨文章。

街头诗早在 1932 年“一·二八”战争发生后就产生了。穆木天当时在上海搜集了一些民间歌谣，并创作了许多通俗诗歌，同时编印墙头诗，到街上去散发，以此鼓舞军民的士气。

> 一九三七年“八·一三”时，穆木天又和中国诗歌会的诗友们，用民谣、小调等形式写成传单，到街上散发。③

可见，朗诵诗和街头诗都不是解放区的首创，但可以说在解放区它们发展得最充分，持续的时间也最长。从 1938 年 1 月开始到 1948 年 3 月撤离延安为止，这两种诗歌大众化的方式一直以宣传的姿态活跃在公众面前。

若把朗诵诗和街头诗对比起来，街头诗显然比朗诵诗影响更大，传播更广，更具有永久性。④

因此，本章只讨论街头诗如何形成与发展变化的，如何从动员、启蒙大众出发，终于变成大众自娱自乐的一种诗歌创作活动。

应该说，延安街头诗的发生是诗人们服务于抗战的一种自发性行为，是知识分子“以笔为枪”的自觉自愿的救亡方式。

当时的延安忙于战争，领导人顾不上领导文艺，也来不及思考文艺问

---

① 萧三:《出版〈新诗歌〉的几句话》，延安《新诗歌》1940 年版第 1 期。

② 穆木天:《诗歌朗诵与诗歌大众化》，《时调》1937 年第 3 期。

③ 潘颂德:《中国现代诗论 40 家 》，重庆出版社 1997 年版，第 183 页。

④ 虽然朗诵诗和街头诗在延安都很盛行，都是作为运动形式开展的，甚至因为朗诵的需要，诗歌的节奏和语言都发生了一定的变化，但朗诵不是一种诗体形式，而是一种与表演相关的艺术。所以本章只论街头诗。

题。但诗人们自觉地投入到抗日救亡的运动中去，他们以诗的方式自觉地进行抗战动员工作。当时晋察冀的街头诗诗人钱丹辉回忆说：

> 毛泽东同志的《为动员一切力量争取抗战胜利而斗争》和《论持久战》的基本观点，是我们宣传工作的指导思想，也是我们街头诗的主旨。当时我们街头诗的主要内容，就是宣传持久抗战，揭露日本帝国主义的侵略暴行，动员群众奋起战斗，保卫中国，保卫华北，保卫家乡，把日本侵略者赶出中国去。①

《论持久战》是毛泽东1938年5月26日至6月3日在延安抗日战争研究会上的讲演，这个讲演影响很大，廓清了被人们普遍认可的“速胜论”或“灭亡论”的糊涂认识。其中，毛泽东单列一节专讲政治动员问题。他说：

> 首先是把战争的政治目的告诉军队和人民。必须使每个士兵每个人民都明白为什么要打仗，打仗和他们有什么关系。抗日战争的政治目的是“驱逐日本帝国主义，建立自由平等的新中国”，必须把这个目的告诉一切军民人等，方能造成抗日的热潮，使几万万人齐心一致，贡献一切给战争。其次，单单说明目的还不够，还要说明达到此目的的步骤和政策，就是说，要有一个政治纲领。现在已经有了《抗日救国十大纲领》，又有了一个《抗战建国纲领》，应把它们普及于军队和人民，并动员所有的军队和人民实行起来。没有一个明确的具体的政治纲领，是不能动员全军全民抗日到底的。其次，怎样去动员？靠口说，靠传单布告，靠报纸书册，靠戏剧电影，靠学校，靠民众团体，靠干部人员。②

街头诗运动是延安知识分子在抗战背景下对大众所进行的抗战启蒙，是对大众进行的战争精神动员，也是30年代左翼诗歌大众化和民族化理

---

① 丹辉：《晋察冀诗歌战线的一支轻骑兵——记抗日战争时期的铁流社》，《新文学史料》1981年第4期。

② 毛泽东：《论持久战》，《解放》1938年第43—44期合刊。

论的具体实践运动。

回忆延安的街头诗运动日，我们会更加清楚地看到在民族生存危机的炮火中，诗人们怎样自觉地担负着历史所赋予的民族自救的神圣使命。

自鸦片战争以来，一百多年来中国的屈辱历史，使中国知识分子天然所具有的社会、政治和文化的一体意识，结合了中国文人血液里流淌着的“文以载道”的文学功利主义理念，使他们在民族危亡面前，能够把个人命运与国家、民族的命运视为一体，这种使命意识促使他们积极地以文学的方式投入了抗日战争。

田间回忆说，有一天在延安，他和邵子南去找柯仲平谈论诗歌：

新诗如何才能到群众中去？新诗的大众化问题，已经讨论很久了，但是新诗还停留在少数写诗人的手上。

是呀，中国民间也有很多民歌，在一些庙宇墙壁上，游客也往往留些诗句。（这在后来，有人发现，太平天国运动时，就有一些诗写在室内墙上，把墙刨开后，就是他们写的字迹。）我们还谈到，苏联十月革命时，马雅可夫斯基提倡一种“罗斯塔之窗”。①

田间曾在1937年春，为躲避国民党的文化“围剿”，被迫去日本东京，在那里接触到裴多菲、拜伦、马雅可夫斯基的作品。后来诗人回忆这段生活时说：

当时看过一点有关马雅可夫斯基的论文，对诗如何到广场去，诗如何在“罗斯塔之窗”等等，其革命精神，吸引了我。我们后来（一九三八年八月）在延安发动街头诗运动，和这有一些关系。②

但田间坚持认为：

……我并不是街头诗的创造者，也并不是“罗斯塔之窗”的模仿者（马雅可夫斯基的热情，对我有启发）。街头诗的形式，并不是哪

① 田间：《田间自述（之三）》，《新文学史料》1984年第4期。

② 《〈给战斗者〉重印补记》，载《田间研究专集》，浙江文艺出版社1984年版，第3页。

一个诗人能够创造的。它是人民集体的创作。[1]

田间在这里谈论街头诗的发生，是受到了中国传统民间文化和苏联文学的双重影响。但他在《几次探索——我的写作简历》中说：

……我们探索使诗推动群众，走向战场，走向战争。当时，“街头诗运动宣言”说明，这是要采民间诗的传统的。[2]

又说：

马雅可夫斯基的“诗到广场去”的精神，我也赞美，但“罗斯塔之窗”的诗，我没见过。[3]

这个说法又否定了受苏联文学的影响。

高敏夫进一步证实了田间的说法。他说：利用民间小调配合当前任务，随时填新词向群众做宣传鼓动工作，是红军文艺活动的一个传统。1935 年红军过黄河时曾有人用陕北小调写过一首《东征歌》：

密云遮星空，万山为纵横，黄河上渡过——民族英雄们，猛打猛追又猛攻——我们的铁红军！

这支歌一直深受老百姓的喜爱，1937 年，西北战地服务团就用这首歌的原调配上歌颂八路军的新词，很快成为流行歌曲。这次的实践成功，使他们找到了新诗走向大众的道路。他们又编写了一些类似的诗歌：

这些诗歌单独写在墙上就成了街头诗，配上歌谱就成了流行歌曲，……（这）把新诗歌和广大民众间，好久以来存在的真空状态一下子突破了！这些改造、提高民歌的实践工作，为我们战地社的全

---

① 田间：《写在〈给战斗者〉的末页》，第 87 页。

② 田间：《田间研究专集》，浙江文艺出版社 1984 年版，第 81 页。

③ 同上。

体成员，在第二年回到延安后，积极参加街头诗的活动、参加诗歌大众化运动，第一次打下了较好的思想基础。①

田间在1938年3月为即将到来的儿童节写的朗诵诗就采用了街头诗形式：

小朋友：/你早晨走过的那条街——/妈妈的街/爸爸的街/姐姐带你去买糖果的街/你看：/日本强盗的飞机正准备向我们开/扔下重磅炸弹/把我们亲爱的街道破坏……

这不同于民歌的诗同样为老百姓所理解和喜爱，这首诗的写作离延安街头诗运动日还有半年的时间。

查《街头诗运动宣言》，文章一开头说：

"高山有好木，平地有好花，人家有好女，无钱莫想她。"这首"无名氏"作的短诗，在各地庙子里，岩壁上，以至在厕所中，我们都常常见到；它比"人在外面心在家……"那一首怀乡调流行得更广。这不但会被人写出，同样会被"穷措大"念在口上，假使马克思的《资本论》需要中国人作一篇序，那么我们就把上面这四行诗交出来，也不算丢了中国人的脸。因为这实在是一首最大众不过的大众诗——它是尽情尽理的，深刻而明朗的，浅显而又含蓄的。它用了大众自己的语言，而又有大众的韵律。②

宣言认为，提倡街头诗运动其实是以中国民间文学的写作与传播方式为依据的，而我们以往的研究更注意的是这种传播方式与外来文化之间的关系。在《海燕颂》中，田间又说：

"罗斯塔之窗"的这些短诗，我是在1955年才看到的，1955年10月号的《译文》刊载了他的这些诗。

① 高敏夫：《延安诗歌大众化运动的概略及其影响》，载《关于街头诗》，西战团。

② 《新中华报》1938年8月10日。

这些情况说明，街头诗并没有直接受到“罗斯塔之窗”的影响。

所谓“罗斯塔”指的是俄罗斯电讯社，马雅可夫斯基在20年代初曾为它工作过，他在那里开设了“罗斯塔讽刺之窗”专栏。

马雅可夫斯基自觉地把创作当作武器，他是名副其实的无产阶级战士诗人，又是一个具有伟大思想抱负和火热情感的抒情诗人。他说：

> 诗和歌就是炸弹和旗帜，
> 文章——子弹。一行诗句一梭子弹。

十月革命到来时，诗人唱着：

> 你吃一口凤梨，
> 你嚼一口松鸡，
> 你的末日已经到了，
> 资产阶级！

马雅可夫斯基十分重视诗的鼓动力量，他说：“用鼓动家的口号/加强你诗的力量吧！”他曾为罗斯塔写过6000首诗，画过3000幅画，都张贴在自己主持的“罗斯塔之窗”上。臧克家说：“他能够把重大的政治事件和神话传说糅合在一起，他能够把动人心腑的具体形象和抽象的议论杂然并陈。”①

毋庸讳言，田间诗的形式受马雅可夫斯基影响最大，从《给战斗者》开始到街头诗的创作。而延安时期，最著名的域外诗人就是马雅可夫斯基，他的诗歌和对他诗歌的评论可以经常在延安的报刊上看到。他几乎影响了当时延安的所有诗人，直到50年代，贺敬之的诗歌形式还是马雅可夫斯基的译诗形式“楼梯式”。

在延安，马雅可夫斯基是被高度意识形态化的诗人，在诗歌界的地位有如高尔基和鲁迅之于延安文学界。他的战斗精神、他的诗歌形式、他的工作态度都是被延安诗人反复颂赞的。所以，多年来的学术界自然地把街

① 臧克家：《为无产阶级革命事业而战斗的伟大歌手——纪念马雅可夫斯基诞生七十周年》，《诗刊》1963年7月号，总第64期。

头诗与马雅可夫斯基的名字连在一起。

事实上，这一运动形式更像卞之琳所说的，在乡下的墙上，到处可以见到的、老百姓随意张贴的“天灵灵，地灵灵，我家有个夜哭郎，过路君子念三遍，一夜睡到大天亮”顺口溜的传播方式。

当时在延安开展街头诗运动，一方面是由于抗战时期纸张、印刷的困难，另一方面是

> 利用诗歌作战斗的武器，同时也就是要使诗歌走到真正的大众化的道路上去；不但有知识的人参加抗战的大众诗歌运动，更要引起大众中的“无名氏”也多多起来参加这运动。
>
> 新的，强大的内容是随着抗战一道丰富起来了。新的形式，只要我们能适当地利用中国民族的、大众的、及一部分外来的形式，它就能产生——“利用”并不是单纯地模仿、抄袭，或无条件地使用，而是恰如社会主义利用资本主义遗产及各民族形式一样，包含着选择、批判，和高度的创造性。因此，我们着重这“利用”。
>
> 一句适当的标语，它可以指示某一时期的战斗行动，它也算得一首最有力的诗。但是，假使要我们的情绪更来得丰富，内容更来得具体，而且可以使人容易了解的话，那么，一首抗战大众诗比一句政治标语，在某些地方，就更能发挥效力了。在战斗中，我们该用标语口号的地方就用标语口号，该用大众街头诗歌的地方就用它。我们唱也好，朗诵也好，写也好，我们要使这运动普及而深入。①

这个《宣言》表明街头诗的目的：使诗歌成为战斗的武器，使大众能够使用诗歌这一战斗的武器；并且在使用中产生新的诗歌形式；把抗战大众诗看得比一句政治标语更有力量，而且其发挥的就是标语的作用。

这里显然强调的是诗歌的大众化与诗歌的宣传功能，这种强调本身就埋下了街头诗发展的危机：一种只为时事服务的艺术形式必然不会含有太多的艺术因素，只为动员与宣传大众的诗歌必然具有不可避免的时代性局限。

林山也是延安街头诗运动日的重要一员，他说：

---

① 《街头诗运动宣言》，《新中华报》1938 年 8 月 10 日。

我们提倡街头诗（墙头诗），就是要把诗歌贴到街头上，写到街头上，给大众看，给大众读，引起大众对诗歌的爱好，使大众也来写诗，这样，由不断的实践中就可以使诗歌大众化——成为大众的诗歌。……另一方面（更重要的一方面），是我们认为目前一切应该服务于抗战，诗歌当然也一样。而要达到这目的，就得利用一切可以利用的形式，街头诗就是诗歌的新形式之一种。①

这说明，街头诗既是让诗歌走向大众的一种方式，也是使诗歌服务于抗战的一种方式。以后的街头诗诗歌实践也确实实现了这样的两个目的。

可以说，延安街头诗运动日那天，就是街头诗诞生的标志。史轮说：

本来在去年八月七日，延安由战歌社、战地社发起了街头诗运动——从此中国的街头诗这种通俗的小型的诗才算正式走上了诗坛，渐渐被人注意而普遍地流行开了。②

而《宣言》的意义是：一个诗人走向群众、群众参与诗歌创作的新时代已经开始了。

在街头诗运动中，田间具有相当大的影响力，他是街头诗的发起者之一和重要代表诗人。从街头诗运动日开始，田间就具有领导和典范的作用。虽然他后期主要从事长篇叙事诗的写作，放弃了街头诗，但后期的街头诗也主要是一种群众性的诗歌娱乐活动，不再是诗人独立的、创造性的艺术活动。

作为“西北战地服务团”的战士，也是诗歌团体战地社的成员，田间始终重视诗歌的战斗作用。在他去晋察冀前线时，也把这种诗歌形式带到了那里，并在那里发展和繁荣。李伯钊说：

……特别是“街头诗运动”在晋察冀和晋冀豫的区域里颇为流行。较大村庄的墙壁上都用端正的字体缮写着。略识字的农民、士兵都能看懂。念着顺口，容易记忆，且便于小学儿童朗读和传播。关于

① 林山：《关于街头诗运动》，《新中华报》1938年8月10日。

② 史轮：《我的几个诗歌问题的见解》，《边区文化》1939年第2期。

诗的写作，敌后有两员主将：一个是晋察冀的田间，另一个则为晋冀豫的冈夫。[①]

可见田间在当时的影响力。

当然，田间去延安之前就具有一种革命豪气，他早在1934年的上海就积极地参加了“左联”。在所有的延安诗人中，他是一个最有马雅可夫斯基革命气质的战士诗人，他曾怀着一种热烈的情感，在抗日战争爆发后的武汉，一夜之间就写出了他的代表作《给战斗者》。闻一多后来称他为“时代的鼓手”，并认可胡风对田间的评价，说他

是第一个抛弃了知识分子灵魂的战争诗人，民众诗人。[②]

这个评价放在抗战的时代里，基本上可以说是准确的。但新中国成立以后，田间的创作一直没有突破性进展，不论是他倾注全部心血、“歌颂中国历史上的一个大事变”[③] 的长诗《赶车传》，还是取材于少数民族民间传说的《长诗三首》，总体上看，他“还是一个没有完成自己的诗人”[④]。

这一点他不能与艾青相比，虽然艾青更多地存有知识分子的气息，更多地保留了自己个人的声音，但正是艾青充满个性的诗歌为那个战斗的时代留下了不朽的形象，代表了那个时代所能达到的诗歌高度。

有趣的是，艾青在1940年4月5日，即蛰居湖南新宁时期，远离战争的烽火和大城市的喧嚣，竟也试作了一首街头诗，题目是《通缉令》：

把汪精卫和他的党徒拖来——
要他们跪在中国人民的面前：

审问他们——

① 李伯钊：《敌后文艺运动概况》，《中国文化》第3卷，第2、3期合刊，抗战四周年纪念专号，1941年8月20日出版。

② 闻一多：《时代的鼓手——读田间的诗》，载《闻一多全集》（3），开明书店1948年版。

③ 田间：《〈赶车传〉上卷后记》，第149页。

④ 胡风：《关于田间和田间的诗》，载《胡风评论集》中册，人民文学出版社1984年版，第101页。

中国人民有什么对他们不起？
审问他们——
为什么他们要出卖我们？
审问他们——
从什么时候起他们把良心交给敌人？
审问他们——
究竟为什么他们会变得这样无耻，借刀杀人？

把汪精卫和他的党徒拖来——
每个中国人都可以向他们的脸上吐唾沫……

把汪精卫和他的党徒拖来——
要他们交还从我们身上刮去的全部财产：

把汪精卫和他的党徒拖来——
用子弹瞄准他们的脑壳——断绝他们的卑污的
思想：

把汪精卫和他的党徒拖来——
向他们身上集中射击，
以泄全中国人民的仇恨！

这是一首讨伐汪精卫的诗。诗人曾在 1939 年 5 月 8 日重庆《新华日报》的“诗歌讨汪特辑”中写了《仇恨的歌》，与光未然《去你的》，厂民的《兄弟，就这么干吧！》，力扬的《举起我们的投枪》等八首诗成为一组。

这是艾青诗作的一类，是他强烈时代使命意识的刻意表现。时代感强迫诗人偶尔放弃诗艺，以饱满的政治热情和无可争议的正义感痛斥邪恶，表现诗歌对“时代精神”的参与与塑造。艾青有很多这种口号式的“急就章”，但他只把这一首诗命名为街头诗，但其实与他其他的“急就章”之作没有什么本质区别，只是重复的诗句更多、更加直白、缺少诗味而已。延安优秀的诗人街头诗比艾青这首诗要更有诗的韵味。

1938年8月7日，柯仲平所领导的延安战歌社和以田间为主的西北战地服务团的战地社联合发表了《街头诗运动宣言》，并定这一天为延安的街头诗运动日，他们把诗写在墙壁、岩石和门板上，并散发诗传单，搞街头诗朗诵。

柯仲平、林山、田间和邵子南是街头诗运动的中坚。他们还编印了街头诗歌的小册子——《街头诗运动特刊》，后来街头诗运动在敌后各根据地都开展起来了，尤其以田间和邵子南为主的晋察冀根据地和以林山为主的盐阜根据地成绩显著。

《街头诗运动宣言》明确提出：

> 目前来提倡街头诗（墙头诗）运动，是环境的迫切要求。……有名氏，无名氏的诗人啊，不要让乡村的一堵墙，路旁的一片岩石，白白的空着，也不要让群众会上的空气呆板、沉寂。写吧，抗战的，民族的，大众的。唱吧，抗战的，民族的，大众的。我们要在争取抗战胜利的这大时代中，从全中国各地，展开伟大的抗战诗歌运动。而街头诗运动，我们认为，就是使诗歌服务抗战，创造大众诗歌的一条大道。①

街头诗把“抗战的，民族的，大众的”作为诗歌写作的方向，比1940年1月陕甘宁边区文化界救亡协会第一次代表大会上，洛甫的报告《抗战以来中华民族的新文化运动与今后任务》②中所说的中华民族新文化的特点“民族的、民主的、科学的、大众的”还早一年多，可见，抗战时期的诗人有一种自觉地服务于抗战的内心需要，他们也比较准确地把握了时代的脉搏，使诗歌成了动员群众参加抗战的有效手段。

但街头诗宣言没有提到民主与科学的要求，只有抗战、民族、大众的呼喊，这一提法很值得分析。

民主与科学是五四新文化运动的两大旗帜，是我们这个半封建半殖民地国家最缺少的两种精神素质，又不是瞬间就可以培育出来的国民性，而抗战的、民族的、大众的作为诗歌目标，是可以瞬间实现的，因为它们只

---

① 《新中华报》1938年8月10日。

② 《解放》1940年第103期。

是诗歌内容上的规定性而已。

田间在 1941 年仍然延续对街头诗这一目的的认识，他说：

> 街头诗要作为艺术的一员和大众站在一起战斗，并且使大众获得艺术，也在艺术的呼声中前进！
>
> 像一切诗的目的应该提高人类向上的意义、斗争的热情一样，街头诗也应该这样：只是它还要很迅速地、很迫切地而且很广泛地在各个斗争的场合里、革命的步伐里显示出这种目的。[①]

街头诗运动日的诗歌有九首被登在 1938 年 8 月 10 日的《新中华报》的“街头诗选”上，它们是田间的《假使敌人来进攻边区》、骆方的《我们向你们敬礼》、贺嘉的《岗哨》、余修的《开大会》、敏夫的《边区自卫军》、史轮的《儿歌》、柯仲平的《保护我们的利益》、刘御的《小脚婆姨》和季纯的《给我一枝枪》。

这九首诗都是优秀之作，如果我们录下几首的话，可能会对早期街头诗有一个更感性的认识。如田间的《假使敌人来进攻边区》[②] 这样写道：

> 假使敌人来进攻边区
> 我们应该跟着——
> 边区的
> 旗帜
> 首长的
> 指挥
> 站到大队里头，
> 照毛主席所说：
> “坚持持久战斗”！

① 田间：《怎样写街头诗》，《晋察冀日报》1941 年 5 月 14 日第 4 版。

② 田间在街头诗运动日中有两首诗被贴到街头上。除此之外，还有一首《毛泽东同志》，这可能是延安最早歌颂毛泽东的诗歌。全诗是：“你们看到——/毛泽东同志吗？/延安的工人/能告诉你们/他的儿子/——被毛泽东的手拥抱过/而且对他的儿子说过/‘长大呵/做一个/胆大的边区自卫军’。”

这首诗并不是田间最好的街头诗，它明显地宣传了持久战的思想，宣传了全民抗战的思想。

> 在含义上讲，它是具有相同于政治口号与标语的意义，然而它不是“口号”与“标语”，而是属于诗；且是新诗，是有一种特殊形式的，利用“旧瓶装新酒”。[①]

全诗用一个假设句开头，引发读者跟随诗人一起思考，使诗意得以在想象中顺利展开，使读者自然信服诗人得出的结论。

诗人刘御是一个具有童心、童趣的诗人，他的诗大多有童谣风味。在《小脚婆姨》中，充满了一种幽默、风趣的感觉，好像儿童在旁观成人的苦恼，有趣多于烦躁，但在风趣之中诗人完成了反封建的主题抒写。诗中写道：

> 宝塔山，/高又高。/张三娶个李姣姣。/人也好，/品也好。/可惜一双小脚像辣椒。/地不会种，/水不会挑，/走路风摇摆，/怕过独木桥。/想回娘家恨路远，/想走亲戚叹山高。

这首诗可能从诗的内容到写作手法都不能代表街头诗的主流，但它不仅在延安的街头诗运动日中能够贴上街头，而且能在《新中华报》的“街头诗选”上重新刊登，可见是被广泛认可的。

由此可见，街头诗的内容也不是像后人总结得那样狭窄，主流之外，支流也是受到欢迎的。

这次运动中最被广泛流传的一首诗是季纯的《给我一枝枪》。这首诗不仅音韵铿锵有力，而且充满激情，具有鼓舞人心的作用。

> 给我一枝枪，/我要上战场，/我的兄弟，/我的爹娘，/都惨死成一滩泥浆；/我的田舍，/我的家乡，/也轰炸得一片精光！/日本人要叫咱国破家亡，/中国人怎还能痴心妄想？/给我一枝枪，/我要上战场，/国仇家恨千万桩，/哪个能够再忍让！

---

① 史塔：《关于街头诗》，《抗敌报》1938 年 10 月 26 日。

“街头诗运动日”之后，陕甘宁边区的街头诗创作进入高潮。抗战文艺工作团的高敏夫最早把延安的街头诗带到了晋察冀，《抗敌报》文艺副刊《海燕》也开始登载街头诗。在晋察冀，战地社的田间、邵子南、史轮、曼晴等与铁流社的钱丹辉、烂矛等合作，共同组织了一次街头诗运动日。

> 为了繁荣诗歌创作，扩大街头诗阵地，“战地社”除继续出版《战地》外，于1939年2月又创办了《诗建设》。“铁流社”于1939年3月，也编辑出版了《诗战线》……1939年街头诗运动风行全边区。《诗建设》为纪念延安“八七”街头诗运动日1周年，发起了1000首街头诗创作活动。这时，除诗歌刊物发表街头诗外，各报纸副刊和综合刊物也发表街头诗，大量的街头诗被直接书写、张贴在墙头、岩头上，或者油印成传单散发。①

这些诗在当时真正起到了打击敌人、教育人民的政治作用。1939年5月，田间在《现在的街头诗运动》中说：

> 街头诗是在剧社、文救会、妇救会、民众教育馆、宣传队、学校、部队、甚至农会各方面展开了。
>
> 街头诗把口号的内容，把许多故事形象化了，诗化了，同时又以短小的、精悍的、明快的、像匕首出现在各处，因而出现打倒敌人和动员群众及慰劳战士的明显作用。②

这些概括了街头诗的宣传性、普及性和战斗性的总结非常及时，对我们今天的研究也很有参考价值。

所以，解放区的街头诗可以说就是从延安街头诗运动日开始的。有研究者说：

> 如所周知，街头诗这种诗体有一个具体的产生日期，那就是一九

---

① 刘增杰主编：《中国解放区文学史》，河南大学出版社1988年版，第222页。

② 田间：《现在的街头诗运动》，《抗敌报》1939年5月24日。

三八年八月七日。①

1939 年，史轮在《我的几个诗歌问题的见解》一文中写道：

> 本来在去年八月七日，延安由战歌社、战地社发起了街头诗运动——从此中国的街头诗这种通俗的小型的诗才算正式走上了诗坛，渐渐被人注意而普遍地流行开了。②

史轮当时的见解与现在的史料证据是完全一致的。

不仅如此，史轮还回忆了当时诗歌上街活动的程序，很像是正式刊物发表诗歌作品的程序，其选稿标准其实就是街头诗的定义了。他说，这个活动预先发了通知，组织了筹委会、编委会，审阅稿件十分严格。选稿的条件是：大众化，形象化，有浓烈的感情，篇幅短小，限制在一二十行。

这些都说明，街头诗是因为有了延安街头诗运动日的诗歌，才宣告诞生的一种新型诗体。虽然在此之前的上海，中国诗歌会也有过类似的活动，但那只是昙花一现的写作，不能构成一种诗体诞生的标志。

随着街头诗作者的大众化，街头诗的定义也相应地发生了变化：那些有关“形象化，有浓烈的感情”之类的对于诗歌艺术性的要求不存在了，好像只有“大众化和篇幅短小”、发表于街头，就是街头诗了。好像今天的网络诗歌，没有编辑选稿这一关。

1939 年，史轮在《边区文化》上发表文章，评论街头诗说：

> ……柯仲平同志利用歌谣而写的，田间同志的以节奏分行而无韵脚的，刘御等的歌谣形式的，高敏夫及骆方一句一行的。但到了大家群起——模仿起来，量是多了，可是质呢，实在不成。③

看吧，“一占我们东北，二占我们天津，三占……”，快板一类的东西出现了，用旧词曲套用的也出现了，不通俗的也出现了。

---

① 周进祥：《街头诗在晋察冀》，《新文学史料》1983 年第 1 期。

② 《边区文化》1939 年第 2 期，边区文化协会主办。

③ 同上。

> 政治口号加诗的分行的概念东西出现了。……诗是艺术品，不是纯出于模仿！①

1939 年，正是街头诗如火如荼的时候，史轮作为街头诗作者，这么早就注意到街头诗的艺术性问题，可见，最初的抗战诗人是要以“诗”的方式参加抗战，他们并不因为抗战的政治性和现实性因素而降低对诗歌艺术性的要求。

而后来的街头诗艺术味道淡薄，很大程度上不能归咎于这些诗人，因为他们无法控制和引导一个由群众共同参与的艺术性活动。

后期街头诗由于民众的参与，由于民众长期浸润于民间诗歌，所以，后期街头诗创作渐渐由“诗”变成民歌民谣一类的顺口溜或者标语口号式的诗，也是无法避免的事情。

二　延安的街头诗——对大众的宣传与大众的娱乐活动

（一）柯仲平与街头诗

在延安，只有柯仲平一直坚持街头诗写作，这与他的文学观念密不可分：他重视文艺的宣传功能，也最坚持认为文艺应该成为动员群众参加抗战的精神武器。在延安所有的文艺活动中——不论是组织文学社团、进行诗歌创作、领导民众剧团还是开展诗歌朗诵活动，他都坚持其启发大众、宣传大众、为大众所喜闻乐见的文艺原则。

直到 1946 年 11 月 25 日，柯仲平还特制了一支大毛笔，兴奋地对人说：

> 敌人进攻延安的战争爆发后，我便用这支笔到处写街头诗。②

1947 年 3 月 18 日，为粉碎国民党的军事进攻，集中优势兵力，各个歼灭敌人，毛泽东、周恩来率中共中央机关主动撤离延安，转战陕北。柯仲平的巨型毛笔终于派上了用场，1947 年 4 月，他在绥德陈米家沟口大

---

① 《边区文化》1939 年第 2 期，边区文化协会主办。

② 钟敬之、金紫光主编：《延安文艺丛书·文艺史料卷》，湖南文艺出版社 1987 年版，第 281 页。

路旁书写岩壁诗《杀贼去》：

> 抢我粮，/烧我门窗，/鸡猪牛羊都杀光；/奸淫我妇女，/拉走我儿郎。/不杀蒋胡贼，/我无脸活在世上。①

1947年5月，柯仲平随西北野战军攻打陕北波萝县时，为指战员写下鼓动诗《保卫毛主席》：

> 从河东到河西，/我们赶来保卫毛主席；/我们知道我们的任务最光荣，/路上没有一个掉队的！……②

1948年2月14日，柯仲平参加秧歌队，写下《胜利的秧歌》：

> 千年古树开了花，人民力量从来没有这样大；扭呀扭，歌呀歌，人民要稳稳当当地来当家。……③

可见，柯仲平以街头诗的方式随时保持对时事的关心，他极大地发挥了诗的宣传与鼓动力量。

柯仲平是延安街头诗运动的发起者、参与者和见证者，他之所以能够从始至终地勤奋写作，这与他的诗歌观念和街头诗的特点正吻合是分不开的。柯蓝回忆说：

> ……那是一九三七年的一个秋天的星期日，我去延安新华书店买书，路过延安北门城门洞的时候，看见墙壁上贴了一些巴掌大的四方纸片，上面写了一行一行的短诗。其中有一首就是柯仲平同志写的。这种宣传诗，叫“街头诗”，后来又叫“枪杆诗”。接着，我在延安城内天主教堂的墙上，看见为了庆贺党的六大，柯仲平同志写的一首

---

① 钟敬之、金紫光主编：《延安文艺丛书·文艺史料卷》，湖南文艺出版社1987年版，第293页。

② 同上书，第294页。

③ 同上书，第298页。

> 短诗，每个字有一尺见方，是用白粉水写的。①

这个回忆的时间可能有误，因为“六大”是1938年10月召开的，所以应该是1938年的秋天。这首诗就是柯仲平最有名的街头诗《告同志》，收入诗集时，诗人也注明时间是1938年，地点是延安。诗后有小注：“此诗曾写在当时延安城内大礼堂对面的那堵石灰墙上。在干部集会时，我朗读过很多次。”这首诗有六节，每节八行，是街头诗中最长的诗了。其中第三节经常被引用：

> 呵！同志们！我们有/一致的方向，/一致的主张，/我们的团结，/像五个指头，/共一只强有力的手掌；/每一个同志都在自己的岗位上，/个个同志的岗位都朝中央。

柯仲平的另一首有名的街头诗是《保护我们的利益》，当时发表在1938年8月《新中华报》的“街头诗选”上。直到1942年4月12日，在延安诗人纪念马雅可夫斯基逝世12周年的纪念会上，从绥德来的高敏夫还朗诵了这首诗，并说：

> 我把这首诗在敌后朗诵过几百次，老乡都喜欢听。②

这首诗是关于如何保护农民利益，同心抗战的。诗歌很长，诗句基本上都是运用口语和对话完成：

> 我家三代是雇农，/你家三代是佃农。/你我都在延水边长大，/你也穷来我也穷。//说开荒，我们开过几千几万垧，/论耕种，我们手下出过几千万石粮；/无奈那时粮不在我手上！/地不在你手上！//三年前，地面上刮起了一阵红色的暴风，/刮倒了土豪，/我们家家才

① 柯蓝：《狂飙从天落——读老诗人柯仲平同志的短诗集》，《光明日报》1983年3月10日第3版。

② 钟敬之、金紫光主编：《延安文艺丛书·文艺史料卷》，湖南文艺出版社1987年版，第143页。

分得土地耕种；//从此我有粮在我手中，/你有地在你手中。/你看那土豪何等无理，他强迫我们交还土地；//就不说他有汉奸的嫌疑吧，/他分明是故意来破坏边区。/请问我们几代人为你家种地，/你家白吃了我们多少石粮食，/到后来才分了你土豪的土地，/这还有什么对不起你呀!? 什么对不起你!? //劝他不要算旧帐的好，/如今应该大家一同去抗日；/他不抗日偏要来讨糊涂帐，/我们一定叫他滚出去！滚出去！//①

柯仲平的街头诗基本上是五四以后的新诗体，但他的长篇叙事诗《边区自卫军》、《平汉路破坏大队》却采取了传统的大鼓诗形式。

柯仲平的街头诗，形式自由，诗句灵活多变，多不押韵，即使是后期创作，也很少是歌谣式的。1946 年 9 月 30 日《解放日报》上有他的一首街头诗，《三根灵签——欢迎王震将军回延安的街头诗之一》就是一首歌谣诗。

诗人柯仲平，/写了三根签，/这签好灵验，/大家争着看。//打开重重封锁线，/群龙一笑飞上天，/忘八头子蒋介石，/死就死在龙爪前。//……

另有《英雄且退张家口》和《想王震将军》也是歌谣诗。②

柯仲平的街头诗以政治抒情为主，紧密配合抗战宣传。诗歌内容上是街头诗，但形式上不够典型，也比较长。但他是延安最重要的街头诗诗人，他的诗歌在政治性、通俗性和艺术性的结合上比较均衡。尤其可贵的是柯仲平是延安街头诗创作时间最长的诗人。

（二）街头诗作为大众的娱乐活动

延安的街头诗一直是作为动员群众、鼓励抗战的宣传武器而存在的，它的地位与戏剧和歌曲一样，主要是在公众聚会的场合用来演出和娱乐的。《延安文艺丛书·文艺史料卷》记载：1938 年 2 月 13 日，

① 王琳编：《柯仲平诗文集》，文化艺术出版社 1983 年版，第 66—67 页。诗末有小记：“抗日民族统一战线形成后，还生活在陕甘宁边区内的，及逃到蒋管区又回来的地主们，强迫农民交还土地革命时期分得的土地。1938 年 5 月，毛主席指示边区政府出布告，明令保护农民既得的利益，禁止地主的这种反动行为。因此我写了这首诗，发表在当时的《新中华报》上”。

② 同上书，第 107、125 页。

> 边区文化界救亡协会召开……反侵略运动大会，……会后向群众宣传，有街头歌咏，漫画和街头诗。①

这还是街头诗运动日发生前半年的事。《讲话》以后，1942年9月10日，延安文化俱乐部为加强艺术宣传，……在文化沟口建一座街头艺术台，并举办《街头画报》、《街头诗》和《街头小说》三种巨型墙报。……艾青为《街头诗》创刊而写的《展开街头诗运动》的文章发表于《解放日报》9月27日第4版上。②

这是延安文艺界为工农兵服务的一种特别方式。

1942年9月13日，绥德新诗歌会的同志回到延安，……决定和延安各诗歌团体共同发起开展延安及边区街头诗运动。③

萧三1943年4月11日在《解放日报》发表《可喜的转变》一文，在列举文艺活动方面，把“街头诗”与“街头画报”、“街头音乐”、“街头朗诵”并列在一起，说“把艺术从窑洞里搬到街头上来了”。

但此后几年延安的街头诗都有点沉寂，直到1946年9月17日，王震将军率三五九旅从中原突围后返延，9月30日，边区文协为欢迎他们归来而出版街头诗，柯仲平等十人诗作十余首，张贴在新市场口，群众争相观看诵读。《解放日报》分两次刊载了这些诗。

1946年10月7日，边区文协为响应“美军退出中国”运动，而成立街头文艺筹委会，准备出版街头诗画。

1946年10月20日，《解放日报》登出一组《街头诗集》，共九首。

1946年12月5日，《解放日报》登出街头诗《看我们这些自卫军》共九首。

1948年3月，西北文工团……开展新区文艺工作，除重排《白毛女》、《兄妹开荒》等戏剧外，也要编花鼓、说书、街头诗等。④

由此可见，街头诗是战争年代一种特殊的艺术样式，它既可以在报纸杂志上被列入诗歌范畴而发表，也可以与街头漫画、活报剧和秧歌剧

---

① 钟敬之、金紫光主编：《延安文艺丛书·文艺史料卷》，湖南文艺出版社1987年版，第24页。

② 同上书，第161页。

③ 同上书，第162页。

④ 同上书，第300页。

排列在一起，由宣传队演出。真正做到了白居易所说的“文章合为时而著，歌诗合为事而作”，很多街头诗在诗歌语言上也做到了老妪能懂的地步。

（三）街头诗与诗歌走向大众

考察街头诗的发表与出版情况，就会发现：街头诗的真正含义，其实是以发表形式而命名的。凡是写在街头的诗，不论什么样式，都可以叫作街头诗。延安街头诗宣传日时，曾把白德内依、马雅可夫斯基和裴多菲等外国诗人的诗作抄录贴到街头，也算作街头诗了。

把诗写在街头，一为宣传抗战，二为诗歌大众化的目标。老百姓读了这些口语化的街头诗，有可能激发了他们内在的诗情，也来参与诗歌写作，这就实现了“让诗和人民在一起”的目的，使诗歌真正走向了大众。

应该说，诗人们的美好愿望最终是实现了，后期街头诗写作完全改变了前期街头诗的自由诗创作风格，成为群众自发性的创作活动，诗体形式也变成更为容易理解和容易上口的歌谣体式的了。

但这种完全程式化的诗歌还是不是“诗歌”创作，是否还有诗人自由创造的空间，也成为诗人们需要面对的新问题。这些问题因为当时的诗人们忙于抗战、整风和生产，没有得到及时解决，就一直延续到1958年关于新诗道路的讨论。

当时的“新民歌运动”

> 可被看作“五四”以来新诗走向“大众化”（民间化乃至民族化）的又一次努力。只不过，众所周知，这次努力最终是以“古典”+“民歌”的极端模式纳入了政治化的轨道，从而适得其反地将诗推向了它的反面即“非诗”，新诗的“大众化”也未能真正实现，而是越来越远离这一目标。[①]

1958年的何其芳、卞之琳等就以对“现代格律诗”形式的探讨，表达了诗人对新诗前途的忧虑与思考，也显示了老一代诗人内心深处艺术良

① 张桃洲：《现代汉语的诗性空间》，北京大学出版社2005年版，第60页。

知的觉醒。①

但是，街头诗不同于新民歌运动的可贵之处在于：它一直是诗人和群众的一种自发而自觉的服务抗战的方式，没有被政权形式的意识形态所整合。

尽管诗人们也有发起诗社、号召写作、出版刊物等有组织的行为，但仍是个人出于宣传抗战、动员民众的需要，不是有组织的党的行为或国家行为，它是诉诸诗人内心的一种自觉意识。

街头诗不参与对未来统一民族国家的想象与建构，也不参与有关意识形态的话语建设，它大多流于对时事、政策、临时任务的解说与鼓动。

所以，抗战当时的街头诗有它自己的使命和存在的合理性。

街头诗在边区大受欢迎，所以，发表于街头的诗也可以重新发表于纸本上。不仅可以发表在自办的油印诗刊《诗建设》、《诗战线》和《边区诗歌》等上面，还可以发表在官方报纸、杂志上，也可以自己石印、油印出版街头诗集。

如《给自卫军》就是赵景中、丹辉、魏巍等的合集，是晋察冀边区一分区文化界抗日救国会编印的。在西北战地服务团1939年4月25日的工作日记中记载：

> 钱丹辉、魏巍等合印了一册街头诗集《给自卫军》，作为一分区文救会宣传资料之一。②

另外，还有个人结集的是：《粮食》（田间、邵子南、力军、石群）、《战士万岁》（田间）、《文化的民众》（邵子南）、《在晋察冀》（力军）、《街头》（曼晴）、《力量》（邵子南、丹辉、魏巍、荒冰、沙漠）等。

这些在当时作为一种特殊的“宣传资料”的诗集，在今天已经很少能看到了。

---

① 何其芳、卞之琳在1938年8月30日到的延安，但他们都始终没有参与街头诗活动。尤其是何其芳，始终坚持写着五四以后的新诗体，即使是《革命，向旧世界进军》这样被萧军点名批评的“非诗”，也是用新诗的形式，至多可以说是对苏区新诗革命性传统的继承。但这不说明何其芳对街头诗这种形式没有思考，他深知诗歌的问题和诗歌的界限。所以，当十多年以后，类似的群众化的诗歌运动再起时，何其芳就试图以理论探讨的方式纠正对诗歌的这种不正确的认识。

② 丹辉：《晋察冀诗话》，《新文学史料》1983年第1期，第196页。

自行结集的街头诗多发生在晋察冀根据地，说明这个根据地的街头诗力量更强大，开展得也更好。

不仅如此，《新中华报》、《抗敌报》和《解放日报》等党报也多以规模的形式发表街头诗，如1938年8月10日《新中华报》发表"街头诗选"九首；《解放日报》1946年分别在10月2日、10月20日、12月5日发表街头诗九首，都有一个共同的主题；《抗敌报》多次刊登关于街头诗的理论探讨文章，尤其是1938—1940年。

除此之外，1940年，街头诗运动两周年时，"西战团"战地社还油印出版了"诗建设丛刊"之十的《关于街头诗》，提出了街头诗普及与提高的两大任务。茅盾主编的《文艺阵地》和胡风主编的《七月》也登过或介绍过街头诗。

街头诗如此活跃和被舆论所看中，可以说是当时的主流强势话语所提倡的结果，但延安的纯文学刊物都很少或甚至根本不刊登街头诗。

丁玲主编的《解放日报·文艺》100期，没有一首街头诗；《文艺月报》、《谷雨》、《草叶》、《诗刊》和《部队文艺》等延安高规格的文艺刊物也没有街头诗发表，艾青、何其芳等延安成名诗人在延安也从不写街头诗。

可见街头诗主要是在功利主义的审美层次上被选中，它有自己特定的表现对象、表现方法和读者群落，与五四以来知识分子诗人的自由诗写作形成了不同的写作方向。

> ……这些在内容、形式、风格上各具特色的街头诗，完全摒弃了那种写自我、写生活琐事、抒发个人感情的诗风，而以抗战的、民族的、大众的斗争生活和抗战与民族的存亡为根本问题，表现人民的喜乐和愤怒，反映人民所关心的现实，并鼓舞和帮助人民前进。①

朱自清也认为：

> 抗战以来的诗，注重明白晓畅，暂时偏向自由的形式。这是为了诉诸大众，为了诗的普及。抗战以来，一切文艺形式为了配合抗战的

① 田间：《田间自述（之三）》，《新文学史料》1984年第4期。

> 需要，都朝普及的方向走，诗作者也就从象牙塔里走向了十字街头。[①]

抗战使诗人走向民间，看见了更广大的生活，表现在诗歌里，自然扩大了诗的题材；抗战也使诗人有机会接近普通老百姓和战士，使诗歌语言更接近口语，逐渐克服了五四以来的欧化现象，使诗语更趋于现代汉语特点，增强了诗的语言表达能力。

而街头诗终于由诗人写作变成民众写作，是解放区诗歌最成功的一次诗歌大众化运动。

第二节　对街头诗诗体形式的探索

一　延安街头诗人的自由体形式

街头诗运动可以看作新诗的“下放”运动，因为“五四”以来的新诗基本上是以城市小资产阶级知识分子为读者对象，农民仍然主要以欣赏民间歌谣或古典诗歌为主。

这其中的原因一个是新诗的语言问题，另一个是新诗的形式问题。

从新诗诞生那天起，大众化的呼声就不绝于耳，尤以30年代关于“文艺大众化”和“大众语”为最，有人指责说：

> “五四”式白话，实际上只是一种新式文言，除去少数的欧化绅商和摩登青年而外，一般工农大众，不仅念不出来听不懂，就是看起来也差不多同看文言一样吃力。[②]

所以，用浅近的中国话来写大众文艺，成为“左翼”以来革命文学的追求目标，而清除现代汉语的“欧化”句法也是其努力追求的目标之一。

前期街头诗诗人虽然是在五四新诗的滋养下成长起来的青年诗人，但他们要以诗为抗战服务的决心使他们靠近革命，他们能够在语言上尽量摆脱欧化句法，采用接近口语化的诗句，在诗的形式上采用散文化方式。

---

① 朱自清：《新诗杂话》，三联书店1984年版，第38—39页。

② 寒生：《文艺大众化与大众文艺》，见文振庭编《文艺大众化问题讨论资料》，上海文艺出版社1987年版，第86页。

他们在创作街头诗以前，都是以写自由诗而著名的。因此，前期优秀的街头诗不仅是自由诗，而且是诗人自由诗，不像后期街头诗那样成为群众自己创作的歌谣诗歌。

但前期诗人的街头诗被很多大众化的提倡者所诟病，认为不够通俗，在今天看来，恰恰是这些诗人的诗使街头诗具有了形式化的内涵，为街头诗成为一种新型诗体提供了形式上的依据。

这些诗人是柯仲平、田间、邵子南、史轮、钱丹辉和林山等诗人，柯仲平原曾是“狂飙诗社”的诗人，与“创造社”也有关系；田间曾是“七月诗派”的活跃诗人。他们的街头诗不仅奠定了初期街头诗的面貌，同时也为街头诗的写作摸索出了一定的“范式”。

在这些街头诗诗人中，有一个只写了一首街头诗，却被《晋察冀诗抄》、《中国现代十大诗派》等诗选多次选入的女诗人戈焰。

2005 年 3 月份，我曾在西安的《陕西日报》社采访过她。整个抗战期间，她都是“西战团”的成员，晋察冀诗派诗人。她对我说：

> 当时晋察冀的诗人写诗都学田间，学习那种“楼梯式”形式和抒情的方法。我不学，我不喜欢短句子，也不喜欢过分抒情和大白话。我想，诗要有诗味。

所谓诗味，大概就是指要有“比”有“兴”吧，这就涉及了对民间歌谣的借鉴。

我问她怎样写成《豆选女县长》的，为什么写成民歌风味的诗。她的回答很有启示价值。她说：

> 在写这首诗之前我曾去过一次延安，看见延安的诗跟晋察冀不同。像那雍（即艾青在延安用过的笔名）、何其芳、严辰等，他们不写街头诗，他们的诗写得太好了。主要原因就是用了比喻，使诗传达了诗味。当时我在西战团，很多人写的街头诗不是老百姓看不懂，就是过分直白，标语口号式的，不耐读。为了增加诗味，我想民谣比较好，又有比喻，老百姓也看得懂。“黄黄麦苗见她发青稞，/高山流水见她要唱歌，”一看就知道是她好，否则怎么麦苗、山水见了她都高兴呢？读懂这两句就行了，老百姓对民谣都有一种天然的领悟能力。

这就是说，诗人的民谣化写作一方面是为了迎合农村读者的习惯，另一方面则是为了克服自身已经形成的标语口号化倾向，增加诗歌的艺术感染力，开拓已被内容僵化了的诗意空间。

《豆选女县长》一诗下面小注是：1940 年夏于唐县[①]，这是一首优秀的街头诗，诗作很好地结合了口语与民歌的优长，既是诗人创作的自由诗，又有民歌的通俗易懂和押韵上口的特点。它也可以看作前、后期街头诗的过渡性作品：由自由式诗歌向歌谣式诗歌过渡。

全诗是这样的：

> 没有鼓，没有锣，/选举会场好红火，/县长也由咱们选，/乡亲们个个乐呵呵！//要问县长选哪个，/模样装进心窝窝，/带兵打仗，问饥问寒，/手上茧儿还数她多！//黄黄麦苗见她发青稞，/高山流水见她要唱歌，/这样的人不选选哪个，/她碗里黄豆乒乓落。

据戈焰介绍，这是对当时唐县县级民主选举现场的实录，因为参加选举的老百姓多数不识字，就采取用黄豆或豌豆计数的方法，当时根据地的很多地方都是这样进行选举的。这首诗一被写在墙头上，看诗的人就络绎不绝。戈焰至今还记得那热烈的场面，也还为此激动不已，她还能一字不落地全文背出。

说到为街头诗“立法”的诗人，田间是不可忽略的，他不仅是初期街头诗运动最重要的发起人，他的诗作也体现了诗人街头诗的优点与局限。

在延安，他所在的战地社与柯仲平领导的战歌社一起把诗歌送到了街头；在晋察冀，他与铁流社的钱丹辉等一起倡导街头诗运动。

1938 年冬，是他与所在的“西战团”把街头诗从延安带到了晋察冀。曼晴回忆说：

---

① 诗歌写作时间记录有误，应该为 1941 年。因为在整个抗日战争期间，边区举行了两次三级（边区、县、乡）民主选举，第一次是 1937 年 7—12 月；第二次是 1941 年 2—9 月。见宋金寿主编《抗战时期的陕甘宁边区》，北京出版社 1995 年 7 月第 1 版，第 382 页。还有一个旁证是：艾青是 1941 年 3 月 8 日到的延安，所以，作者只能是 1941 年看到艾青的诗作。

> 我们在延安的时候，即见到延安街头、墙壁上，有不少用艺术字书写的街头诗，还有一些诗人集会朗诵诗。我们从延安出发，在赴晋察冀边区的路上，与搞美术的同志合作，沿途在村头、路旁岩石上，书写一些街头诗、岩头诗，当时最积极的是田间同志，常见他提着粉桶，拿着毛刷，书写他的短诗。①

当时很多人都学习田间街头诗的创作方法，把一句话分成几个短句，形成长短错落的、节奏感明显的诗句，晋察冀的诗人多倾向于这一风格。比如钱丹辉自己认为“从一个侧面甚至一个片断或一点去反映敌后抗日斗争的生活，而且力求简单明白，通俗易懂”② 的《担架队》一诗，就是田间风格的诗：

> 当大洋马/驮着胜利品，/从前方/下来的时候，/担架队/怀着比战士的血还红的热情，/都上去了。/都上去了，/就是小孩子也不愿留在家里。

全诗用口语化的诗句描写一个情景，而且几乎每个诗句都是不完全句，不能表达一个完整的诗意，整首诗才能完成一个情景式的诗意表达。一个状语或一个主语就是一个单独的诗句，没有韵脚，诗句的节奏感是在读者断句时自然形成的。臧克家说：“……田间诗的形式，……对于民族诗歌传统和一般读者的习惯说来，是一个崭新的东西，对于中国语言的法则和人民‘喜闻乐见’的民族形式是有着距离的。”③ 中国的民族诗歌，多是一句话完成一个意象；即使是五四以后的现代自由诗，也多采用完整的诗句，繁复的诗意，以对应变幻莫测的现代生活。不像田间的诗诗意那样单纯，诗句那样不完整。

所以，田间对中国新诗形式的多元化探索是有着独特贡献的，我们一般研究者会看到田间诗歌与马雅可夫斯基译诗之间的联系，但田间本人几次否认自己诗歌写作形式上得益于马雅可夫斯基的诗歌，他明确表示：

---

① 曼晴：《春风杨柳万千条》，《新文学史料》1979 年第 1 期。

② 丹辉：《晋察冀诗话》，《新文学史料》1983 年第 1 期，第 197 页。

③ 臧克家：《“五四”以来新诗发展的一个轮廓》，《文艺学习》1955 年第 3 期。

"罗斯塔之窗"的诗，我没见过。

我不曾写过楼梯诗，只写过长短句。[①]

田间不认为自己的诗歌形式资源来源于西方，也许有他的道理。

从田间一生的诗歌创作来看，他成功的诗作不算多，抗战前的诗作收在《未明集》、《中国牧歌》和《中国农村的故事》等诗集中，1937 年抗战爆发，他在武汉一夕之间写成著名抒情长诗《给战斗者》。

后来奔赴晋东南抗日民主根据地，1938 年春，随"西北战地服务团"到延安，年底去晋察冀，直到新中国成立前才离开这个战斗的地方。

抗战时期的街头诗是他作为诗人写作的亮点，也是他作为诗人对新诗的最大贡献：《抗战诗抄》和《给战斗者》是他两个最重要诗集。在这两个诗集中，街头诗都单列一辑，可见其受到作者重视的程度。《假使我们不去打仗》、《义勇军》、《坚壁》、《提防》、《鞋子》、《多一些》、《警告》、《给饲养员》、《我是庄稼汉》和《援助这大山沟吧》，等等，都是传颂一时的名篇佳作。

田间成功的街头诗，有人把它们分为抒情短诗（《假使我们不去打仗》）和小叙事诗（《义勇军》）两种。[②] 如果仅仅阅读田间的街头诗文本，这个判断当然也有一定的道理。但田间的两本诗集都列了街头诗和小叙事诗两种诗体，这就说明小叙事诗不是街头诗，两者既不能相互对等，也不能相互包含。

田间的小叙事诗除了没在街头发表以外，在篇幅上比街头诗长得多；而且都属于叙事诗范畴，口语色彩强烈；这类诗作试图表现的是边区的新人新事，不是街头诗的时事政治性主题；在诗意的展开上多数不太成功。成功的诗作比较少，只有几首，如《贫农》、《下盘》、《寡妇》和《进

---

① 田间：《田间研究专集》，浙江文艺出版社 1984 年版，第 124 页。

② 刘增杰主编：《中国解放区文学史》，河南大学出版社 1988 年版，第 250 页。龙泉明的《中国新诗流变论》（修订版，人民文学出版社 2003 年第三次印刷，第 478 页）也持这一观点，但他不是单论田间的街头诗，而是指整个街头诗创作，也没有举例指哪一首诗作。文章说："当时的街头诗基本上都是抒情短诗和小叙事诗。小叙事诗也是一种创造，它没有完整的故事情节，也没有丰满的人物形象，只是截取战争生活的某个片断，某种场景，用白描手法勾勒人物性格和表现特定环境下人们的思绪；篇幅短小、情节简单，人物集中，富于直观性，使读者能从具体场景或一刹那的人物活动中，把握住作者要表现的思想情感。"

城》等。[①]

这种诗体形式不是田间的个人发现，而是晋察冀诗人群所具有的流派性质的创作特点，除田间外，很多诗人的这种诗体试验都取得了成功。如：方冰的《歌唱二小放牛郎》、史轮的《老百姓摸枪》、陈辉的《妈妈和孩子》等，这种诗体“有着明显乐府体‘场景’结构及‘卒章显志’形式”[②] 的痕迹，是晋察冀诗人群早期叙事诗的代表。

如果从时间上来说，小叙事诗晚于街头诗。曾经是当年街头诗参与者的曼晴说：

> 综观这个时期的诗歌，已由街头诗向抒情诗、小叙事诗方面发展。它所反映的斗争生活，也比较深厚，包含的内容也丰富得多了。[③]

小叙事诗在1940年前后趋于繁荣，田间作为晋察冀诗人群的重要一员，其创作自然受其流派的影响。他的小叙事诗创作在街头诗之后，虽然仍然采用街头诗式的片断场面描写手法，但目的已不是抒情。他不成功的小叙事诗创作为他后来长篇叙事诗的创作打下了基础，也可以说小叙事诗的写作是他后来长篇叙事诗的过渡形式。当他尝试写长篇叙事诗时，小叙事诗的写作就自然放弃了。

他的街头诗只有一种形式，就是抒情短诗。而这种抒情短诗也是长篇政治抒情诗的基础形式，当后期街头诗普遍地趋向于民谣时，这种抒情短诗的历史任务也完成了。

对于田间的街头诗来说，即使有叙事的成分，其主旨也不是叙事而是借叙事以抒政治之情。如著名的《义勇军》：

> 在长白山一带的地方，/中国的高粱/正在血里生长。/大风沙里/一个义勇军/骑马走过他的家乡，/他回来：/敌人的头，/挂在铁

① 如《下盘》，写的是一个老汉去交公粮的路上，滚落到沟底，摔死了；他儿子不管父亲，继续走，交了公粮以后，才回来管父亲的尸体。诗歌是：腊月十九，老汉下的盘。十八盘：一盘风雪，又一盘冰。老汉吹着胡子，吹着雪，往盘下走。……盘上，盘下，风雪悽悽，天地嗖嗖。

② 王荣：《论40年代“解放区”叙事诗创作及其形式的“谣曲化”》，《陕西师范大学学报》2004年第3期。

③ 曼晴：《春风杨柳万千条》，《新文学史料》1979年第1期。

枪上！//

看起来写的是一个小场面，但其实着意的是这个场面给人的鼓舞和力量。这个场面显示了中国士兵不可战胜的勇敢和顽强，同时这个画面也暗示了中华民族不屈的生命活力。

而被列为抒情短诗的《假使我们不去打仗》又何尝不是一个生动的画面呢？

假使我们不去打仗，
敌人用刺刀
杀死了我们，
还要用手指着我们的骨头说：
“看，
这是奴隶！”

诗人假想我们因为顺从而被敌人杀死以后，还要被敌人看不起的一个场景，鼓励民众为了自身的生存与生存的尊严，要奋起反抗，争取生命的权力与自由。诗歌展开的是一个血淋淋的战争场景：敌人、刺刀和我们的尸体，在这幅敌我对立的画面中，我方因为不反抗而被敌人杀死，杀死以后还要遭到耻笑：说明在残暴的日本侵略者面前，即使做顺民也不能保全生命，甚至死后还要被敌人蔑视。

这样，我们发现，这首诗也是通过描写一个具体的场景而抒情，与被称作小叙事诗的《义勇军》没有严格的质的区别。

40 年代初，田间转入了长篇叙事诗的写作，基本上不写街头诗了，即使偶有创作，也不再是纯粹的自由诗体了，而是随着街头诗整体歌谣化趋势有所调整。

写于 1944 年夏季政治攻势中的《提防》，已经有了歌谣化的倾向。

提防！提防！/提防鬼子清乡。/我们掏出心来，/心连心，搭成那铜墙。//

这首诗的特点首先是押韵，其次是诗句三、四、五、六个字不等，再次是四句一首，读起来朗朗上口，感觉上接近于民间的数来宝或快板，不过这个形式也是田间的个人创格。

按照田间的说法，他一直坚持这种街头诗的写作方式，他回忆说：

> 直至今日，我有时仍然要写几句诗传单。"文化的革命"后期，我写了两本《六句集》，其实也有这个意思。①

但"六句体"与歌谣的歌唱式调子不接近，而是更接近于说话的调子，即还是新诗的格式。卞之琳认为：

> 五七言一路韵语调子便于信口哼唱（有别于按谱歌唱），四六言一路韵语调子倒接近说话方式，便于照说话方式来念（包括戏剧性的"朗诵"）②

这说明田间后来的六言诗写作，走的仍然是早期自由诗"接近说话"的路子，但句式整齐、四句一首和偶句押韵等特点又接近于古典诗词，而不是歌谣。

这些诗的写作已经毫无影响力了，几乎不为人知。

与戈焰一样，田间也写过一首以县乡民主选举为主题的诗，《投一票》：

> 好好地投一票，/慎重地选举/救国的干部//同志们/明白吗，/为了民主！//

这显然是标语口号式的诗，其中"明白吗"有一种居高临下的教训口吻，令读者反感。正因为当时优秀诗作较少，而诸如此类的诗作却有许多，人们才对街头诗产生了一种不好的印象：好像街头诗就是充满政治说教的空喊，是对人所共知的形势和政策的浮浅解说。——好像每一首街头诗都在说：

---

① 田间：《田间研究专集》，浙江文艺出版社1984年版，第80页。

② 卞之琳：《对于新诗发展问题的几点意见》，载《卞之琳全集》（中），安徽教育出版社2002年版，第432页。

> 老乡，我们要怎样、怎样，因为怎样，
> 我们要这样，如果不这样，便怎样、怎样。①

对于田间来说，如果诗歌没有一个场景或情景的话，口语化的结果就可能陷入以诗的形式说教的模式，而这正是戈焰引入民歌的比兴竭力加以避免的情况。

田间的代表性就在于他个人诗作的局限也是街头诗整体创作的局限。

其实，1939 年，当街头诗风行全边区的时候，诗人们已经以诗人的艺术敏感性注意到了街头诗创作中，过分注意宣传性与大众性而忽视艺术性的一面，所以在对街头诗的大众化程度不断强调时，也强调了其艺术的提高问题。《抗敌报》编排了“街头诗运动周年特辑”，总结成绩的同时，提出努力的方向：一是提高自己的作品质量，更充分地反映边区生活，更好地支援抗战；一是普及街头诗创作，让群众自己学会并运用这一文艺形式。② 这是一种具有引导性质的论文，但这种引导只限于文艺领域，不是行政部门的硬性指标，是诗人们一种自觉的自我规范行为。

1940 年为纪念街头诗运动二周年，“西战团”战地社油印出版“诗建设丛刊”之十的《关于街头诗》，刊载文章，更具体地提出了街头诗创作的提高与普及的两大任务。文章说：

> 第一，要组织乡村文艺小组，在那里将街头诗的写作与传布深刻展开；第二，各报刊的文艺栏都要辟出一块街头诗的园地，尽量登载从下层选来的作品；第三，要展开街头诗理论的研究，发扬优点，纠正缺点；第四，要特别注意对初学写作者的培养。

“西战团”社员在创办“乡村文艺训练班”时，把街头诗的写作作为“乡村文艺训练班”的训练内容之一。受训人员毕业后，分配到群众和部队之中，也将这一文艺形式带到了那里，这使街头诗创作在晋察冀边区进入了鼎盛时期。

《讲话》以后，街头诗已经变成了一种真正的群众性诗歌运动。当时

---

① 周进祥：《街头诗在晋察冀》，《新文学史料》1983 年第 1 期。

② 艾斯、冀林等文章，载于《抗敌报》1939 年 8 月 6 日。

来边区考察文艺事业的杨朔写道：

> 到处可以看到街头诗，这些诗采取短俏的形式，运用民谣的韵律，使用活生生的民间语言，描写战争、反扫荡、民主政治、志愿义务兵，以及一切和战争相连接的斗争生活，这些诗人绝不高坐在缪斯的宝殿里，凭着灵感来描写爱与死的题材，他们已经走进乡村，走进军队，使诗与大众相结合，同时使大众的生活诗化。①

这时的街头诗已经完全是群众运动了，诗人基本上已经开始了各自的思想改造工作，无心也无暇作诗了。

街头诗因为其现实政治性的内容、通俗化的形式、大众化的语言，很容易流入政治套语和写作上的公式化模式。

诗歌本身是想象性的艺术，是诗人艺术创造力的表现，过多地执着于现实，拘泥于对一时一事的诗语表达，必然使诗歌缚上了过于沉重的现实羁绊，使诗歌想象的翅膀无法飞翔。因此，针对写作上出现的各种不良偏向，战地社的诗人给予了及时的讨论和批评。1939 年 7 月，战地社诗人的讨论普遍认为：如果把街头诗的政治性仅仅理解为宣传政治口号和政府的政策，不分情况一味地呼喊和说教，而不去反映千百万人民群众丰富多彩的实际生活，那么街头诗就必然缺乏感染力和生命力，因此也不会受到欢迎的。邵子南写道：

> 是的，我们感情很热，很乐观，很爱呼喊，但我们还没有向天空翱翔，憧憬着把地球戏弄，我们的眼睛仍然看着地面，从小的事物开端，如田间的歌咏垦荒团、新战士，叫人爱护同志、爱护武器、爱护麦子；谷扬叫人走大路、不要踩麦子。缺点是有的，它的缺点，是在诗人还不能适当地把握自己的笔，写出更生动更具体的个体，不从个体看整体，忽略了个体。从这方面说，是一般化的毛病。②

邵子南要求街头诗从生活出发、从具体出发、从个体出发，以典型化

---

① 杨朔：《敌后文学运动简报》，《解放日报》1942 年 11 月 25 日。

② 周进祥：《街头诗在晋察冀》，《新文学史料》1983 年第 1 期，第 203—204 页。

的手法，通过具体反映一般，并因一般而折射出时代的要求，可以说是抓住了街头诗公式化问题的要害。

当时的街头诗写作已经非常普及了，但其艺术质量却大大降低了。因此对街头诗艺术性的关注，在1940年引起了更多诗人的思考。曼晴指出：街头诗的

> 一般化，想象不丰富，字汇贫乏，以及模仿多于创造，形象少于概念等，这些缺点急待我们克服。①

方冰更明确地指出：

> 街头诗的艺术手法的要求，一点都不能比叙事诗或是抒情诗低，它需要高度的艺术形象，同叙事诗、抒情诗一样，毫不能缺少一点，必须要将政治口号通过艺术的形象深刻地表现出来，才能完成它的任务。②

诗人提醒写作者：街头诗除了政治性比一般诗歌要更强以外，作为诗的要素，街头诗什么都不能缺少，这其实标志着街头诗写作的特点与难度。

解决了这一难度的街头诗就是诗歌；没有解决的就流于标语口号。

二　盐阜地区的街头诗特点与大众写作

街头诗在延安发起，却在晋察冀得到了最初与最充分的发展。随后，在其他各抗日民主根据地也得到了发展，取得的成绩与出现的问题与晋察冀相比，有相同的地方，也有相异的地方。

以盐阜根据地为例，1941年夏秋之间，盐城大扫荡之后，当地的诗歌协会解体，主要文化人陈辛劳等先后离开此地，《江淮文化》等副刊和《新诗歌》停刊。林山和诗协同志成立诗歌小组，开始了街头诗运动。

---

① 曼晴：《边区诗运》，《抗敌报》1940年1月7日。

② 方冰：《略谈街头诗的政治性》，载《关于街头诗》，“西战团”《诗建设丛刊》之十。

在研究了墙头诗的一般特点后，我们认为用民间歌谣的形式来写作墙头诗为恰当，既具有短小精悍的形式，又为人民大众所喜闻乐见容易接近。①

当时的街头诗有："喜鹊树上叫，黄狗尾巴摇；来了新四军，大家哈哈笑。"好像是《诗经》中"关关雎鸠，在河之洲"一样的兴句和比句，只不过把四字句变成五字句而已。还有歇后语形式的："鬼子来了——受罪，伪军来了——开柜，新四军来了——开会（民主）。"也有套用民歌形式的："巴中央，/想中央，/中央来了一扫光。//盼中央，/望中央，/中央来了大失望。" "高粱长，/高粱高，/青纱帐里埋伏好，/敌人来了——请他吃土炮。//高粱长，/高粱高，/青纱帐里埋伏好，//敌人来了——请他吃一刀。"这种重章叠句的形式是比较简单也比较上口的民歌，艺术上显然不能与延安和晋察冀的诗人街头诗相比。

但以街头诗的形式促成诗歌大众化的意愿是相同的，诗人辛劳说：

如果使诗歌走上大众化，写出能为大众所需要所喜欢的诗歌，必须从街头诗做起。它是诗歌大众化的先锋。……②

为了使街头诗能尽快成为群众化的诗歌运动，林山等写了大量的街头诗发表于报刊予以提倡，如他写了十首街头诗，发表在《大众知识》（1942 年第 7 期）上，就"转变了过去墙头诗的风格，为以后盐阜墙头诗捏下了个雏形"。③

林山的诗歌借鉴了民歌的押韵和句式整齐的特点，如《厚脸皮》：

南京城门高，南京城墙厚，南京城里有个汪精卫，脸皮比城墙厚十倍。

再如《民选》：

---

① 陆维特：《苏北墙头诗运的回顾与前瞻》，《江淮文化》1946 年 7 月 10 日创刊号。

② 辛劳：《墙头诗短论》，《盐阜报》1942 年 2 月 1 日。

③ 钱毅：《盐阜区的墙头诗运动》，《江淮文化》1946 年 7 月 10 日创刊号。

下种要下好种子，选举要选好代表；下种之后要除草，选举之后要检举；除草要除得干净，检举要毫不留情！

其他诗人的街头诗多仿照林山的诗歌形式，如写民主选举的：

从前官管民，现在民管官，选由你选，换由你换，再不出来管，真是大傻瓜。

写反“扫荡”的：

敌人像一条毛虫，蚕食我们的家乡。我们大家参加自卫队，反对敌人的蚕食，粉碎敌人的“扫荡”！

1945 年以后，街头诗因为发挥着比标语更大的作用，又可以做群众教育的课本和冬学的识字牌用，而得到进一步的发展。但诗歌形式也发生了很大的变化，越来越靠近民歌，或者说直接是对民歌的仿写。如歌唱城镇解放的诗：

变天没有晴天长，淮阴城头出太阳，要问太阳何处来，人人都说共产党。

为动员群众给部队做鞋的诗：

快！快！快！鞋子做得快，军队前进得快，敌伪投降得快。太平日子来得快。

这些都说明，盐阜根据地的街头诗发展进程和模式与延安和晋察冀地区有一些区别：首先是诗体上没有完全的自由诗阶段，一开始就是民歌形式或介于民歌与新诗之间的形式；其次是街头诗的创作一直局限于诗人或通讯员，始终没有形成一种带有普遍性的群众诗歌运动；再次是盐阜的街头诗大部分是先在报刊上发表，然后才被粉刷在墙上，这与延安街头诗的发表方式正好相反[①]；最后，盐阜没有采用在延安等地普遍使用的诗传单形式，但延安的诗配画宣传形式在盐阜发展得较好，1942 年，林山带头组织了一个墙头诗画社，出了一本《墙头诗画集》，墙头诗 28 首，画 6 帧。

除此之外，盐阜还根据其地域特点“派生出了地方性墙头诗和墙头唱，乡土气息更浓”。[②] 如：

韩顽固在此地，
昏天昏地；
日本鬼子在此地，
没天没地；
新四军在此地，
欢天喜地。

不仅如此，老百姓还把那些能合谱的拿来唱，由此发展出墙头唱。

> 所谓墙头唱，实际就是按照民间流行的四季游春调、劝郎调、杨柳青、七枝花等小调或快板的要求填词，写成内容全新的可以唱的墙头诗。[③]

因为盐阜根据地的街头诗发展在时间上晚于延安、晋察冀地区，专业文艺力量没有延安那么集中和雄厚，而且其繁荣期也晚，在《讲话》精神已经深入文艺工作者的 1945 年以后，所以，出现与延安不同的发展情况也是正常的。

---

① 盐阜根据地从 1940 年开始，《江淮日报》、《盐阜报》、《盐阜大众》、《江淮文化》等报刊就经常开辟街头诗专号，登载街头诗和街头诗的理论文章。如：1940 年 7 月 9 日，《江淮日报》出“街头诗运动专号”，发表 8 首街头诗和林山的《展开墙头诗运动》一文。1943 年 3 月 11 日，《盐阜大众》报出街头诗专页，发表 14 首墙头诗并号召大家来写。1945 年发动参军和生产，为了配合宣传，《盐阜大众》又发表了一批街头诗。可见，街头诗是被党报和诗人们极力推广的，其广泛的政治性也是被普遍认可的。

② 曹士新等：《盐阜根据地墙头诗初探》，《抗战文艺研究》1986 年第 2 期。

③ 同上。

山东根据地也有街头诗创作，但几乎都是对民歌、民谣的改写，很少有诗人的专业创作，这其实是一种群众自发性质的文娱活动。如："日本鬼，喝凉水儿，破了船，沉了底儿。""蚕吐丝，缠自己，德国打苏联，自己找亏吃。"

如果我们把盐阜或山东根据地的街头诗与延安或晋察冀相比，就会看到：延安或晋察冀的街头诗提供了一种阶段性的新诗形式，属于新诗大众化运动中诗人的自觉创新；而盐阜或山东根据地的街头诗因为对民间歌谣的过分倚重，诗人个人创新较少，没有能形成一种新的诗体形式。

我们来看几首晋察冀诗人的街头诗：

《伪钞》（陈冷）：

这是/敌人的伪钞，/我们/边区的民众/都不要；/因为/它的来路不明，/它的主人/是日本强盗！（1939年6月）

《轰炸吧》（荒冰）：

轰炸吧，/强盗们！//我们有的是/不慌不忙，/我们的脚跟/站得很稳。//——连断砖/也流出血水，/牢记这仇恨。//

《谁杀死了妈妈》（张克夫）：

血，/流在地上。/妈妈的眼睛/闭上了，/永远闭上了。//孩子，/谁杀死了妈妈？//

《死也不做奴隶》（林采）：

死，/也不做奴隶。/奴隶啊，像马，/像牛，/像狗……//

《农具》（白水）：

农民的武器/——农具呀！//农民同志/赶快打造农具/叫日本强盗/在我们的农具下/哭泣，/在我们熟收的土地上/哭泣。//

《好生活》（力军）：

好生活/是藏在黑暗的日子里，/（它不会像阳光一样，/自己落到地上）//咱们要它来到，/就得和黑暗战斗！/要自己去动手。//（1939 年）

《奸细》（史轮）：

奸细/像火灾的引媒，/你要不管他/就会把我们的/成绩，/光荣，/希望，/什么都烧成一片黑！//

《我们相信你》（徐朔）：

在战场上，/也许你打伤过我们的战士。//可是我们知道，/你受骗了。//（也许在夜晚，/你曾流着眼泪悔过的吧!）//我的兄弟们，/回过头来！//

邵子南的《诗人》：

诗人呵/让你的诗/站在那跟它一样坚强的岩石上吧。/那是很好的岗位——/保卫边区！//

史轮的《从甘谷驿到清涧途中》：

在抗战中，/我们将损失什么？/那就是——/武器上的锈，/民族的灾难，/和懒骨头！//

这些都是延安和晋察冀诗人优秀的街头诗之作，正是这些诗奠定了街头诗的形式基础。但这些诗基本上都作于 1938—1939 年，可见街头诗作为一种新的诗体形式只表现于前期诗人的创作中。

1940 年前后，街头诗已经渐渐地成为群众自己的诗歌写作运动，诗歌的形式自然地向民众熟悉的民歌靠近，开始形成某种程式化的倾向。而诗人们因久在农村，耳濡目染乡村生活与民间艺术，使那种本来就不太深厚的学院化教育所形成的美学观念也随之淡化了，普遍认同于民众仿民歌的创作。

尤其是1942年《讲话》以后，诗人和专业文艺工作者无一例外地参加了部队和农村的实际工作，忙于改造自己的世界观，疏于写作，街头诗遂变成了由农民和士兵自己组织和进行的文艺活动。

其实，从1939年以后，由普通群众参与写作的街头诗就是押韵的，在结构、句式和排列方式上学习了民歌、民谣，只是还没有形成非常统一固定的格式。

普通群众一执笔写作就倾向于他们千百年来习以为常的诗歌形式，而不是学习田间等人的自由体形式，可见传统习惯对人强大的制约力量。

当时诗人创作的街头诗，明显区别于群众自创的街头诗，因为他们各自依靠自己所熟悉的诗歌形式。后期街头诗写作因为大部分诗人的退出而全面走向民谣化：首先是《讲话》精神对工农兵的褒扬和对知识分子的贬抑，使诗人的创造精神和独立意志大受挫折，使他们有意地从“化大众”的意识转向向大众学习、向民间形式学习的意识；其次是工农兵作者不熟悉五四以来的外来的自由诗诗体形式，这种毫无依傍的创造型诗体也是没有受过专业训练的人无法模仿的，工农兵们只能走他们已经熟悉的路；再次，工农兵读者对自由诗也有阅读与理解的障碍，对他们来说，民歌小调更容易理解，也更符合他们的美学欣赏习惯。

但延安与其他根据地不同，在晋察冀、盐阜和山东等地的街头诗纷纷民歌化的时候，延安的街头诗却一直是专业诗人所为。

即使是1942年《讲话》以后，延安文化俱乐部开展街头文娱活动，“特在文化沟口建筑街头艺术台一座，并举办‘街头画展’、‘街头诗’、‘街头小说’三种巨型墙报”。[①] 街头诗也仍是诗人写作的自由诗。艾青说，要

> 把诗送到街头，使诗成为新的社会的每个构成成员的日常需要。假如大众不需要诗，诗是没有前途的。
>
> 诗必须成为大众的精神教育工具，成为革命事业里的宣传与鼓动

① 艾克恩编纂：《延安文艺运动纪盛》，文化艺术出版社1987年版，第389页。

的武器。

提倡写给老百姓的诗，更提倡老百姓自己写的诗，提倡不离生产的工农兵大众写的诗。①

但延安从1942—1945年的街头诗还是少有人创作，艾青在这期间创作了标志诗风转变的叙事长诗《吴满有》，却没有写作街头诗。

1946年的《解放日报》一改以往自由诗主打的面孔，转而刊登了大量的民谣和民谣式诗歌，也刊登了大量的街头诗。② 1946年的《解放日报》第4版整年都有“民谣偶集”一栏，时常登载各地的民谣，显示了新诗民歌化方向的明显信息。

马凡陀山歌的走红和李季的民歌体叙事长诗被认可，可能是《解放日报》诗歌改变面孔的主因。

总结延安的街头诗，可以算作有三次浪潮：1938年街头诗运动日那天，

据林山统计，……收集到的诗歌创作有100多首，这是诗歌创作的一次大检阅、大变革，是诗歌界的一次革命。第一次街头诗运动浪潮为延安文艺的形成、发展作了奠基礼……③

第二次就是1942年9月，延安文化俱乐部开展街头文娱活动时的街头诗宣传，遗憾的是只有宣传没有相应的创作，但这是文艺界试图解决诗歌大众化问题的又一次尝试；第三次就是1946年《解放日报》上集中发表了几次街头诗作，除了老诗人外，也出现了像戈壁舟这样的新作者，这是《讲话》以后诗人们试图再次探讨新诗形式问题的努力。

---

① 艾青：《展开街头诗运动——为〈街头诗〉创刊而写》，《解放日报》1942年9月27日。

② 1946年《解放日报》上发表了很多街头诗：有戈壁舟的街头诗四首，汶石等街头诗集（九首），敏夫等《看我们这些自卫军》（街头诗九首），欢迎王震将军和三五九旅回延安的街头诗九首等。戈壁舟、高敏夫、柯仲平等都是此时街头诗的主要作者。戈壁舟最有诗意的一首街头诗是《“八阵图”歌》：“两山中间一条川，两川中间一架山；翻过山来又是山，转过川来又是川。山上山下地雷埋个遍，山上山下展开游击战；边区好似‘八阵图’，敌人进来不得还。”此诗是吸收了民谣押韵、句式整齐等特点的后期街头诗。

③ 贺志强、杨立民主编：《延安文艺概论》，陕西人民出版社1992年版，第223页。

在田间看来，街头诗和歌谣一直是有区别的，不能混同，它们各有自己不同的发展道路：

> 街头诗和街头歌谣是兄弟般的关系，同志般的关系，但不是一个人。我说街头诗好像夏伯阳，街头歌谣好像富曼诺夫。他们同为民众而战斗，民众都需要他们。
>
> 但是有些人把他们混同了。其实街头诗以其自由和有力的表现，街头歌谣以其韵律和节奏的相当规律化、有足够的歌唱的条件——他们互相争光，按照现实的情势看，按照本来的趋势看，他们会各自走向更完整的、更新的前途。①

就在田间等人讨论新诗与歌谣的关系时，街头诗渐渐地由自由诗向民间歌谣的形式转化了，枪杆诗不再是自由诗形式，而是民间歌谣的形式了。

抗战末期，在各个根据地，街头诗逐渐由农民作者变为士兵作者，由墙头的发表变为或刻在战士的枪杆上，或写在纸上。所以，街头诗由此成为枪杆诗②，内容也由鼓动抗战变为表现战士的生活和意志。

1947 年末创刊的晋察冀军区通俗刊物《战友》上，曾刊载了许多枪杆诗的佳作。有一首《大三八》：

> 你看我的大三八，/对准敌人的脑袋瓜，/叫他个个回老家。//

1949 年 6 月 17 日五师政治部编印的油印第六辑《战士诗歌》收有很多枪杆诗。有一首《三班呱呱叫》：

> 第三班，呱呱叫，练兵练得真热闹。

还有一首《我有一支七九枪》：

---

① 田间：《怎样写街头诗》，《晋察冀日报》1941 年 5 月 14 日第 4 版。

② 陈绍伟：《诗歌辞典》（花城出版社 1986 年版）这样解释枪杆诗："诗体的一种。抗日战争和解放战争时期在共产党领导下的革命军队中产生和流传，因刻在枪杆上而得名。具有战斗性强，短小精悍，语言朴素的特点。"

我有一支七九枪，/出在美国兵工厂，/谢谢运输大队长，/送到咱手打老蒋，/接到礼物打收条，/不由得我就喜眉梢。//

另外一首：

七九枪，亮堂堂，/时刻不离我身旁，/活捉匪军千万，/将民主实现乐安康。

群众文艺丛书之一的《战士诗选》，收有战士张长明的诗作《五不怕》：

我有五不怕，/不怕大风吹，/不怕大雨淋，/不怕爬大山，/不怕没鞋穿，/不怕打大仗，/天大的困难我不怕！//①

初读这些诗歌，确有一种强烈的节奏感和阅读的欣快感，诗中充溢和回荡着年轻战士的豪迈气势和乐观精神。

所有当时，这些的诗作都有一种简单的韵律，有一些易记易传的格言，有俗套的段落，还有对口语的依赖，等等，这些构成了歌谣诗写作的程式化特征。

但在一个封闭落后的农村环境中，在文盲占人口的绝对多数，民歌、民谣资源又相对丰富的情况下，必然会形成五四以来的自由诗在社会上大受冷落，民歌、民谣在大众中备受欢迎的局面。

真正的民谣是一种口头现象，是保存在不依靠文字的民众口舌之间的一种叙事歌。

民谣的仿制品十分拙劣。②

这说明民谣是口传文学，是世世代代劳动人民集体智慧的结晶，它不能仿造，不能文人化，不能文本化，更不能固定化。很多地方的同一首民

---

① 这些诗作均来自笔者在陕西档案馆和延安革命博物馆所阅读的原始资料。

② ［美］阿兰·鲍尔德：《民谣》，昆仑出版社 1993 年版，第 3 页。

谣都有多种不同的版本，它活在老百姓的口头上，也随时可以改写。

而枪杆诗，既是士兵自发的也是有组织的一种群众性的诗歌运动，它借助于民歌、民谣的资源，抒写战士自己对自身生活的亲身感受，真正实现了诗歌大众化的目标。

高长虹曾主张：

> 我们要由创作“大众化的诗”到创作思想感情语言都同于工农兵的“大众的诗”，以至启发大众诗人创作“大众自己的诗”。[①]

综观延安诗歌的发展，只有街头诗实现了这一要求。街头诗在宣传群众、鼓舞抗战方面起到了任何武器所起不到的作用。正如当时的诗人所说，街头诗

> 在各个战斗场合里，显示出了一种目的：当冲锋号未吹起时，它就要准备冲锋，号召冲锋；当肉搏快开始前，它就要准备肉搏，号召肉搏；并直接参加在战斗的过程中。[②]

可见街头诗在当时所起到的战斗作用。

关于诗歌大众化的问题和如何实现新诗的大众化，这是一个长久以来困扰“左翼”革命诗人的情结。

街头诗运动，是现代诗歌史上仅有的一次诗歌大众化实践活动，这与特定历史条件下对诗歌宣传功能的片面强调有关。但这也是历史发展的必然要求，大片沦亡的国土，早已击碎了诗歌纯粹化的象牙塔之梦。对于那一时代诗人来说，只要能救中国脱离日本的侵略，能够保存我们国土的完整与人民的自由，从此没有诗歌这一文类也是可以忍受的。

对于曾经的那一段血与火的历史，我们只能怀着“同情之理解”的态度，也许，这才是理性地对待历史的态度。

---

① 钟敬之、金紫光主编《延安文艺丛书·文艺史料卷》，湖南文艺出版社 1987 年版，第 166 页。这是高长虹在 1942 年 10 月 22 日边区文协等团体召开的诗歌大众化座谈会上的发言，会上，萧三、艾青、鲁藜、李雷、高敏夫、郭小川等都对此问题作了发言，发表了各自有关诗歌大众化的主张。

② 袁勃：《诗歌的道路》，《新华日报》1941 年 7 月 7 日华北版《新华增刊》。

第四章

论延安著名诗人的诗风“转变”

抗战刚刚开始，国统区就有很多进步的文化人奔赴延安。虽然他们大多抱着以写作的方式服务抗战的思想，但在实际创作中，却表现了非常复杂的状态。田间等人参加了“西北战地服务团”，以街头诗的方式活跃在晋察冀前线；延安的“鲁艺”和“文抗”也聚集了一大批文人，他们以写作或教学为主要工作。

《讲话》以前，他们大都以文化人身份，从事着与文化创造和传播有关的事情；《讲话》以后，他们的身份在与工农结合的过程中被改写，直接从事着与生产有关的劳动。实际上，延安诗歌的精彩之处也主要发生在《讲话》以前。

本章所涉及的三个诗人都是30年代的中国现代诗人，何其芳、卞之琳、艾青在奔赴延安以前都已是著名诗人，他们分别为30年代的现代诗坛提供了诗歌不同的表现方式和言说方式。长久以来，学术界都只认可他们延安以前的诗作，对他们延安时期的诗作要么给予片面歌颂或片面否定，要么避而不谈。

当然，颂扬或否定的前提都认为他们的诗歌风格转变了。本章试图通过对语境和具体的文本分析，对他们的延安创作给予一个切合实际的评析。

第一节　何其芳的《夜歌》：复杂矛盾的“自我”之歌

何其芳的创作历程是中国现代作家追求政治进步的一个典型范本，概括地说，即“政治进步，创作退步”的文学现象。这是20世纪一代作家在追求建立现代民族国家的神话中，所形成的带有普遍性、时代性的共同精神困境，一般称作“何其芳现象”。①

何其芳创作的转折点多年来一直被认为是延安时期。其实早在延安之前，诗人已经酝酿了这一转变，延安只是提供了这一转变的契机而已。

我把何其芳在延安时期的写作分为前、后两个阶段：以《讲话》为分界线，前期主要是诗歌和散文创作，后期主要转向以《讲话》为中心的马克思主义文艺理论宣传和建设工作。

本文只涉及何其芳延安前期的诗歌创作，其诗歌内容可以大致分为“夜歌”和“白天的歌”两部分：“夜歌”是唱自己并给自己的心灵倾听的歌；“白天的歌”是唱别人也是唱给别人听的，以歌唱时代精神为主。

事实上，何其芳延安后期（1942—1949 年）只写过三首“白天的歌”：《重庆街头所见》、《新中国的梦想》和《我们最伟大的节日》，没有收入初版的《夜歌》集中，直至 1952 年 5 月，人民文学出版社出重订版，改名为《夜歌和白天的歌》才收入这三首诗，所以不在本节论述范围内。②

分析何其芳在延安时期的诗歌写作，只能以前期为准，这一时期的诗

① 何其芳自己最早发现并指出了这个问题，作为一个有着敏锐的艺术良心的作家，他不会在艺术退步面前不感到痛苦。在 1956 年他为《何其芳散文选集》作序的时候，就说：“当我的生活或我的思想发生了大的变化，而且是一种向前迈进的变化的时候，我写的所谓散文或杂文却好像在艺术上并没有什么进步，而且有时还有些退步的样子。所以抗日战争中写的那些散文，我只选了四篇；整风运动后写的那些杂文，我只选了五篇。……我选了一些我最早写的东西。”应雄的文章《二元理论、双重遗产：何其芳现象》（《文学评论》1988 年第 6 期）把“何其芳现象”定义为他在文学评论中所表现出来的矛盾现象：“他是一个宣传、批判的理论家”，“他又是一个探索的理论家”，在宣传与探索中表现了“二元理论”的立场。陈尚哲不同意这一观点，撰文进行讨论，参见《也论何其芳现象——与应雄同志商榷》（《文艺理论与批评》1989 年第 5 期）。所以，“何其芳现象”其实包括创作和批评两个方面的内容，很多人注重他的批评文字的二元文艺观。

② 王光明在《现代汉诗的百年演变》第 357 页脚注中指出：《我们最伟大的节日》这首诗“是一首不面对自己的内心世界、最没有作者个性的诗，可以视为一个例外”。之所以是“例外”，是因为何其芳《预言》时代只歌唱自我的情感，从不对外界生活发言。但何其芳去延安以后，这一类的诗作就不再是“例外”了。他歌唱延安、歌唱青年、歌唱新生活的诗作比《预言》时代更有影响，在《夜歌》中也占了一定的比例，这是诗人热切地参与时代并歌唱时代的诗作，可以说是诗人有意表现所谓时代精神的作品。

歌结集为《夜歌》[①]，是诗人继《预言》以后的第二本诗集，诗文学社1945年5月出版，收入1938—1942年创作的26首诗，其中除了《成都，让我把你摇醒》一首作于成都外，其余都写于延安。

何其芳自己说：

> 参加革命以后，我创作欲比较旺盛的时候也不过是一九四〇年那一年和一九四二年春天。其余的时间我不是写得极少，就是完全没有写。……我早已改行了，从一九四二年夏天起就基本上停止写诗了……[②]

这种情况与延安的很多诗人都有相似之处：因为《讲话》以后，诗人不再是一个职业或“专业”了，他们的单位“文抗”已经取消了，诗人的称谓也改成了党的“文艺工作者”，他们要下乡代职，做农村或农民的实际工作。当然写诗也不是最重要的事情了，而改造自己的小资产阶级世界观，与工农大众相结合，使自己的立场、观点、感情转变为工农大众的立场、观点、感情才是最重要的。

正是在这种情况下，何其芳表现旧我与新我之争的诗歌才暂时告一段落，[③] 一段时间内，那个在旧我与新我之间挣扎的小资产阶级知识分子诗

---

① 《夜歌》于1945年初版；1950年由文化生活出版社再版，增加了《解释自己》等8首诗；1952年人民文学出版社出重订版，改名为《夜歌和白天的歌》，抽去《解释自己》等10首诗，增加1945年后写的三首诗，并对好几首诗作了局部的修改。重订版收诗27首，增加了“白天的歌”的分量，与作者的创作个性离得最远。其中1950年的版本所收入的诗最接近诗人一贯的创作风格与创作个性，本章以此版本为准。

② 何其芳：《写诗的经过》，载《何其芳全集》(4)，河北人民出版社2000年版，第332—334页。

③ 其实，何其芳一生都在这种挣扎之中，这就导致了他写作上的二元现象和双重声音：或者写无我的遵命文章，或者写有我的符合艺术家天性的文章，不论其创作还是理论都存在着这一矛盾。50年代初，诗人写的诗歌《回答》表现了诗人面对新时代的矛盾与苦恼：“从什么地方吹来奇异的风，/吹得我的船帆不停地颤动：/我的心就是这样被鼓动着，/它感到甜蜜，又有一些惊恐。/轻一点吹呵，让我在我的河流里/勇敢地航行，借着你的帮助，/不要猛烈地把我的桅杆吹断，/吹得我在波涛中迷失了道路。”诗人希望在处理外在的经验世界时，不要被“奇异的风”完全宰制，能够在“我的河流里”“借着你的帮助”以完成自己，就是说诗人既要表现时代精神，又要完整地保持诗人自己的个性与情调。这首诗遭到了毫无道理的批判，本来这首写了两年的诗已经显示了诗人有意地在艺术上向《预言》和《夜歌》的诗作回归的倾向，批判以后诗人又开始了长时间的沉默。在诗中，诗人清醒地要求在个人与时代、自我与大众、主流意识形态与艺术个性之间保持一种平衡状态。总之，诗人的遵命文章充满了矛盾和转折词语，有一种智慧的痛苦，值得作精神分析；那些表现自我的文章则多是精彩之作，是诗人对新文学的特殊贡献，提供了一个转型期社会的知识分子在现实生活中和革命队伍中不断地被改造的心灵历程。

人消失了，出现了一个渐渐成长起来的、努力为一种党性文化服务的无产阶级新的理论家形象。

这在诗人重庆时期的写作中得到了比较集中而明显的体现：1944 年 4 月至 1945 年 1 月和 1945 年 9 月至 1947 年 3 月，何其芳曾两度“衔命”去重庆并在重庆进步文艺界宣传《讲话》精神，因话剧《清明前后》和《芳草天涯》的讨论而写了《关于现实主义》等一些理论文章，同时与胡风等自由主义文艺观的理论家进行了理论论争，初步建立起了自己以《讲话》为中心的文艺观。

重庆时期，由于何其芳以外在律令为自己内心的立法，诗人第一次摆脱了强烈的内心冲突，变得单纯和平静起来，同时创作上也进入了灰色时期。①

新中国成立以后，由于诗人艺术良知的觉醒，不可避免地与政治信仰之间产生了重重矛盾，导致何其芳在文艺的政治性与艺术性之间经常摇摆不定，使其再度陷入精神的困惑迷惘之中。而这种矛盾性显示的是何其芳个人理性的力量，同时也标志着一个成熟的理论家的诞生。②

何其芳在现代文学史上不可取代的价值就是其多重矛盾性特点。由于其理论写作在《讲话》以后才开始，所以姑且不论。其诗歌写作也一直被自我的矛盾情感所纠缠，而其矛盾处正是其深刻性与独创性之处，从《预言》到《夜歌》一以贯之。

《预言》奠定了诗人在新诗坛上的地位，其诗句中的

> 每个字都经过我的精神的手指的抚摸。③
>
> 那时原稿都不在手边，全部是凭记忆把它们默写了出来。凡是不

---

① 多年以后，胡风还讽刺何其芳到延安以后，马上成了党员，之后“除了写过一两首依然是少男少女式的抒情诗以外，好像什么也没写，更不要说工农兵了”。见《胡风全集》（6），湖北人民出版社 1999 年版，第 707 页。胡风指的是何其芳《讲话》以前的创作，胡风的意思是：何其芳的写作仍然延续了以前的创作个性，即青春式写作，《讲话》并没有帮助何其芳的创作，反而使他什么也写不出来了。这其实也是令何其芳多年来尴尬不堪的心病。一个诚实而认真的作家不可能违背内心的艺术良知写作，所以在痛苦之中他成了一只“喑哑的夜莺”。

② 除了写一些遵命理论的文章之外，诗人也进行了个人的理论探索：现代格律诗、典型共名、《红楼梦》研究、继承遗产等方面都显示了诗人个人理论的创造性才能。

③ 何其芳：《还乡杂记·代序》，载《何其芳全集》（1），第 241 页。

能全篇默写出来的诗都没有收入。①

它带着诗人个人精神的体温，拨动了深藏于每个人内心深处属于个人情感的细细的琴弦。何其芳的这些诗，进一步使现代抒情诗带上了浓郁的个人色彩，丰富了新诗对个人内心世界的表现能力。

《夜歌》真正的艺术魅力也体现在那些解剖自己的诗作上，那种内心世界的自我怀疑、自我困惑、无法自拔的情感提供了一个小资产阶级知识分子在战争年代的灵魂裂变：个人的世界如此寂寞，但怎样才能走出个人世界呢？怎样才能进入公共话语和公共生活空间？怎样才能获得一种正确的自我改造的方法？

虽然《夜歌》的诗风与《预言》相比发生了一些转变，诗艺也由精致雕琢趋向朴素自然，但诗人仍然专注于自我情感的抒发，仍然纠缠于自我心灵世界的复杂与矛盾状态。

何其芳的诗歌顽强地表现了诗人“自我”不可解脱的情感世界的矛盾复杂，其特异之处在于这个“自我”与他人、与时代的不协调，是一个青年被爱情或寂寞的情感所压抑的呼声。它不同于郭沫若《女神》中的那个与时代相协调的、表现了时代精神的大的“自我”。比较起来，郭沫若的自我“承担起了‘破除梏桎人性底陈套’，表现个性，‘运输’新思想新精神的使命”。但郭沫若的自我却是无根的状态：

是游移的、浮泛的，无法界定和无处安放的。
缺乏个体生命的真性情与真体悟。②

而何其芳的“自我”则是一个诗人真正“有我”的心灵歌唱，表达了一个敏感、脆弱、有着正直的良心和朴素正义感的青年的个人痛苦。个体在社会转型期的过程中，渴望的情感无法得到；置身的现实生活令人绝望；寻找信仰和寄托却怀疑所寻找的。这个寂寞的灵魂每日在书本中打发

① 何其芳：《写诗的经过》，载《何其芳全集》（4），第325页。

② 王光明：《现代汉诗：“新诗”的再体认》，载《现代汉诗：反思与求索》，作家出版社1998年版，第24页。

时光，时常茫然地眼望天边，希望未来和远方能够带走苦闷，送来光明。①

正是因为何其芳对“自我”的寻找，对个人信仰与正确生活道路的苦苦追寻，才有延安之行，才有留在延安的壮举，才有《讲话》以后的“带头忏悔”。②

寻找“自我”，其实是每个人建立自我主体性的必然要求，是每个个体都必须面对的个人精神成长的必然阶段。只是有人向内寻求，有人向外寻求；有人找到了，有人没有找到而已。这个自我主体性一旦建立，就能够帮助人在任何一种环境下找到适合自己精神生活的方式。

何其芳是在延安的《讲话》精神中找到了符合自我主体性建立的精神资源，他的后半生都用来构建和解释这一资源。③

一　面向自我心灵的诗作：独白的“夜歌”

何其芳是一个真正向内挖掘自我情感与精神变迁的诗人，歌唱自我是他的创作个性与创作价值所在。

《夜歌》中诗人面对自我内心世界矛盾状态的“忏悔录”式的写法，是诗集中最有诗意也最能显现诗人才华的部分，那种喁喁细语和思潮翻腾的独白在中国新诗发展史上几乎绝无仅有。如果寻找其外来影响的话，则可能与延安时期诗人对惠特曼和马雅可夫斯基的倾心有关。④ 这种寻求自我蜕变的痛苦与矛盾既含有何其芳个人的独特气质和精神指向，又包含了

---

① 诗人在去延安前的最后一首诗《成都，让我把你摇醒》中写道：“我像盲人的眼睛终于睁开，从黑暗的深处看见光明，那巨大的光明啊，向我走来，向我的国家走来……”

② 何其芳在《毛泽东之歌》中记述说：毛主席在《引言》中讲他自己感情变化的那一段话感动了我，“我说：小资产阶级知识分子的灵魂是不干净的。他们自私自利，怯懦，脆弱，动摇。听了毛主席的教诲，我感到自己迫切需要改造”。后来，一个主张“暴露黑暗”的作家在一次小组会上对我说：“你这是带头忏悔。”见《何其芳全集》(7)，河北人民出版社2000年版，第437页。

③ 何其芳后期的文艺观与毛泽东的《讲话》精神存在着某种微妙的分歧，如何解释这一分歧现在也仍存在着分歧。日本的大沼正博在《何其芳的文艺观》中问：“文学在性质上是不是和政治最优先的《文艺讲话》存在着最终不相容的方面呢?”见《何其芳研究资料》1982年第3期。

④ 何其芳在《写诗的经过》中回忆说：“这个期间我曾经读了一些马雅可夫斯基和惠特曼的诗，曾经读了歌德的《浮士德》，也是对于我摆脱形式主义的影响和束缚很有帮助的。”见《何其芳全集》(4)，第331页。同时，何其芳还写过《马雅可夫斯基和我们》的论文，对诗人的革命热情怀有敬佩之心。

那一个时代革命的小资产阶级知识分子集体性精神症候，因此具有极大的典型性。

正是这种对自我情感与精神变化的关注使何其芳的《夜歌》时代与《预言》时代找到了一条相通的道路，在这种相通性上，何其芳统一起来了：《夜歌》只是诗人试图与过去思想告别的自我辩白的诗作，它并不是一个新阶段开端性的标志。有研究者指出：

> 在《夜歌》中，他那种对西方诗歌和历史的随意涉猎，对西方诗人诗句的直接摘引和对自由体的运用，又掺杂了新的对苏联文学的借鉴和另一种新的外国情调。尽管有着他想采用的简朴的语言和积极的态度，但是，他这个时期的诗歌和大多数散文，却仍然只是给过去生活所作的微弱的后记，而不是通向新生活的路标。①

这一看法认为，何其芳的《夜歌》因为采用自由体形式和散发着西方诗歌的情调而与他个人过去的创作直接相连，因此不能把它看作一个新的创作阶段。

我认为《预言》不是自由体诗歌，如果不是格律体的话，至少可以算卞之琳所说的半格律体。这时诗人有意学习新月派诗歌风格，写出了以顿为节奏单位、大体押韵的诗歌，这是何其芳对现代格律体新诗不自觉的实践之作。②

而《夜歌》则是一些有散文化特点的自由体新诗，其诗句之间不需要读者架起想象的桥梁去追踪意象留下的空白，诗人有意运用大量的关联词语去稀释诗句之间的跳跃性思维，使诗歌语言更加质朴、更加接近口语。但两个诗集都有明显的“异国情调”是不可否认的，因此从诗人思想情感的表达上和对西方艺术资源的汲取上，可以说何其芳的《夜歌》与《预言》一脉相承。

---

① ［澳大利亚］庞尼·麦克道告尔：《何其芳的文学成就》，《文学研究动态》1980年第2期。

② 诗人解放以后的诗作又自觉地回归了《预言》的体式，可以说诗人的写作是格律体—自由体—格律体，有一个否定之否定的螺旋式线索。从不自觉的格律到自觉的格律就是诗人诗歌写作的探索性经验。

其实，何其芳一生写作的好诗都与表现自我和西方情调两个因素相关联①，虽然在1954年发表《回答》和另外两首小诗遭到了不应有的批评以后，诗人几乎没有发表过什么诗歌，但诗人偶尔写诗，好诗都延续了过去的诗风。

从本质上看，何其芳是一个有“自我表现”倾向的诗人。由于早年醉心于晚唐五代的诗词和法国象征派诗歌，他对于文艺的见解纯粹诉诸美学意义。他不停地在一切文章中解释自己的创作追求：

> 抗战以前，我写着我那些《云》的时候，我的见解是文艺什么也不为，只为了抒写自己，抒写自己的幻想、感觉、情感。②

在《画梦录》得到《大公报》文艺奖金以后，诗人为此写了一篇创作谈，他说：

> 我倾听着一些飘忽的心灵的语言。我捕捉着一些在刹那间闪出金光的意象。我最大的快乐或辛酸在于一个崭新的文字建筑的完成或失败。

从与朋友对一首诗的欣赏上存在的艺术分歧出发，他说：

> 他是一个深思的人，他要在那空幻的光影里寻一份意义；我呢，我从童时翻读着那小楼上的木箱里的书籍以来便坠入了文字魔障。我喜欢那种锤炼，那种色彩的配合，那种镜花水月。我喜欢读一些唐人的绝句。那譬如一微笑，一挥手，纵然表达着意思但我欣赏的却是姿态。

---

① 新中国成立以后的诗发表很少，收入遗著《何其芳诗稿》中的81首新旧体诗只有26首新作。好诗更是屈指可数，除了《回答》之外，还有两首拟歌词。其中第二首是：海哪里有那样大的力量？/它哪能冲掉人的忧伤？/我去过海边，听过波涛/拍打着海岸像雷一样响。//我也曾把我浸在海水里，/再让日光沐浴着身体。/但我独自躺在沙滩上，/却想到一个童话般的故事：//为什么海水有咸的味，/那是由于美人鱼的泪，/由于她的沉默的爱情，/一直不曾被人领会。……很显然，诗歌不仅有“我”，有美人鱼的故事，还有爱情。对自我的抒写和对西方故事的引用，使这首诗有了《预言》的情调；而其对格律的自觉实验则更值得注意。

② 何其芳：《〈夜歌〉（初版）后记》，《诗文学丛刊》1945年第1辑《诗人与诗》。

从诗歌创作角度看，他说：

我不是从一个概念的闪动去寻找它的形体，浮现在我心灵里的原来就是一些颜色，一些图案。

对于诗歌的特征，他说：

对于人生我动心的不过是它的表现。我是一个没有是非之见的人。判断一切事物我说我喜欢或者我不喜欢。世俗所嫉恶的角色有些人扮演起来很是精彩，我不禁停足而倾心。颜色美好的花更需要一个美好的姿态。①

这些文字经常被论者引用，是因为它们不仅确实概括了诗人早期诗歌的特点，而且其中某些艺术见解贯穿了诗人的一生，也道出了一些经过多年反复摸索又重新被艺术规律认可的艺术真谛。

《夜歌》中最好的诗也是“自我表现”的诗，是何其芳心灵的自我与现实的自我辩论、交战的结果。但此时的“自我表现”已不再是《预言》时期那种镜花水月式的、不涉意义追问的个人幻梦，而是反思自我、重新确立人生意义的诗作。

从《预言》的追求色彩和图案到《夜歌》的自我驳难式抒写，其间过渡的桥梁是什么？就是收入《预言》卷 3 中的那些写于 1936—1937 年对现实不满、期待自己能够走出内心、看清现实的诗作。

诗人大学毕业以后，天津南开中学的教书经历、夏天返回故乡的所见所闻以及在山东莱阳师范学校亲眼目睹的学生运动与农民的贫困景况，都促使诗人走出自我的狭小天地，走到广大的社会中去。在诗人以往的认识中，世界一直是以两种形象存在的：

一个是出现在文学书籍里和我的幻梦里的世界。那个世界是闪耀着光亮的，是充满着纯真的欢乐、高尚的行为和善良可爱的心灵的。另外一个是环绕在我周围的现实的世界。这个世界却是灰色的，却是

① 何其芳：《梦中道路》，载《刻意集》，文化生活出版社 1938 年版。

缺乏同情、理想、而且到处伸张着堕落的道路的。我总是依恋和留连于前一个世界和逃避后一个世界的。[①]

在看到了生活中存在的不平等和农村的凋敝以后，诗人说：

我再不歌唱爱情/像夏天的蝉歌唱太阳，
在长长的送葬的行列间/我埋葬我自己……（《送葬》）

诗人有一种自省和沉思的力量，他不能闭起眼睛不看现实的丑恶；他也不能继续自拟为是“那个忧郁地偏起颈子/望着天空的远方人”。由于“农民们因为诚实而失掉了土地。/他们的家缩小为一束农具。/白天他们到田野去寻找零活，/夜间以干燥的石桥为床榻”。因此诗人说：

从此我要叽叽喳喳发议论：/我情愿有一个茅草的屋顶，/不爱云，不爱月，/也不爱星星。

这首题名为《云》的诗，预示了诗人后来由内而外的、自觉地自我蜕变的开始。周扬曾说：

一个作家对黑暗现实不满，而又找不到出路，经过一度的徘徊和孤独，或者是终于沉沦、堕落，为黑暗社会所吞没；或者冲破黑暗，走向光明。[②]

现代文学史也证明：一个不满现实的作家出路大抵如此。

抗战的爆发，改变了几乎全中国人的命运，不管你主动还是被动，都必然地进入了全民抗战的场景之中。对于何其芳来说，也许是恰逢其时：诗人寻求改变现实、改变自我、改变以往的写作方式的契机，也找到了改变的契机，虽然这种改变的结果对诗人的创作来说更具有悲剧色彩。

何其芳在抗战的烽火中，凭着诗人的敏感、正义与良知，以诗人的方式很

① 何其芳：《写诗的经过》，载《何其芳全集》（4），第325—326页。

② 周扬：《〈何其芳文集〉序》，载《何其芳文集》第1卷，人民文学出版社1982年版。

快自发地参与了抗战活动：不论是在家乡万县办抗战报纸《川东日报》，还是与朱光潜、方敬、卞之琳等在成都合办抗战杂志《工作》半月刊，都显示了诗人为抗战而自我更新的实际行动。发表在《工作》上的《论救救孩子》、《论本位文化》、《坐人力车有感》等杂文都显示了与两年前唯美、感伤的《画梦录》完全不同的文风：针砭现实、尖锐泼辣、质朴明朗。

何其芳的性格也随着抗战生活而改变了：他不再寂寞苦闷，而是开朗、雄辩，充满了感时忧国的精神。他的这种变化在“周作人事件”中得到了一次总爆发，也引起了一些人的不满，有人说他是“社会活动家”，有人说他刻薄，火气太大。①

虽然周作人事件不久便水落石出，但何其芳由此对自己和大后方的生活都产生了强烈的不满情绪，大后方好像也不能接纳写作杂文的何其芳。在这种心境下所写的诗《成都，让我把你摇醒》成为诗人寻求新生活的起点。

何其芳坚持认为生活应该得到改变，他企图以文艺的形式改变现实。

> 过去一百年中政治先锋派与艺术先锋派的主要区别在于，后者坚持艺术具有独立的革命潜能，前者则倾向于持相反的观点，即艺术应该服从于政治革命者的需要与要求。但两者都从同样的前提出发：生活应该得到根本的改变。②

由此，我们也可以理解为什么何其芳与卞之琳、沙汀一起去的延安，目的都是为了文学而去革命。

---

① 何其芳：《 个平常的故事》，延安版《中国青年》1940 年第 2 卷第 10 期。周作人附逆的消息传来后，大后方的人大都不肯相信，有人还为之辩护。何其芳立即写文章表示批判，《论周作人事件》抨击了周作人对民族前途的悲观以及对青年的冷淡，批判他“趣味主义”和“老于世故”的生活态度。文章发表后，鉴于何其芳后期京派作家身份，在成都文化界一时激起波澜。朱光潜作文反驳，对何其芳的看法表示了非难和疑问。何其芳立刻写了《关于周作人事件的一封信》予以回应，这两篇文章其实是宣告何其芳与京派告别，也与自己的过去告别。有人认为，何其芳之所以采取了这样激烈的态度，正是其厌弃自己过去的表现。参见［日本］大沼正博《何其芳的文艺观》，《何其芳研究资料》1982 年第 3 期。

② ［美］马泰·卡林内斯库：《现代性的五副面孔》，载周宪、许钧主编，商务印书馆 2004 年版，第 113 页。

住上三五个月，写一本像立波的《晋察冀边区印象记》那样的一本散文报道，借以进一步唤醒国统区广大群众，增强抗战力量。[①]

在去过前线以后，卞之琳和沙汀都按计划回到了大后方，只有何其芳选择留在延安。[②] 主要是因为何其芳自觉地寻求改造现实、改造自己的方法，主动寻求与大后方不同的环境和气氛，他的杂文不适应国统区的话语环境，但散文却受到延安的欢迎，延安正好有着令诗人备感亲切的“自由的空气。宽大的空气。快活的空气”。[③]

何其芳因创作转型的压力而奔赴延安，而转型困扰好像也因为延安而暂时解决了。而且何其芳有着天然的知识分子的使命意识和责任意识，“天下兴亡，匹夫有责”之类的古训已经渗入了他的血液和细胞，所以，

当我坐着川陕公路上的汽车向这个年轻人的圣城进发，我竟想到了倍纳德·萧离开苏维埃联邦时的一句话：“请你们容许我仍然保留批评的自由。”

但是，诗人一进延安就主动放弃了这种批评的权力，他好像一厢情愿地主动进入了体制所规定的秩序之中。他接着说：

我想到应该接受批评的是我自己而不是这个进行着艰苦的伟大的改革地方。

在这里，我这个思想迟钝而且情感脆弱的人从环境，从人，从工

---

① 《沙汀自传》，北岳文艺出版社 1998 年版，第 199 页。

② 卞之琳在一年以后（1939 年 8 月）按原计划回到了成都；沙汀在 1939 年 12 月也离开了延安，据说，在沙汀要走的时候，洛甫和周扬都表示了挽留之意。1944 年，当何其芳去重庆宣传《讲话》时，周扬让何其芳带信给沙汀，希望他回到延安，沙汀表示了坚决拒绝。

③ 何其芳：《我歌唱延安》，载《何其芳全集》（2），第 41 页。何其芳写于 1976—1977 年之间的《毛泽东之歌》检讨这篇写于 1938 年 11 月 16 日的散文说：“我当时主要歌颂那些事物，显然是表现了小资产阶级知识分子的观点。我歌颂的主要事物不应该是那样的空气，而应该是毛主席和党的领导，劳动人民的翻身做主，抗日民主根据地的典范作用和人民民主专政。”见《何其芳全集》（7），第 381 页。可见，1942 年《讲话》以前的何其芳还不知道应该歌颂什么，他完全可以按照他自己的眼睛去写作，没有具体的政策限制他的写作自由。所以，他可以写自己，写自己熟悉的题材，即诗集《夜歌》。

作学习了许多许多，有了从来不曾有过的迅速的进步，完全告别了我过去的那种不健康，不快乐的思想，而且像一个小齿轮在一个巨大的机械里和其他无数的齿轮一样快活地规律地旋转着，旋转着。我已经消失在它们里面。[①]

何其芳希望能在一种集体的意志之下逃避个人的孤独与寂寞，他不断寻找一种外在的、强大的力量用以进行自我否定，他愿意把自己献身给一个伟大的时代或一份神圣的事业。

但他的“自我”实在没有一种独立力量，他想把“自我”投入集体当中以取消“自我”的真正存在，个人从此不必担负寻找“自我”精神的痛苦。事实上终其一生，何其芳的“自我”一直处于寻找之中，他始终没有建立起一个现代知识分子所应有的独立意志和独立品格，这其实是一个传统知识分子的人格悲剧。[②]

1936—1938 年是何其芳创作的转型时期，1938—1942 年《讲话》以前，何其芳处于激烈的个人人格自我否定与自我蜕变时期：延安以前（1936—1938 年 8 月）是何其芳要求自我突破、自我由内而外地寻求改变期；延安前期（1938 年 8 月—1942 年 5 月）是何其芳在单一环境、单一政权、单一语境中的自我主动蜕变期。

所以，这六年对于何其芳来说，可以算作一个时期，只有《讲话》才悲剧性地、彻底改变了何其芳，也使他基本上与诗坛告别了。写于延安前期的《夜歌》真实地记录了诗人这一自我蜕变期艰难的心灵历程。[③]

《夜歌》基本上都写于 1940 年春天这一段时间。何其芳回忆《夜歌》

---

① 何其芳：《一个平常的故事》，延安版《中国青年》1940 年第 2 卷第 10 期。

② 何其芳在《星火集·后记一》中说：“更适当的书名应该是《知非集》。……这是想起了古来有个蘧伯玉，行年五十而知四十九之非。”见《何其芳全集》（2），第 98 页。

③ 正因为何其芳对自我蜕变的强烈内在要求与蜕变方向的迷惑，《讲话》才能给他以巨大的冲击，因为《讲话》至少给他提供了改变的方向。何其芳是一个认真而诚恳的人，战争环境下知识分子的尴尬地位使他有一种负罪感，他一直想改造自己更适应环境。所以，《讲话》以前他进行斗争的对象，也是他自己身上的各种软弱的情感，包括爱情、温情和眼泪。他的敌人一直就是他自己的各种情感与思想。在延安知识分子丁玲、艾青、陈学昭等纷纷在王实味问题上表态以脱离干系时，何其芳并不攻击任何人，他只是不停地检讨着自己身上的私人魔障。这不是本性善良与否的问题，对敌姑息恰恰是恶的表现。何其芳是基于真诚的品性，因为自己的问题还没有解决，如何能顾及他人的问题？他人只是自己的镜子。

写作背景时说：

抗战以后，我也的确有过用文艺去服务民族解放战争的决心与尝试。但由于我有些根本问题在思想上尚未得到解决，一碰到困难我就动摇了，打折扣了，以至于后来变相的为个人而艺术的倾向又抬头了。那是我在前方跑了一阵，打算专门写报告的计划失败之后。……在这种情形下我才又考虑到写诗。……我明白我的感情还相当旧，对于新的生活又不深知，写诗也仍然有困难。但接着我又退让了一步。我说，就写我自己这种新旧矛盾的情感也还是有意义的。这样一来，就又回复到主要是抒写个人的倾向了。……所以里面流露出许多伤感、脆弱、空想的情感。①

何其芳与沙汀在1938年冬天至1939年春天曾带领“鲁艺”学生，随贺龙的部队在冀中和晋西北根据地实习。由于知识分子与普通士兵之间的矛盾、部队安排上的不合理以及前线生活各种无法想象的生活烦恼，使何其芳产生了一种难以摆脱的失落感和无聊感，他甚至埋头抄写抗战前所写的诗歌，也在心里构思了这样的诗句：

前方也还是有着寂寞的日子。炮火声中也还是有着寂寞的日子。②

回到延安以后，何其芳不想写杂文和报告文学了，他在“鲁艺”教书，“似乎没有什么可报告的了”。③ 他开始写诗，写了反映农民战士生活与斗争的长篇叙事诗《一个泥水匠的故事》，这是他在延安写的第一首诗。发表于延安《中国文化》的创刊号上（1940年2月15日），与毛泽东的《新民主主义的政治与新民主主义的文化》同一期。但这首诗像艾

① 何其芳：《〈夜歌〉（初版）后记》，《诗文学丛刊》1945年第1辑《诗人与诗》。诗人在《讲话》以后就否定了这种写作，他说：“而且当时为什么要那样反复地说着那些伤感、脆弱、空想的话呵。有什么了不得的事情值得那样缠绵悱恻，一唱三叹呵。现在自己读来不但不大同情，而且有些感到厌烦与可羞了。”何其芳就是这样不停地否定自己先前的创作，以至于70年代还写信给朋友说，自己的写作还没有开始。

② 何其芳：《报告文学纵横谈》，载《何其芳全集》（2），第453页。

③ 何其芳：《〈夜歌〉（初版）后记》，《诗文学丛刊》1945年第1辑《诗人与诗》。

青所写的《雪里钻》一样失败了，原因也是缺少经验，是通过想象对听来故事的重叙，而且是诗人的第一首叙事诗。所以，诗人认为应该写熟悉题材，还是知识分子写知识分子容易一些，这就是《夜歌》的产生。①

“写熟悉的题材”，这是《讲话》以前普遍被认可的一个文艺上的创作规律，那些从大城市来到延安的作家如丁玲、周立波、方纪、严文井等都写了自己熟悉的题材，就是那些反映小资产阶级知识分子题材的作品。艾思奇说：

> “要写你所熟悉的东西”，这是对的。……你所熟悉的东西是你关心最热烈的东西，是你了解得最透彻的东西，这里就包含着你的主观，你的热情，你的心力。②

因为在作家们看来，在抗战这个大背景之下，几乎没有不与抗战发生关系的事情：每个人、每件事都或多或少地与抗战有关，所以，今天中国的所有问题都是抗战问题。因此，“写熟悉的题材”不是何其芳一个人的独特主张，但何其芳在题材问题上，考虑得比较多也比较成熟。

在 1939 年延安“民族形式”问题大讨论中，何其芳就表明了自己的意见：他不反对利用民间旧形式动员广大民众参加抗战；但他同时理性地认为：

> 我们并不能反对作者们继续写更高级的东西。因为参加抗战的人民的成分是很复杂的，尤其是不能忽视小市民阶层的知识分子的重要性（五四运动以来，尤其是左翼文学运动以后的新文学直接对于他们起了巨大的进步的影响，而且通过他们，这影响更间接地及于大众）。③

---

① 何其芳说，在 1940—1941 年的“鲁艺”，“我们缺乏批判地强调学习西洋的古典作家，片面地强调技巧，不适当地强调‘写熟悉的题材，说心里的话’。既然大家参加新的生活都不久，过分强调写熟悉的题材就会走到写过去的经历或旧人物，而不积极地去理解新的生活，新的人物，并大胆地写他们。……我当时还有这样的主张：‘写我们知识分子的经历也可以写出中国，写出中国必然发展的道路与前途’”。见《关于艺术群众化问题》，载《何其芳全集》（2），第 358 页。

② 艾思奇：《文艺创作的三要素》，武汉《战地》1938 年 3 月创刊号。

③ 何其芳：《论文学上的民族形式》，《文艺战线》1939 年第 1 卷第 5 号。

因此，诗人在《夜歌》中把自己作为参加抗战的小资产阶级知识分子的一个代表来写，概括了这一部分青年的苦闷与改造自己的热情。[①]

作于1940年的《夜歌》（一、二、三）都发表于香港《大公报》1940年7月，《夜歌》（六、七）在写作了五年以后，才发表于1945年5月《诗文学丛刊》第2辑，《夜歌》（四、五）没有发表。何其芳在延安是一个著名诗人，他可以随意把自己的作品发表在延安一流的报刊上，但他没有在延安发表。可见，何其芳仍然把自己的读者定位在大后方的市民知识分子阶层，他不愿意放弃这一部分新文学最早也最忠诚的读者。

《夜歌》是诗人对旧我扬弃的真实告白[②]，虽然有纠缠有依恋，但唯其如此才有真实有诗意。诗人自己也意识到，贯穿和统一《夜歌》的

> 原来那是一种强烈的矛盾的思想情感。那些杂乱的形象本来是这种矛盾的思想感情的具体内容，所以它们就成为这首诗的必要的有机的组成部分，而不是一些偶然的东西的拼凑和罗列了。[③]

《夜歌》七篇是一个整体：第一篇相当于序言，最后一篇是关于生死观，1952年人民文学出版社出重订版，改名为《夜歌和白天的歌》时，删掉了这首尾两篇，对其他各篇也多有修改。《夜歌》（二）〔其实是上两版的《夜歌》（三）〕竟一连删掉了三个自然段。

---

① 在诗歌《解释自己》中，诗人说：“……难道从我个人的历史/不是也证明了旧社会的不合理，/证明了革命的必然吗？//难道我不是/一个活生生的具体的中国人的例子？”又说：“我并不把‘我’大写/像基督教大写着‘神’/我只是把它当作一个具体的例子，/一个形象，/通过它/我控诉/我哭泣/我诅咒，/我反抗/我攻击，/我辩护着新的东西，/新的阶级！”何其芳说：“我认为每个人写出他所看到，他所感到的中国，尽管是一个角落，也就可以证明革命必然会到来，而对于新社会是有利的。而积极地有意地去反映今天的人民大众的斗争这个任务遂被搁置了起来。”见《杂记三则》，载《何其芳全集》（2），第311页。

② 诗人当时给友人的信中说：“人的改革是一个更长更艰苦的斗争，整个人类的改革要在社会改革之后才能好好地进行。然而我们，在一边进行着社会改革的时候也就一边改革了我们自己。一个知识分子的思想感情总是相当复杂的，要完全抛弃了过去的生活留给他的阴影，变成一个新的人，乐观的人，实在是一个很不容易的事情。这一年我就在对我自己进行这种斗争。”见《为人类工作》，载福建版《现代文艺》1940年第2卷第1期。

③ 何其芳：《写诗的经过》，载《何其芳全集》（4），第337页。

你说你又要提起那个小故事了，/你已经说过好几次了，/一个燕子为着每夜从神像上/窃取一些宝石去送给贫穷的人们，/一直到冬天来了还不飞回南方，/一直到自己冻死？//你说为什么我们不能生活在童话里？/为什么只有从书本上才容易找到/像真珠一样射着温柔光辉的故事？//你说你又要提起你过去的思想了，/那的确是太陈旧的思想了，/你感到我们人/还不如植物，动物生活得快活而且合理，/草木是那样和谐地过活着它们的一生，/或长或短的一生，/而且传延着种族，/繁荣着大地，/而野兽，/就是在最饥饿的时候吧，/也不扑杀着，撕裂着，吞食着它的同类，/更不会在互相残杀的前一秒钟，/还装着笑脸，/说着悦耳的话句？//

这些诗句很显然是诗人的个人话语，不仅有对语言陈规的破除，也充满了异国情调和深邃的思想特征，那种人道主义和温情主义的思想只存在于诗人的意识深处，它们在夜晚的时候才浮现在诗人的意识层面。这种不适合战争语境的思想，搅扰着诗人的情感。人类之间的无情杀戮使诗人忧伤，诗人看到了战争的残酷和灭绝人性，他反对甚至谴责这种战争。所谓正义战争与非正义战争等意识形态语汇这时还没有影响到诗人的认识，当诗人发现这些诗句不合时宜时，就一次性地全部删掉了。

在当时，延安诗歌主流写作强调大众化和民间化创作方向，强调用民间旧形式表现抗战内容，何其芳坚持知识分子本位文化，坚持个人化的叙述立场，用自由诗体的形式写着延安参加革命的小资产阶级知识分子复杂的心路历程。这在诗质和诗形上都是自由文人的诗性话语写作，区别于当时延安大众化的启蒙话语和意识形态话语写作。

《讲话》提倡小资产阶级知识分子工农化，在某种意义上否定了小资产阶级知识分子作为阶层性的存在，从而也完全否定了何其芳关于文艺的主张和“夜歌”写作。好在何其芳的这一类诗作都写于《讲话》以前，这种从自我出发的写作显然延续了现代诗歌的“个性化”传统，提供了也丰富了延安诗歌写作的个人化倾向。

偌大一个延安诗坛，只有何其芳为那些走向大革命的小资产阶级知识分子留下了心灵颤动的真实面影，显示了延安前期诗坛被完全体制化之前的一面。

《夜歌》是诗人在革命战争环境下对人生问题的一系列思考，七个篇章分别对应关于生活、关于理想、关于人生、关于工作、关于恋爱、关于英雄、关于生死。这是诗人在新的社会和新的政权形式下所作的自我反思，是诗人自觉调整与放弃过去的世界观以适应新的社会规范的心灵悸动。诗人不停地说服自己适应新的观念，但由于所受教育与现在生活信念之间的巨大差别，诗人在放弃的同时更多的是留恋，这种心灵的交战状态生动地反映了20世纪追求进步的知识分子两难困境。

对于生活，诗人已经建立了陀思妥耶夫斯基式的悲剧观，但现在诗人说：

> 不要说你活着是为了担负不幸。/我们活着是为了使人类/和我们自己都得到幸福。/假若人间还没有它，/让我们自己来制造。

这是一个改天换地、进行革命的无产阶级的世界观，但正是这种革命性质使诗人不安，使他在本该休息的夜晚哭泣、失眠和思想，“夜晚的寂静和漫长”使他想着“……知道自己聪明便多痛苦，知道自己美丽便多悲哀”。

关于理想，诗人说：

> 我是如此快活地爱好我自己，/而又如此痛苦地想突破我自己，/提高我自己！

诗人的理想是“自我”的，不指向社会或他人，他孜孜以求的就是以今日之我否定昨日之我，这是一颗服膺于五四以来有关进化论思想的灵魂。这个“自我”听到的不是列宁关于不断革命的论述，而是列宁说“我们必须梦想！”这个列宁有着人道的关怀，他

> 抚摸着小孩子们的头顶：“他们的生活将要好起来吧，不像我们的生活一样充满着残酷吧”。

这个列宁也有着一颗仁爱之心，他给在乡下工作的同志写信，因为

> 他感到寂寞。他疲倦了。我不能不安慰他。因为心境并不是小事

情呀。①

一般说来，无产阶级不会有寂寞、疲倦、心境之类属于个人情感的词汇，也不会哭泣或像雪莱那样歌唱爱情，因为革命也要将此类词汇连同旧制度一同铲除掉，革命的同志不需要哭泣、爱情和安慰之类的温暖情感。

关于人生，诗人看到了太多的不美丽、太多的磨难，诗人哭泣着，诉说着，分辨着：童话中小燕子的奉献牺牲，神话中普罗米修斯的盗火给人间，都不是真实的人生故事。而“光明的故事，快乐的故事”也只是“让我们来谈着”，它们也是有待实现的前景，并不是真实的生活。关于工作，诗人有一种献身的热情，他要到孩子和工人中去，做一些琐屑的事情。但诗人还是说：

我要起来，一个人到河边去。/我要去坐在石头上，/听水鸟叫得那样快活，/想一会儿我自己。

诗人说“我给予得并不多，/我得到的更少”。尽管这是一种计较，但诗人终于还是“做我应该做的事”，这种投身工作的精神是冰心小诗所给诗人的教诲。

关于恋爱，诗人曾耐心地倾听着这个令人“心跳的日子”，现在却是繁华落尽的：

同志，请你允许我想起你，带着男子的情感，也带着同志爱。

神秘、焦躁、期待的情感已经消失了，爱情被赋予了新的内涵：

---

① 朱寨在《急促的脚步》一文中回忆说，一位“鲁艺”的同学心情不好，他自己说：“心境不好是个人的小事情。”何其芳听了，很是诧异，因为在何其芳看来，心境不好不是一件小事情。见《新港》1980年第7期。所以，何其芳把这句话写到了《夜歌》中，而且让列宁这样一个关怀国家的人也关怀一个人的“心境”，这说明何其芳是把“心境”问题看作是一个与“革命”这样的大事相关的事情。这也是针对当时延安同志之间缺少温情和爱心的回答，这一时期先后出现的丁玲的小说《在医院中》、萧军的杂文《论同志的“爱”与“耐”》、艾青的论文《了解作家 尊重作家》都提出了类似的问题。毛泽东在《讲话》中把这些情感统统还给了小资产阶级知识分子特有的问题，这之后的创作就不存在这种问题了。

延安的同志我想都是/忠实于革命，/也忠实于爱情，/只要生活在一起，/而又互相倾心，/就可以恋爱，结婚。

关于英雄，诗人歌唱着我们民族的英雄大禹、墨翟，他们的精神已被今天浴血奋斗的战士们继承下来了。诗人蔑视英雄创造的历史：

过去的历史家，崇拜家/对于亚历山大，该撒或者拿破仑/常常发生兴趣，/那正如小孩子喜欢听狼和老虎的故事。/惟有你们从人民中来/而又坚持地为人民做事的，/才最值得用诗，用历史/来歌颂，来记下你们的功劳和名字。

关于生死问题，只剩下如何活的问题，

一切为了我们巨大的工作，一切为了我们的大我。让群众的欲望变为我的欲望，让群众的力量生长在我身上。

这里显示了一个“我”的自我更新：“我”与“我们”已经水乳交融，个体的“我”显示的是一种集体的“我们”的力量。

《夜歌》七章就这样通过对人生每一个具体问题的思考最终完成了诗人心灵的自我转变：“旧我”、“小我”变成“新我”、“大我”，诗意在诗人世界观的矛盾与眼泪中自然呈现，给人感动，催人上进。

二 有歌唱也有反思：“夜歌”以外的歌

题名《夜歌》只有七首诗，因为写于夜晚，写的都是诗人自我精神蜕变的痛苦。对此，诗人回忆道：

一九四〇年在延安，我对于一切革命工作都是积极的。白天总是在忙碌中过去了。晚上，由于当时的物质生活的困难，每天只能发很少一点灯油。这样就有一些空闲的时间，就间或又想起了在旧社会的经历以及其他许多事情。驰骋这些散漫的思想的时候，自己也意识到有些感情是软弱的，知识分子气的，但又好像不能一下子克服。当时接触到有些从旧社会来的年轻的同志，他们也有这样的苦恼。这就是产生我那些《夜歌》的生活的基础。[①]

除了题名《夜歌》的诗之外，还有很多也是“夜歌”式的诗作，与《夜歌》的情感与表达方式非常接近。[②] 这一类诗作占了诗集的一半，也是诗集的精华所在。

与《夜歌》组诗情怀上最接近的就是曾引起争议的《叹息三章》和《诗三首》。[③] 当时《讲话》刚刚结束，文学创作一时陷入了沉寂，一向稿源充足的《解放日报》也发生了稿荒，毛泽东曾亲自安排一些作家专门为《解放日报》组稿。[④]

与创作相比，文学批评活动要相对活跃一些。也许是为了配合《讲话》所倡导的与工农相结合的文学要求，《解放日报》发表了吴时韵对何其芳发表于《讲话》前《解放日报》上的诗歌《叹息三章》和《诗三首》发难的文章。

有趣的是，这篇观点偏激、断章取义的文章写于《讲话》前的4月8日，而引起金灿然和贾芝不同意见的讨论文章则写于《讲话》之后的6月和7月。这两篇参与了对吴评和何诗讨论的文章观点相对平和，更接近于专业的文学批评。

可见，《讲话》并没有立即在批评上见效，那种见风使舵、无限上纲

---

① 何其芳：《写诗的经过》，载《何其芳全集》（4），第336页。

② “夜歌”以外，并不就指“白天的歌”。因为除了题名《夜歌》的七首诗之外，还有很多“夜歌”式的诗作，只是不题名《夜歌》而已。表现自我情感的称“夜歌”，表现集体情感的称“白天的歌”。何其芳诗集《夜歌》最大的价值就体现在“夜歌”式的诗作上，但为作者赢得广泛社会声誉、传播也最广的却是“白天的歌”。这就涉及诗歌欣赏、诗歌传播、读者欣赏能力与时代审美取向的问题，真正的好诗可能会“曲高和寡”，少人欣赏。诗歌艺术的高低可以从多个方面去衡量，但不能主要以读众多少为评判标准。

③ 分别发表于《解放日报》1942年2月17日和4月3日。《叹息三章》包括：《给T. L. 同志》、《给L. I. 同志》和《给G. L. 同志》；《诗三首》包括《我想谈说种种纯洁的事情》、《多少次啊当我离开了我日常的生活》和《什么东西能够永存》。

④ 毛泽东在《关于报纸和翻译工作问题给何凯丰的信（1942年9月15日）》中说：“解放（指延安《解放日报》，原注）第四版缺乏稿件，且偏于文艺，我已替舒群约了十几个人帮助征稿，艾、范、刘雪苇（指艾思奇、范文澜、刘雪苇，原注）及工、妇、青三委都在内。青委约的冯文彬，拟每月征6000—10000字的青运稿件，不知能办到否？”见《毛泽东文集》第2卷，人民出版社1993年版，第441—442页。

的批评在《讲话》之前的“左翼”批评甚至更早的创造社批评中也早已存在。尽管三篇文章在一个月内集中刊出，何其芳竟自始至终不发一言，这也许与当时整个文艺气氛的压抑有关。[①]

检索这次讨论的主要观点，也许可以使我们看到《讲话》刚刚发表时文艺批评界的状况，看到《讲话》的批评标准是如何渐渐地成为文艺批评的唯一标准。

吴时韵的论文《〈叹息三章〉和〈诗三首〉读后》[②]，作者不是从文学批评的基本规范出发，甚至缺乏最起码的文学修养，对何其芳的六首诗采取任意拆裂、摘章断句、颠倒先后次序等引用法，为自己的论点张本。而其全文论点也不明确，只是反复指责诗人某些情感的“虚伪而且不真实”。对诗作的批评经常脱离文本，说着文本以外的攻击式语言。如对诗句“在这十年中缠绕着我的灵魂最苦的/就是爱情”（《给 T. L. 同志》），吴评说：“如果真是忍挨过十年之久了，那么，再忍挨它十年工夫，不就过去了?”这种批评态度和批评语气其实是在取消批评，好像是两个人斗嘴，进行意气之争。对于诗句“缺少一些东西又算得什么呢。/为了革命/我们不是常常说着牺牲?”（《给 L. I. 同志》）吴评说：“既然觉得牺牲是没有什么值得可惜的话，就不必‘叹息’得什么似的了。自己为什么既‘叹息’又‘三章’呢!”吴评总结《叹息三章》说：“我主张，要工作，就热烈地工作，要学习，就不声不响地学习；要恋爱就勇敢地选择适合的对象。这是最好的办法?”

对于《诗三首》，吴评更是认为“对他，对读者，很是有害。甚至很是危险”。所以，“我劝何其芳同志立刻停止这种歌声”。在作了这些不着边际、为我所用的评论以后，作者最后一句话既虚心又心虚：

---

① 对比当时艾青在《文艺阵地》上发表批评《画梦录》的文章《梦·幻想和现实》，何其芳好像换了一个人。当时，何其芳刚从前方回到“鲁艺”，听说这件事以后，他马上给予回应，写了《给艾青先生的一封信——谈〈画梦录〉和我的道路》一文，也在《文艺阵地》上发表，那是 1939 年。1942 年的这次讨论后果严重，使何其芳歌唱“自我”的诗歌消失了，此后七年只写过三首“白天的歌”。1954 年 10 月号《人民文学》上的《回答》有恢复“自我”抒情的倾向，不久又被批判了。此后诗人歌唱的喉咙真的喑哑了。

② 延安《解放日报》1942 年 6 月 19 日。金灿然的文章《间隔——何诗与吴评》，发表于《解放日报》1942 年 7 月 2 日。贾芝的文章《略谈何其芳同志的六首诗——由吴时韵同志的批评谈起》，发表于《解放日报》1942 年 7 月 18 日。

我不能完全判断，我这种批评，能够准确到怎样的程度。

吴时韵相信这种批评的“准确”，但对其“准确”“程度”的质疑，也显示了作者还没有完全认同这种强词夺理式的批评。所以，当金灿然和贾芝出来反批评时，吴时韵也没有进行答辩。

在金灿然看来，吴评

这种武断的语调，是既失“与人为善”的本旨，又失“治病救人”的告诫的。……如果从历史的发展上及作者对现实的认识上来考察，吴同志认为是虚伪的滥调的地方，正是作者的真挚的感情流露的表现，“沉重的悲伤和忧虑”，每每不自觉地在他的“赞颂新世界的诞生”的诗句上，投下寂寞阴影。这不是作者的虚伪，正是作者的痛苦。

金灿然不仅有着诗歌的敏锐感觉，也有着一个批评家应有的文本理解与理论概括能力。

相比之下，贾芝的评论比较中肯，作者不仅能熟练地运用刚刚结束的《讲话》所规范的文艺要与工农相结合的精神，而且对作品的评论也言之成理，显示了一个成熟的文艺评论家深厚的理论功底和对作家热烈的爱护与期待之心。文章开宗明义地说：

吴时韵同志的批评……对作者和读者都是有损失的。……何其芳同志的诗，……表现的一贯的要求突破自己和不断进步的精神，是对于新的人生——革命的人生的发现和肯定，是他朝着工农大众的队伍里走。

接着，作者举例详细地说明了这一观点，并指出这六首诗的进步性与意义所在。对于何诗的问题，作者结合《讲话》思想一针见血地指出：

……是字里行间的小资产阶级知识分子的幻想，情感和激动的流露。……作者想要走到火线上去，看见的却不是和敌人斗争，而是血，是尸首，这也是小资产阶级的心理的幻影。……在《给 G. L. 同志》一诗里，作者一面劝 G. L. 同志用任何东西填满空虚之感，而他说：“我仿佛看见了在田野间，/在夕阳下，/你们的寂寞的挥手的姿势。”虽然写的是G. L. 同志和其他在乡下工作的知识分子，但寂寞这东西的存在和作者的小资产阶级的情感还是分不开的，他一面批判它，一面还保留了它。

那些写爱情的诗篇，“在读者看来，至少是过于是个人的了”。在这样的认识之下，贾芝认为：

……感到缺少什么的问题上，事实上是并非缺少什么，而是多了点什么，多了点小资产阶级知识分子的生活随时要求美满的心情，作者所感到的缺少什么，其实也是多了点什么，多了点这种特别的感情……

说到读者层的问题，作者肯定地说：

何其芳同志的诗的读者，是小资产阶级知识分子，特别是那些已走进革命但还被小资产阶级情绪所纠缠的知识分子会更加感到亲切和喜爱……

对此，作者要求诗人

扩大取材范围，写自己身外的事物，……努力研究不熟悉的生活，……因为他的诗都是剖白自己的缘故。

应该说，这是一篇有理有据的论文，观点明确有力，分析正中肯綮，对何其芳造成了很大的冲击。后来，在《〈夜歌〉（初版）后记》中，诗人对自己的小资产阶级知识分子思想感情的批判就吸收了贾芝的观点。①

① 何其芳在《〈夜歌〉（初版）后记》中说：“在一九四二年春天以后，我就没有再写诗了”，这一方面固然有遭到批评的原因，另一方面还有诗人个人思想转变的问题。《讲话》为工农兵服务的方向是针对小资产阶级知识分子而提出来的，所谓小资产阶级知识分子工农化的提倡，其实在某种意义上就是完全否定小资产阶级知识分子作为阶层存在的合理性，这样，表现小资产阶级知识分子的诗歌也没有存在的价值了，结果连同何其芳以前的诗歌主张也在否定之列了。

收入《夜歌》集的《解释自己》、《北中国在燃烧》断片（一）、《北中国在燃烧》断片（二）等诗作都有经常被引用的关于解剖自己的诗句。《解释自己》其实是像艾青的《我的父亲》那样，对自我的人生道路反思的诗作。诗人回忆自己的家庭、父亲、祖父，回忆自己成长的道路，作者的目的是解剖自己就是解剖一个可怜的中国人，

难道我不是一个活生生的具体的中国人的例子？

诗人对自己的期待是：

呵，什么时候我才能够/写出一个庞大的诗篇，/可以给它取个名字叫“中国”？//或者什么时候我才能够/写出一个长长的诗篇，/可以给它取个名字叫“我”？

诗人有一种写作上的焦虑：他把写出中国与写出自己放在同样重要的位置上，因为写出“我”是为了“辩护着新的东西，新的阶级！”

像《北中国在燃烧》这样的题目，看来只能是一个客观的、记录战争灾难的题目，但诗人在其中展现的仍然是“自我”和“自我蜕变的主题。虽然断片（一）和断片（二）[①] 写作风格完全不同：断片（一）更多的是记录战争给普通老百姓带来的深重灾难，死亡、血等；断片（二）更多地回到了诗人的自我思考之中，是一首记录眼泪和决心的‘夜歌’。但两者都可视为从诗人的自我出发的诗作。”

诗人说：

生命并不是虚伪。/我们承认自然的限制。/在限制里最高地完成了自己，/人就证明了他的价值和智慧。

在战争的广阔背景之下，诗人仍然执着地抓住人生是什么的问题，个人的人生怎样才有价值等人类的千古追问。诗人像哈姆雷特一样知道自己

① 《北中国在燃烧》断片（二）的之一、之二、之三分别发表于《草叶》第4期、《谷雨》第5期、延安《解放日报》1941年7月4日，可见作者对此作比较满意。

的使命：

> 那只有用我的脚步去一步一步地走的道路！/我是命中注定了来唱旧世界的挽歌/并且来赞颂新世界的诞生的人，/和着旧世界一起，我将埋葬我自己，/而又快乐地去经历/我的再一次的痛苦的投生。

断片（二）在追述自我时又加入了对家乡、对祖国抗战、对个人生命的回忆与期待，这不仅与断片（一）形成矛盾和断裂，其自身内容上也是庞杂、矛盾和断裂的。

这个长篇诗作没有最终完成，诗人说，即使完成了，

> 也不过是另一篇庞大一些复杂一些的《夜歌》而已。①

可见诗人没有遗憾，而未能最终完成，也不是时间问题，而是诗人自身对诗歌写作的矛盾思想造成的。

在《〈夜歌〉（初版）后记》中，诗人解释说：

> 《北中国在燃烧》，那是企图把我在一九三八到一九三九年从四川到陕西、山西、河北所看到的，感到的写出来，其中贯穿以一个知识分子的思想感情的矛盾与变化。因为缺乏充分的写作时间，动手写了两次，都只写了很少几节。第一次是刚从前方回来不久，只是打算记录一些印象。第二次却计划扩大了，风格也不同了一些。这篇诗我却写得比较吃力，比较慢。后来停顿了下来，也是因为不满于其内容上旧知识分子气太浓厚，而且在形式上也发生了疑虑与动摇。我担心那种欧化的形式无法达到比较广大的读者中间去。但用一种什么样的形式来代替它，则到现在这还是一个未能很好地解决的问题。

这首诗本来可以写成时代变化与知识分子心灵变化互相映衬的史诗性

---

① 何其芳：《〈夜歌〉后记二》，载《何其芳全集》(1)，第525页。诗人在《夜歌》组诗、《解释自己》、《北中国在燃烧》等诗作中不停地重述自己，说到底就是诗人尚未能解决自我与世界的关系问题。

诗作，但最终却变成了只是抒情主人公内心的矛盾抒写。

《夜歌》集中影响最大的诗不是“夜歌”式的自我解剖的诗作，而是短歌《黎明》、《生活是多么广阔》、《我为少男少女而歌唱》等十首“白天的歌”，因为被选入中学课本和在各种青年集会上朗诵的缘故，何其芳的名字常常与这些诗作相连。

何其芳回忆了写这些诗的 1942 年 1—3 月的情况，他说：

> 第一篇是黎明。我现在还记得清楚，那是一个清早，我坐在窑洞的门口，望见山底下浮着白雾，空气里带着露水似的微冷，黎明在变成白天，就像花朵在慢慢地开放。在这样早晨的静寂中，山底下的工人们打石头的声音飘散在山谷里，一声一声地听得很真。……我感到早晨，希望，未来，正在生长的东西，少男少女，这些都是有着共同点的，都是吸引我们去热爱的。①

诗人最著名的诗句：

> 轻轻地从我琴弦上，失掉了成年的忧伤，我重新变得年轻了，我的血流得很快，对于生活我又充满了梦想，充满了渴望。（何其芳：《我为少男少女而歌唱》）

这些诗句显示了作者歌颂生活的热情，因为诗篇较短，也克服了那种散文化的浮泛倾向，是诗人的成功之作。但诗人写于 1946 年的《〈夜歌〉后记二》中说：

> 那些短歌，若只就内容而论，有许多篇都是一种倒退。幻想的，个人的，脱离现实的成分更增加了。

就是说，即使是歌颂生活的歌，诗人的读者对象也是小资产阶级知识分子而不是工农大众。

值得注意的是，诗人在写这一类诗的同时，也写了《北中国在燃烧》

① 何其芳：《关于〈生活是多么广阔〉》，载《关于写诗和读诗》，作家出版社 1956 年版。

断片（二）、《叹息三章》和《诗三首》等表现自我的诗作。所以周扬说：

> 他一面歌颂光明，强调快乐，热烈地迎接着明天的早晨，在为未来叫喊；一面又不免有一些悲痛地怀念往昔，流露了知识分子和过去告别的复杂的心情。①

不仅如此，诗人还同时写了口号式的歌颂革命的诗歌《革命——向旧世界进军》、《叫喊》和《让我们的呼喊更尖锐一些》等。他的《革命——向旧世界进军》写于 1941 年 3 月 15 日，发表于 5 月 25 日延安《解放日报》上，诗人自己说“也许是我这本无力的诗集里面最有革命气息的一首吧”②，但当时就引起了萧军、艾青的不满。

萧军发表于《文艺月报》第 8 期的《第八次文艺月会座谈拾零》说：

> 我感觉不到情绪、形象、音节、意境……只是一片抽象言语的排列，我不承认它是诗。

而且，萧军还把批判的锋芒指向了发表该诗的《解放日报》，结果引起一场论争。

何其芳的革命诗歌受到萧军艺术性不足的指责，表现自我的诗歌又受到吴时韵等人革命性不足的批评。

批评的复杂性一方面显现了何其芳诗歌创作的复杂面貌，一方面体现了延安文化格局和文化人心态的复杂状态，这也折射出何其芳精神蜕变过程中的外部环境的复杂。

何其芳一面流着眼泪剖白自我，一面叫喊革命，一面又歌唱新的生活，这些交替进行的诗歌写作才真正反映了诗人心灵蜕变过程中的复杂与难堪。

对于那些表现自我的诗歌，何其芳比较能够把握，因为他倾向于发表；而对于后两类诗歌，何其芳发表的很少。有研究者认为：

---

① 周扬：《〈何其芳文集〉序》，载《何其芳文集》第 1 卷，人民文学出版社 1982 年版。

② 何其芳：《〈夜歌〉后记二》，载《何其芳全集》(1)，第 523 页。

> 对于这些创作，何其芳也并不完全满意，他也明确自己尚处在一种风格和艺术形式的转折点，这些诗歌不过是探索品，到底有多大的价值，何其芳自己也不能明确。所以，他这时候创作的诗歌不少，但并没有全部在报刊上发表，有些作品仅仅只是在鲁艺举行的各种学生演讲和晚会上朗诵，其中一部分没有完整地留存下来，还有一些则在后来被收录在何其芳的诗集中。①

总之，1939—1942这三年，从诗歌创作上看，是何其芳努力改造自己、蜕变自己的时期，他希望早日摆脱内心困惑，走上与现实和谐一致的路，所以他才孜孜不倦地唱着“自我”之歌。

但自我改造的愿望并不能代替现实的自我改造，也不能消除内心世界的困惑。

这三年是诗人一生的转折点，也是他人生中最复杂、最矛盾的一段时间。但此时的延安是抗战的中国最为自由和民主的地方，诗人的个性和诗人的歌声都能得以保持和表达。《夜歌》中有很多是诗人最具个性也最成熟的诗歌，它们既保留了早期作品中的优美意境和流畅节奏，又具有宽阔与细腻、豪迈与忧郁巧妙结合的艺术效果。即使算上那些简单、空疏、口号化的诗作，《夜歌》也是抗日战争时期中国诗歌史上的杰作，它提供了一个小资产阶级知识分子在追求革命过程中，自身所必然经历的心灵蜕变的历史。

第二节　卞之琳《慰劳信集》的诗“趣”与格律

卞之琳于1938年8月31日与何其芳、沙汀夫妇一起来到了革命抗日根据地延安，然后又“按原定计划”于1939年8月底回到“西南大后方”，继续在四川大学教书。②

而何其芳、沙汀却改变原计划留在了延安，继续在“鲁艺”教书。为什么卞之琳能执行原计划而何其芳他们不能呢？这固然与个人的追求、

① 贺仲明：《喑哑的夜莺——何其芳评传》，南京师范大学出版社2004年版，第153页。

② 卞之琳：《何其芳与〈工作〉》，《新文学史料》1983年第1期，收入《卞之琳文集》（中），安徽教育出版社2002年版，第284页。

性格和志向有关，但也与去延安的目的有关。

卞之琳去延安有几重目的：一是为爱国心所鼓动。作为抗战时期的中国青年，具有爱国之心是一个普遍现象，即使那些因为其他原因留在国统区的进步青年，对延安也是“心向往之”的。二是好友何其芳想要去延安和前线访问，可以同路。所以，这年暑假卞之琳与几位同事一起去峨眉山游玩时，

> 当时在我私心里一半已作为准备不久上前方的登山演习，后来想不到真成了我穿越太行山（南段）的体格测验。①

三是知识性的探询。卞之琳有着知识者“格物致知”的癖性，对于新奇的事情总是“想知道”，并且要写出来让“那些想知道的人”“也知道”。

> 知道了我当然希望会有点好处，或大或小，或远或近，或直接或间接，对于各方面，对于目前正在进行的抗战。我去年夏末离开成都，老远地出去走一年，主要的也就是为的想知道。②

除此之外，也许还有一个更重要的私人性因素：他要向自己和自己所喜欢的人证明自己有凌云之志，不会在大后方恶劣的环境中堕落下去。这些因素综合起来，去延安就是顺理成章的事了，按原计划回来也是情理之中的事了。

因为这些主、客观原因，卞之琳就不会像何其芳那样全身心地投入。他自始至终要相对冷静一些，他既不会纵情地“我歌唱延安”，也不会痛苦地唱着“夜歌”。正因为卞之琳没有以抗战烽火洗涤自己灵魂的个人情感躁动，他才能把全民抗战的热情转化为讲究技巧的格律诗集《慰劳信集》，才能把“讲话”前的延安知识分子以“围城”的眼光写成《山山水水》中的各类人物形象。

卞之琳在延安的一年间，头三个月和后三个月都在延安，中间半年

---

① 卞之琳：《十年诗草·重印说明》，载《卞之琳文集》（上），安徽教育出版社2002年版，第385页。

② 卞之琳：《第七七二团在太行山一带·初版前言》，载《卞之琳文集》（上），第397页。

（1938 年 11 月至 1939 年 4 月）在太行山，因为忙于学习、行军和教书，写作不多，只写了一些报告之类的东西和两首后来收入《慰劳信集》的诗歌。

他在延安期间主要是收集了第一手资料，后来在大后方完成了诗集中另外十八首的写作①；而且还写作了我们通常所称的"报告文学"，卞之琳称为战争"实录"或"野史"的《第七七二团在太行山一带》，《晋东南麦色青青》和后来被作者付之一炬、耗时八年、现仅存片断的长篇小说《山山水水》。这就是说，在整个抗战期间直至解放前夕的十余年里，卞之琳的创作资源都来自延安一年的生活体验，这在现代文学作家中差不多是绝无仅有的例外。这可能一方面源于诗人现实生活经验的匮乏，另一方面源于诗人对这段生活的特别重视。

《慰劳信集》初版于 1940 年香港明日出版社，共收有诗作 20 首，最早的两首写于延安（1938 年 11 月 6 日和 8 日），发表在《文艺战线》上；后来的 18 首都陆续发表在香港的《大公报》上（1939. 3—1940. 2）。

在 1979 年《雕虫纪历》初版时，作者删掉了其中的三首；2002 年出《卞之琳文集》时，作者又恢复了其中的一首，只删去了第 15 首和第 18 首两首②，变成了现在我们所看到的一共 18 首的定本，而且个别诗作的诗句也有所调整。

卞之琳对《慰劳信集》基本上是持肯定态度的，他在 1991 年给日文版的《卞之琳诗集》作序时说：

> 说来像有点奇怪，《慰劳信集》这本诗，我自己经过半世纪的主

① 也许因为这部诗作完成于大后方的峨眉山，龙泉明的《中国现代诗歌流变论》并不把卞之琳放在"延安诗派"中来讲，甚至只字不提，在太行山诗人中也没有提到卞之琳。除了龙泉明，其他研究者如张曼仪、江弱水、袁可嘉等人都把《慰劳信集》看作是延安时期的诗作。

② 这两首诗都是爱情诗，卞之琳说："我自己发现其中两首显然一则取材不当，一则写得格调不高，决定删去，连同曾太受误解的一首。"前两首是指第 15 首与第 18 首，后一首就是第 11 首《给委员长》，后来又恢复了。根据香港明日社 1940 年版的《十年诗草》，第 15 首原诗是：你们为金钱赎救了罪孽：/当众，羞退了荒淫者，堂堂/将手造地狱的转世投胎/而为奋斗者尽它的力量。//为了民族求新生而奋起，/你们就怀孕了自己的新生；/宣告了忠忱，你们就宣告了/人间还有待解放的爱情。//第 18 首是：十年前爱人的像片，/经过了雪山、草地、/弹雨、锋镝的森林，/依然在你的怀里。/为大家的忧患而辛劳，/忽得于敌人的身上/一副夹像片的软玻璃，/你让它有了新用场。//新披了光荣的保障，/被敌人闯入了家园/丢了心爱的像片的，/更爱了你那张像片，/更信了奋斗下去/总会有这样的日子：/世界上所有的像片/都得到最适当的位置。//

观审读和客观反应，只从中仅仅删去了两首。①

在中国现代文学史上，作家对自己新中国成立前的作品不断修改已经成为一个惯例了，问题只是作者从什么观念出发、从什么角度出发去修改。

卞之琳也是一个不断删改诗作的诗人，但他不是要与社会或时代达成某种共谋关系，用以掩盖自己曾经的思想或躲避社会的灾难或获得时代的好处，而是出于诗艺上的精益求精。他是一个只对艺术感兴趣的人，他删改的出发点和目的都是一个，就是在艺术上能否经得起时间的检验。

卞之琳对此非常自觉，他在1941年《〈十年诗草〉初版题记》中说：

> 这也许是由于一种不健康的洁癖。我不断地删弃，自然也总有自己的标准。②

这个标准就是后来诗人在《难忘的尘缘》中所说的，

> 30年代早、中期我写诗渐趋成熟以后，我更忌滥情发泄，更喜用非个人化手法设境构象。③

按照这个标准，卞之琳的诗就会越来越少。本来产量不高，再加以诗人严格地、不断地淘洗，收在《卞之琳文集》中的《十年诗草》只有诗作72首，比1941年编的《十年诗草》还少4首。

那么，在卞之琳这样严格的要求之下，《慰劳信集》处于怎样的地位呢？我们现在看到的由卞之琳亲自编订的、安徽教育出版社2002年10月出版的《卞之琳文集》三卷本中，《慰劳信集》仍然编在《十年诗草》的最后，这说明诗人非常重视这一诗集。文集以《十年诗草》为主干，以新中国成立后的23首诗作编成《半个世纪诗抄》为辅助，从中可以看出

---

① 卞之琳：《难忘的尘缘》，《新文学史料》1991年第4期，载《卞之琳文集》（中），第559页。

② 见《卞之琳文集》（上），安徽教育出版社2002年版，第8页。

③ 见《卞之琳文集》（中），第560页。

诗人对《十年诗草》及其所代表的诗学理念的再次肯定。

但《慰劳信集》显然不同于诗人1937年以前的诗作风格，从选材、主题到诗艺都发生了些微变化，卞之琳自己说：

> 我写诗道路上的转折点也就开始表现在又是一年半写诗空白以后的1938年秋后的日子。[①]

所以，有研究者把《慰劳信集》看作是诗人探索历程中前、后期的转折点。[②] 也有研究者认为：

> 《慰劳信集》的意象与主题的变化，只是特定的历史与现实使然，诗人的艺术手法与思维方式仍是承袭了过往的特点。[③]

袁可嘉认为《慰劳信集》是

> 一种新诗史上未曾有过的至今少人效法的新型政治抒情诗。[④]

香港学者张曼仪说：

> ……《慰劳信集》，在题材的选取和处理两方面，都与抗战前作品迥异，当然也有继承前期风格的地方，成为前期作品和解放后作品的过渡，足以见出时代对作家的影响。[⑤]

程光炜则持一种完全的否定意见，他用“克里斯玛”理论对应诗人笔下那些抗战人物身上的神圣特质和“抗战高于一切”的神圣主题，认为诗人的那种“慰劳信”式的“致敬”姿势，使独具魅力的诗人卞之琳

---

① 卞之琳：《〈雕虫纪历〉自序》，载《卞之琳文集》（中），第451页。

② 杜运燮：《捧出意义连带着感情》，载袁可嘉、杜运燮、巫宁坤主编《卞之琳与诗艺术》，河北教育出版社1990年版，第86页。

③ 江弱水：《卞之琳诗艺研究》，安徽教育出版社2000年版，第52页。

④ 袁可嘉：《略论卞之琳对新诗艺术的贡献》，载《卞之琳与诗艺术》，第6页。

⑤ 张曼仪：《卞之琳著译研究》，香港中文大学出版社1989年8月版，第67页。

"从 1938 年起就不复存在了"。[①]

究竟怎样看《慰劳信集》，需要一种合理的批评尺度和文本细读的功夫，不仅要把《慰劳信集》放在作者的全部作品中去考察，也要把《慰劳信集》放在整个抗战的诗坛上来考察。卞之琳把《慰劳信集》编在《十年诗草》的最后，就是把它看作与《音尘集》、《音尘集外》和《装饰集》同等重要的诗集。

在作者看来，《慰劳信集》的这种变化是自然而然的，就像 1935 年以后，"卞诗从情景的写诗一下子转入观念的象征"一样[②]，可以据此把诗作划为前、后两个阶段，那么，《慰劳信集》就可以看作第三个阶段的诗作。

虽然十年划为三个阶段，但总体上属于"十年诗草"时期，大体上的艺术手法和诗歌逻辑是一以贯之的，就是卞之琳自己所说的两个基本特点："倾向于写戏剧性的处境"和"以说话的调子，用口语来写干净利落、圆熟洗练的有规律的诗行"。[③]

这其实是新月派诗人闻一多、徐志摩等人在艺术上的长久影响，就是废名所说的"卞之琳的文体完全发展了徐志摩的文体，这个文体是真新鲜真有力量了"。[④]

《慰劳信集》与此前的诗作相比，只是取材方式和主题意蕴上变化较大，而小说化、对话性与口语特点没有变化；诗人对生活的兴趣和对诗歌形式试验的兴趣也没有变化。

正因为如此，《慰劳信集》才不同于一般概念化、公式化的大众抗战诗歌；也不同于一般抒情言志、表达复杂个体经验的现代诗歌。诗人对真人真事的诗歌处理方式影响了诗人诗歌想象能力的发挥，预示了诗人写作上的方向性转变：以诗歌的韵文为主的写作从此以后转入了以散文为主的写作。

因此，《慰劳信集》是诗人作为诗人最后的"辉煌之作"，其中蕴含着很多难以说明的艺术奥秘。

---

① 程光炜：《何其芳、卞之琳和艾青四十年代的创作心态》，《文学评论》1993 年第 5 期。

② 江弱水：《卞之琳诗艺研究》，第 15 页。

③ 卞之琳：《完成与开端：纪念诗人闻一多八十生辰》，载《人与诗：忆旧说新》，北京三联书店 1984 年版，第 10 页。收入《卞之琳文集》（中），第 150 页。

④ 废名：《论新诗及其他》，辽宁教育出版社 1998 年版，第 154 页。

一 《慰劳信集》的诗“趣”：诗质上的个性化特征

卞之琳的诗歌一直有一个明显的风格化特征，就是讲究趣味，这一特征贯穿了诗人整个诗歌写作的始终，尤其以《十年诗草》为突出。废名曾说：

> 卞之琳的新诗好比是古风，他的格调最新，他的风趣却最古了，大凡“古”便解释不出。[①]

废名用“江南可采莲”一诗来比喻卞之琳诗的“有趣”和无法解释。[②]

卞之琳的诗“趣”大概与他个性上的“孩子气”相关，因为即使是很严肃的话题，他也能从中窥出“有趣”来。芦焚在《上海手札》中说，朋友们在卞之琳走后讨论他，最后的综合意见是：十五分执拗，二十五分温和，二十五分成人的矜持，三十五分孩子气。[③]

这样的个性加以诗人对诗歌的独特理解，使他在全民抗战诗歌的大趋势里，仍然坚持了个人化的写作立场，拒绝任何一种流行的抗战诗体，写出了独具一格、拥有长久艺术生命力的诗歌《慰劳信集》。

这个诗集最引人注意的是诗人与一般抗战诗歌完全不同的取材方法和处理方式。

卞之琳自己说《慰劳信集》的特点是：

> 在邦家大事的热潮里面对广大人民而写，基本上都用格律体写真人真事。[④]

这其实是说出了诗人的三个变化性特征：面向大时代的写作与以前面对个人内心世界的写作；用格律体写诗与以前的格律体和自由体兼用；写

---

① 废名：《论新诗及其他》，辽宁教育出版社 1998 年版，第 154 页。

② 同上。

③ 转引自张曼仪《卞之琳著译研究》，第 65 页。

④ 卞之琳：《〈雕虫纪历〉自序》，载《卞之琳文集》（中），第 451 页。

真人真事与以前的即人即事。

当时的抗战诗歌要么是诗人们写的自由诗，要么是歌谣诗；诗境基本上都采取虚构方式。《慰劳信集》的这些特点不仅区别于诗人前此的诗作，也区别于当时的抗战诗坛。

对此，诗人有更具体的解释：

> “慰劳”一词……有不同的“慰劳”与“致敬”两说。……1938年秋后，文艺界发起写“慰劳信”活动。11月初，……在延安客居中，响应号召，用诗体写了两封交出了，……一年后，我按原出行计划回到“西南大后方”，在峨眉山，也就在11月初，起意继续用“慰劳信”体写诗，公开“给”自己耳闻目睹的各方各界为抗战出力的个人或集体。都是写真事真人，而一律不点名，只提他们的岗位、职守、身份、行当、业绩，不论贡献大小、级别高低，既各具特殊性，也自有代表性，不分先后，只按写出时间排列，最后归结为“一切劳苦者”。①

卞之琳的第一、二首慰劳信写于1938年11月6日和8日，其时全国各地都发起了征集慰劳信的运动。②

诗人的参与说明了诗人对于抗战的真正热情，这种热情来自诗人对个人命运与民族、国家命运休戚相关的认识上。

卞之琳一直以诗的方式关心着国家和时代，他早期诗作中不断出现的一个青年“多思者”形象，就是那一时代苦闷情绪的诗性象征。“五四”以后，冲出家庭网罗的青年们走上了社会，但半封建、半殖民地的社会不能给年轻人提供更好的个人生活出路。他们在社会上几经挣扎、奋斗却仍然迷惘、苦闷，找不到自己的前途，卞之琳深有同感。

中国的现代诗人，置身于这样一个令人绝望的国家之中，他们不可能

---

① 卞之琳：《十年诗草·重印弁言》，载《卞之琳文集》（上），第4—5页。

② 《抗战文艺》第2卷第8期（1938年10月29日）刊登了一则《文协为征集慰劳信紧急启示》：“本会倾接重庆市妇慰会寒衣募制委员会宣传部来函，谓该会第一期募集寒衣一万件，献给前方将士，虽已大部完成，惟每件寒衣中须附慰劳信一封，藉致慰问，并作鼓励，甚盼本会会员与本刊读者踊跃书写，于十一月十日以前，寄至临江门横街三十三号本会收转，事关抗战，望我文化界同志一齐动员，在一周内完成一万封慰劳信运动，不胜切盼之至！”

在艺术的天国里安身立命，享受太平，置战乱频仍、满目疮痍的中国现实于不顾。他们从自身的经验中知道，获得个人美好生活的前提是国家与民族的兴旺发达，因此，现代作家无论怎样醉心于艺术的完美，对自己国家和民族的处境都是深有感触的。

当时，即使是远在香港的“雨巷诗人”戴望舒，也因遥望着“那辽远的一角依然完整，温暖，明朗，坚固而蓬勃生春”（戴望舒：《我用残损的手掌》）而信心倍增。

卞之琳是现代诗人中最讲究艺术的精细和严谨的诗人，但他毅然地走到延安和前线，亲见士兵们浴血奋战与老百姓团结合作的抗战现实，用他的诗笔面对着与抗战有关的生活，抒写着陕甘宁边区一致抗战、共同抵侮的中国现实与中国人。

中国现代诗人与任何一个有基本正义感的中国人一样，他们强烈地渴望祖国独立、民族完整、人民幸福。为此他们愿意奉献出自己。

这样的认识一般是从青年人走出校门，走向社会开始的。

卞之琳在中学时就因同情学潮被开除过学籍；1927 年“四一二”事变使他真正地受到了打击；而“西安事变”的和平解决，也使他与何其芳在青岛过了一个快乐的新年。

当抗战的烽火已经燃起的时候，他与朱光潜等人去了成都四川大学。

在去延安的前一年，卞之琳的思想已经有一些变化了。当然，在延安一年，其“思想上也大有变化”。与何其芳相比，诗人没有他的朋友变化得那么“急剧”。

他们在去延安以前就有不太相同的表现：何其芳、方敬等几个朋友在成都共同办了一份杂志，取名《工作》，何其芳自己每期都写文章，观点比较激烈，因此也引起过争论。而卞之琳则

> 只在开头发表过一篇小文，没有发表过别的写作。每期或长或短都有我……译出的纪德小书《新的粮食》。①

经过考察，这篇“小文”就是发表在《工作》第 4 期上的《地图在动》，其实是侧写抗战实况的数则散文，它隐约地标志着卞之琳取材方向

---

① 卞之琳：《何其芳与〈工作〉》，载《卞之琳文集》（中），第 286 页。

上的转移；而纪德《新的粮食》也是作者30年代思想一度“左”倾的代表性作品。[①] 翻译对象的选择本身也反映了译者的思想倾向、艺术趣味的变化。

这些变化已经足以显露出卞之琳后期的发展轨迹：他是可以自由地在时代的大背景中选择自己的理论立场和政治立场的作家，但他自觉地选择了代表时代大趋势的政治，这种选择与中国知识分子的使命意识和民族情结有关。

虽然他既没有选择继续留在延安，被迫受训于某一政治强势，也没有在延安街头诗的热潮中迷失自我的诗神。相反，在长达十年的战争环境中，他可以延安、成都、昆明、美国等空间位置不断转移地自由生活，自由写作。但他还是始终把延安一年的生活作为写作的素材。不断地进行加工。当他从报上得知淮海战役已经打响，衣修伍德提醒他“还不回去”时，卞之琳就再一次选择了与时代趋势相一致的道路。

所以，卞之琳写抗战诗歌也是诗人的自觉选择，没有任何具体的外在力量逼迫他要处理这一类题材。

况且《慰劳信集》的大部分写于国统区的峨眉山，发表于香港，寻求的已经不再是延安的读者大众了。对于延安来说，这已经成为一种时过境迁的“诗体”试验了。

为什么要写这一类题材呢？卞之琳在别处说过：

> 人家忙于用枪杆为理想创造辉煌的史迹，我至少也总可以用笔杆忠实记录下他们如何创造史迹，让大家看了，多少可以促进当时在统一战线下的抗日战争以及共同实现新社会的努力。[②]

在《慰劳信集》中，卞之琳尝试用真人真事入诗，可以看作他诗歌

---

① 卞之琳从纪德作品中受益良多，最明显的就是作者念念不忘的所谓“螺旋式发展”。他在文章中多次提到这一概念，具体萌芽就是由纪德20年代的《刚果纪行》、《乍得回来》一度“左”倾“转向”，30年代《苏联回来》、《苏联回来补》的再度“转向”而引发的。卞之琳总是把每一次变化说成是“作为螺旋式发展的向上一个弧线”，即使是“向下”，卞之琳也认为是“向上以前的一个向下运动”。这个概念对于卞之琳有一种世界观的意义。

② 卞之琳：《第七七二团在太行山一带·未刊行改名重版序》，载《卞之琳文集》（上），第393页。

写作上的一个新因素。因为此前与此后他都不是或很少这样选材，他基本的选材原则是：

……我更多借景抒情，借物抒情，借人抒情，借事抒情。①

为什么《慰劳信集》要用真人真事呢？

《慰劳信集》是卞之琳响应号召的诗作，写作意图自然是为“宣传”抗战，

而我认为宣传最好还是让事实说话②，

这就解释了真人真事入诗的内在原因。

那么，哪些真人真事可以入诗呢？通过阅读文本，我们发现：所有活跃于华北前线的抗日力量——八路军战士、游击队员、农民、妇女、儿童都可以入诗，每一首诗都是中国人民抗日斗争生活的一个生动侧影，显示了中国人从来没有过的一种聪明、能干、智慧与勇敢的精神。

这是卞之琳诗歌题材与主题上的一个重大变化：此前的诗不论写的是青年多思者形象，还是城市下层人的灰色生活，或是那些被说成是“晦涩难解”的《断章》、《圆宝盒》、《距离的组织》等现代诗，诗人感慨的都是生命本身的寂寞、无聊或是诗人从生活中所得来的智慧称做“道”、“知”、“悟”等。

虽然说是即景即人，其实是借景借人以抒写诗人来自生命深处的一种严肃的无奈：人在整个世界中的无意义存在以及人无可选择地必须接受这一无意义存在的宿命，人在自己的宿命中体悟万事万物，也能得到一种“beauty of intelligence”的达观。诗作的题材是抽象而广大的生命本体，主题是从浅近甚至琐屑的眼前的事事物物出发，以抓住这虚无缥缈的生命存在。③

而《慰劳信集》写的大多是生活中确实发生过的事情，诗篇的含蓄

① 卞之琳：《〈雕虫纪历〉自序》，载《卞之琳文集》（中），第446页。

② 卞之琳：《第七七二团在太行山一带·重印说明》，载《卞之琳文集》（上），第385页。

③ 张曼仪等：《中国现代诗歌》（1917—1949）（一），香港大学、香港中文大学出版社1974年版，第708页。

与象征的意义层次单一明确，减少了诗歌本身应有的、耐人寻味的、多义性的文体特点。但诗人仍然延续了此前诗歌以小见大、以一总多的写作手法和诗作题材选择上的趣味性视角，以及由实入虚的一种写法与诗歌思维逻辑。

对此，卞之琳有一种自觉的写作意识。在谈到《慰劳信集》时，他说：

> 文学创作本来总是以偏概全亦即以特殊表现一般的，这里的覆盖面也可说不小，遍及前后方。写人及其事，率多从侧面发挥其一点，不及其余（面），也许正可以辉耀其余，也可能不涉其余而只是这一点本身在有限中蕴涵无限的意义，引发绵延不绝的感情，鼓舞人心。①

《慰劳信集》的总体架构是从每一个个体的特殊性出发，最后归结为一个总体的“一切劳苦者”的共性；在具体地写到每一个个体时，也是从个体的特殊性出发以反映全体。

选材更是显示了卞之琳对平凡生活中趣事、趣话的偏爱，这是卞诗情趣的一贯表现：芦焚曾说卞之琳是“一个不太到家的生活趣味主义者”。②卞之琳自己说：

> ……尽管不免粗制滥造，写出的文字节奏也轻松，有时还兴味盎然。因此同道中不记得谁善意要我警惕过“趣味主义”。……列宁自己也就是最有风趣的人物。③

卞之琳在警惕中也还更加自诩这种“趣味”是列宁的“风趣”。

所以，《慰劳信集》处处充满了这种“趣”：既是生活本身有趣，也是诗人的兴趣所在，显示了作者善良美好的诗意天性与对生活一团热爱的真情真性，这其实是一种真正属于诗人的品格。

在那种战争的残酷背景之下，诗人仍然能够发现存在于每一个空间中

---

① 卞之琳：《十年诗草·重印弁言》，载《卞之琳文集》（上），第5页。

② 《芦焚散文选集》，江苏人民出版社1981年版，第156页。

③ 卞之琳：《第七七二团在太行山一带·新版弁言》，载《卞之琳文集》（上），第380页。

的生活趣味和诗情画意，即使是老百姓躲避空袭的慌乱与侵略者找不到食品的难堪，诗人也能从中发现美、发现“趣”、发现诗意。

这样说来，美或者说诗意不是现实生活中存在与否的问题，而是每一个个体是否拥有一双善于“发现”的眼睛问题。穆旦说，诗歌就是“发现的惊异”，那么卞之琳的诗歌就具有这种“发现”的品质。

卞之琳不仅发现了这种“趣”，而且用他的诗歌表达了这种“趣”，他确实尝试以诗歌的形式“把住一些把不住的事体”，即：表达那些从来没被表达过的东西。他所发现的“趣”不仅存在于普通人身上，也存在于领袖身上，甚至存在于侵略者身上，这种普泛的人道同情精神大概也是《慰劳信集》区别于抗战诗歌的一大特色。

《慰劳信集》中的第一首《给前方的神枪手》，以手枪上的“小东西”准星为切入点，以老人们、孩子们和妇女们的笑为小场景，活画出了一幅神枪手百发百中、老百姓欢欣鼓舞的军民共同抗战的热情图景。其中有这样的诗句：

> 在你放射出一颗子弹之后，/你看得见的，如果你回过头来，/胡子动起来，老人们笑了，/酒窝深起来，孩子们笑了，/牙齿亮起来，妇女们笑了。//在你放射出一颗子弹以前，/你知道的，用不着回过头来，/老人们在看着你枪上的准星，/孩子们在看着你枪上的准星，/妇女们在看着你枪上的准星。

这里虽然写的是战斗现场，但我们看不见枪林弹雨，炮火纷飞，看得见的只是将士们的英勇善战和广大民众的信心支持。这是一个充满欢乐感觉的现场，好像是和平时期的打靶比赛，没有敌人的残酷屠杀，也没有令人恐怖的血腥气息。

诗句虽然平易流畅，接近口语，却没有通俗诗作的“抗战啊”，“奋起啊”之类的口号式、动员式句子。但这种老人、孩子、妇女们共同参战的全民抗战场景，显然是延安解放区的抗战现实。因为只有共产党才真正实行了当时的抗战口号：“动员一切力量争取抗战胜利”，只有共产党才认为：

> ……单纯的政府抗战只能取得某些个别的胜利，要彻底地战胜日

寇是不可能的。只有全面的民族抗战才能彻底地战胜日寇。①

所以，共产党实行的是全民族的全民抗战运动，每一个老百姓都是一个潜在的抗日战士；而国民党实行的则是政府抗战路线，即：抗战是政府的事情，基本上与普通老百姓无关，所谓“有钱出钱，有力出力”只是号召而已。

卞之琳的《慰劳信集》反映的就是陕甘宁边区的全民抗日活动的场景，其内容虽然与当时延安流行的街头诗毫无二致，但写作手法的不同，标志了一个作家的成熟与否与艺术等级上的差别。“胡子动起来”等几个倒装句显然是经过艺术家潜心处理过的诗句，是诗人对生活仔细观察后的智慧结晶，不仅显示了一种独特的艺术匠心，而且也写出了解放区抗日战场的特点。如果把这几个倒装句改为正常语序的话，则会变成毫无诗味的叙述句了：

老人们笑了，胡子动起来，/孩子们笑了，酒窝深起来，/妇女们笑了，牙齿亮起来。

其实，诗歌的“趣”也就体现在这几个倒装句子上：“胡子”、“酒窝”和“牙齿”是这三类人最富有特征性的特点，这三类人在任何一个社会中都是弱势群体，也是有趣的人群，同时也是一个社会生活美满、幸福与安宁的象征。诗句以借代、排比等修辞关系把它们提前以后，整首诗就显示出了一种活泼、欢乐、和平、有趣与温暖的气氛，如果不是诗句中一再提到“准星”这个小东西，你很难想象这就是你死我活的抗日战争现场。

《慰劳信集》中的每一首诗几乎都以“趣”为着眼点或关节点，卞之琳看到了血与火的战争背景下参加战争的人的有“趣”性，这与战争的严肃性形成了一种紧张关系，从而也形成了诗歌内在的张力感。

有“趣”，实在也是人性中很重要的一个方面，“趣”能使不同地位、不同国籍、不同语言之间的人相互平等与相互理解，“趣”也能消解战争

① 毛泽东：《为动员一切力量争取抗战胜利而斗争》，载北京大学等主编《文学运动史料选》第4册，上海教育出版社1979年版，第6页。

带给人间的残酷性与破坏性，开放所有人性中共通的善良友好与天真有趣，使人们看到战争的不合理性。

诗集中的第五首《给放哨的儿童》，既写了儿童放哨时严肃认真地执行任务的一面，也写出了儿童天性活泼好动的一面，全诗洋溢着一种童"趣"的天真，令人忍俊不禁。

这首诗写的是真人真事，诗人在报告文学《晋东南麦色青青》中的《向上的道路》和《长治马路宽》两篇都饶有兴致地提到了放哨的儿童，而且在这首诗下面的小注中作者又注释说："长治县儿童团扣留过县长，陵川县儿童团扣留过洋教士。"对于这种真人真事如何处理，其实考察的是一个诗人面对陌生经验的艺术处理能力。

卞之琳作为一个已经成名的、在艺术上比较讲究的诗人，"爱惜羽毛"是不言自明的：如果不能成功地把现实经验转化为艺术表现，对于诗人来说可能就是最大的失败。

所以，《给放哨的儿童》一诗，其"趣"不仅表现在内容上，也表现在与内容形成对应关系的形式上：

交给了你们来放哨，／a
虽然是路口太重要，／a
打仗的在山外打仗，／b
屯粮的在山里屯粮，／b
算贴了一对活封条。// a
可是松了，／x
不妨学学百灵叫。// a

这是全诗的第一节，全诗一共十节，每两节成一组。每一个奇数节都是五行，都是三顿，叙说的是放哨者的严肃守岗、认真查问；每一个偶数节都是两行，第一行短，两顿，第二行长，三顿，补叙的是儿童天性爱玩耍的有"趣"性。每一节的第七行都与第五行、第二行、第一行押同一个韵，也就是说，第六、七行因为与前面一节的韵式相同而联结了起来，成为一个完整的部分。

那么，形式上十节其实是意义上的五节。长节短节与长行短行交叉错落的外观形式，在人的视觉效应上造成一种一拉一放、一紧一松的效果，显然从诗行形式上配合了儿童查路员精神上的戒备紧张与放松休息的两种状态。这种轻松的笔法与严肃的题材之间结合得恰到好处，充分显示了卞诗一贯的机智幽默特点。

如果与他写于1937年的《淘气》相比，真有异曲同工之妙：

> 淘气的孩子，有办法：/叫游鱼啮你的素足，/叫黄鹂啄你的指甲，/叫野蔷薇牵你的衣角……//……//哈哈！到底算谁胜利？/你在我对面的墙上/写下了“我真是淘气”。//

这是一首十四行诗的体式，韵式上与《给放哨的儿童》一样，也是每一节一换韵，显得活泼灵动，生趣盎然。

最有趣的是第十首诗《给实行空室清野的农民》，诗人以农民的口吻并从农民的眼光出发进行创作，从他们对家畜的热爱中看到他们朴素的人性美，触及了战争中的人性问题。

普通老百姓对日本士兵没有仇恨和抱怨，却有怜悯和同情，这种感情的基础就是人性的相通：

> 谁说忘记了一张小板凳？
> 也罢，让累了的敌人坐坐罢，
> 空着肚子，干着嘴唇皮，
> 对着砖块封了的门窗，
> 对着石头堵住了的井口，
> 想想人，想想家，想想樱花。
>
> 叫人家没有地方安居的
> 活该自己也没有地方睡！
> 海那边有房子，海这边有房子，
> 你请我坐坐，我请你歇歇，
> 串门玩玩大家都欢喜，
> 为什么要人家鸡飞狗跳墙！

作者以和平时期人与人之间的友好关系为参照，认定这种战争中的敌对关系为人性的非常。想想日本兵吃睡无着、人地两生、远离家乡的生活，会有一种苦涩的“趣”感，作者宁愿让他们坐下来歇一歇，想一会儿家乡作为安慰。

卞之琳施之于一切人的、普遍的人道立场与和平主义精神只是属于他一个人的。当时的作家都是同仇敌忾、一致对外的，很少把侵入我们家园的敌人当作“人”来对待，最普通的说法是“鬼子”、“强盗”。

所以，卞之琳的抗战诗不仅取材独特，对题材的处理上也显出了卞之琳爱好和平的精神个性。

二 《慰劳信集》的格律：诗形上的个性化特征

《慰劳信集》在诗形上的最明显特征就是严谨的格律化，诗人由此开始，以后的诗歌走的全是格律化一路。

诗集中的18首诗，除了《给前方的神枪手》和《给实行空室清野的农民》可以算作半格律体之外，其余全部都是格律体。虽然这两首诗都不押韵，但诗节比较有规律，并且每节的行数和每行的顿数都有一定，在宽泛意义上可以算作半格律体。

格律体里面，除了五首十四行体之外，最常用的体式是接近绝句形式的以四行为一节组成的篇章，押韵也近乎绝句的一二四或二四押韵。① 唯一不分节的是《给抬钢轨的群众》，形式上模拟了钢轨的蜿蜒不绝，诗行两句一韵连续下去，诗质与诗形得到了最大程度的配合默契。

卞之琳有关格律的理论都来源于新月派的影响，但他发展了新月派的格律，因此也与新月派有区别，形成了他自己诗歌的格律特点。

在“新月”式格律的基础上，他打破了字数的限制，以音尺或说“顿”为建行的根据。写诗的实践中，也一直是以“顿”为格律的基础。

---

① 按照卞之琳的新诗理论，五首十四行叫作格律体，第1首、第10首是自由诗，除此以外，都是“半格律体”。卞之琳的“半格律体”是指“每节四行或两行，各行长短大致相似，押韵随便，大多隔行押韵，而且一韵到底”。《慰劳信集》的多数诗歌属于卞之琳定义的“半格律体”，只是用韵比较讲究，大多换韵，很少一韵到底的。因为我国传统的古典诗歌格律和民歌，“换韵是正当的办法”，只有大鼓一韵到底。有规律地换韵使诗歌语言富有灵动感，而抱韵（abba）、交韵（abab）、阴韵（以了、的、兮等虚词结尾）等押韵方法在古典诗歌中早已有之，不是西洋的方法。可见卞之琳并不认为自己的押韵法受西洋诗歌影响。见《今日新诗面临的艺术问题》，《诗探索》1981年第3期，载《卞之琳文集》（中），第494—495页。

为什么诗人能由“新月”时期的基本格律体，到现代时期的格律体与自由体兼而有之，到《慰劳信集》时就全都采用格律体了呢？

这可能一方面与抗战时期的大众化理论有关，一方面与诗人所要表达的对象属于真人真事有关。

现代汉语新诗与古典诗歌相比，其最独特，也最遭人诟病的就是它的自由性特点，没有格律也没有固定的规律可循，每一首诗的形式都是新的，都是诗人独立处理这一诗歌题材时的个人创格，其形式都具有唯一性和不可重复性，这使新诗变得既难以理解也难以学习。而格律体因为与中国古典诗歌、民间歌谣的天然形式联系，理解起来要相对容易一些。

但面对新的题材对象时，不论写作自由体新诗，还是写作格律体新诗，每一个诗人都必须在发掘诗意的同时，自己创造与内容相对应的表达形式。

> 闻一多认为，“新诗”寻求格律的原则不是像旧诗那样以固定的格式裁剪内容，而是“相体裁衣”，节制情感的泛滥：（一）“新诗”的格式不是只有一个，它是层出不穷的；（二）“新诗”的格式是根据内容的精神制造成的；（三）“新诗”的格式可以由我们自己的意匠来随时构造。①

既然格律体新诗的形式也是由内容决定的，是由诗人个人创造的，又是无穷无尽的，所以，卞之琳在处理同一个对象——抗战题材时，选用的格律诗形式也是多种多样的。

事实上，不论选用哪一种诗体形式，诗人的目的都是一个，就是为了使诗意能够得到最好的表达，卞之琳的追求更是这样。

《慰劳信集》之所以选用格律体作为形式要求，其实是为了容纳更多的“非诗”的内容，即散文的内容。

不必讳言，《慰劳信集》多是对真人真事的抒写，而且，诗人下面的小注也一一指出其真人真事的来源，以便使读者能够对照阅读，目的自然是实现其“鼓舞人心”的作用。

既然要“鼓舞人心”，那么，不论读者阅读有障碍还是诗歌缺少诗

---

① 王光明：《现代汉诗的百年演变》，河北人民出版社2003年版，第212页。

味，其最终目的可能都难以实现了。而借助格律，既可以容纳更多的内容，也可以增强读者的理解力，提高阅读快感。

对比诗人《慰劳信集》以前对诗歌的看法，正好可以从反面给以证明。诗人在回答刘西渭先生《关于〈圆宝盒〉》时说：

> 我以为纯粹的诗只许“意会”，可以“言传”则近于散文了。[①]

而《慰劳信集》大都可以“言传”，自然是近乎散文了。而且诗集中所记录的这些真人真事，诗人已经在报告文学《第七七二团在太行山一带》和《晋东南麦色青青》都记叙过了。当诗人把这些散文的内容转变为诗的内容时，有些句子变化也不大，甚至诗意程度还不如散文传达得更生动形象一些。

在此，如果以废名的诗学观念要求卞之琳的《慰劳信集》，也可以得出“近乎散文”的结论。他曾说：

> 我尝想，旧诗的内容是散文的，其诗的价值正因为它是散文的。新诗的内容则是诗的，若同旧诗一样是散文的内容，徒徒用白话来写，名之曰新诗，反不成其为诗。[②]

在谈到新诗与旧诗的差别时，废名指出，新诗

> 一定要这个诗是诗的内容，而写这个诗的文字要用散文的文字。……只要有了这个诗的内容，我们就可以大胆地写我们的新诗，不受一切的束缚，……我们写的是诗，我们用的文字是散文的文字，就是所谓自由诗。[③]
>
> 若旧诗则不然，旧诗不但装不下这个诗的内容，昔日的诗人也很少有人有这个诗的内容，他们作诗我想同我们写散文一样，是情生

---

① 卞之琳：《关于〈鱼目集〉》，天津《大公报·文艺》1936年5月10日。

② 废名：《论新诗及其他》，辽宁出版社1998年版，第4页。

③ 同上书，第5页。

文，文生情的，……[①]

可见，废名认为新诗是直接以“诗”的方式来思考的，他关于新诗的理念是：用“散文的文字”写出的“诗的内容”的“自由诗”。正基于此，他评价冯至的《十四行集》时说“冯至是有诗的，但他的诗情并不充足，想借形式的巧而成其新诗”，这句话移之于《慰劳信集》也是完全可以成立的。但对于《慰劳信集》以前的诗，废名曾给予高度评价，他说卞之琳“不是以形式而成功是以写诗的技巧而成功”的诗人。

总之，废名不赞成新诗讲究形式，他说：

> 如果你的诗情充足，好像弓拉得满满的，一发便中，如郭沫若的《夕暮》便是，何暇采用形式呢？又何尝没有形式呢？……新诗本不必致力于形式，新诗自然会有形式的。[②]

废名在论《十年诗草》时，对卞之琳大加赞美的是《道旁》、《淘气》、《白螺壳》等十几首诗作，而对《慰劳信集》却只字不提，或许他根本就不把它当作诗来欣赏吧。

而卞之琳终其一生都特别讲究新诗的形式感。他在1979年写的《新译保尔·瓦雷里晚期诗四首引言》里，还在为形式正名，谈论格律对于诗的意义，发挥黑格尔“自由是对于必然的认识”的论点，赞同艾略特所说的“没有诗是真正自由的”观点。1990年在纪念梁宗岱的文章中，卞之琳认同梁宗岱的这一段话：

> 没有一首自由诗，无论本身怎样完美，能够和一首同样完美的有规律的诗在我们的心灵里唤起同样宏伟的观感，同样强烈的反应的。[③]

废名当然只是一家之言。但是，真正的好作品确实不是仅仅依靠形式就可以成功的，内容与形式的高度统一才是新诗成功的关键性因素。对此

① 废名：《论新诗及其他》，辽宁出版社1998年版，第185页。

② 同上书，第188页。

③ 卞之琳：《人世固多乖：纪念梁宗岱》，《新文学史料》1990年第1期。

卞之琳应该深有体会，他说，1950 年写抗美援朝的诗，编成诗集《翻一个浪头》，

> 虽然自命用口语娴熟运用了多种西方诗体。不仅运用早先屡次试用过的十四行体，首次试用了回旋曲体以至三联穿韵体。……但是有的嘲骂国内崇洋媚外的“假洋鬼子”，形成恶谑，有的鞭挞帝国主义分子，诅咒、叫嚣。鄙俚不堪。……只经一两年就被我自己全部作废，只留存了三四首较为亲切而还有点艺术性的。①

客观地说，《慰劳信集》在艺术上确实有经得起时间检验的作品，可以说是诗人暂时找到了适合自己表现宏大历史抒写的艺术方式，当然也有一些不太成功的诗作。

但循此方式延续下来的抒写抗美援朝、农业合作化、十三陵水库建设等诗作则成功不多。主要原因是诗情缺乏，诗意不足，这一时期反而是散文创作比较成功。

而这种散文写作的方向早在《慰劳信集》的诗作中就有所预示：诗集中有一些散文与诗作的互文性作品，诗作的细节、语言几乎与散文一样，这就无意中模糊了诗与散文作为两个不同文类之间的基本界限。按照废名对古典诗歌的理解，《慰劳信集》的格律铺排恰恰是其诗意降低的表现，印证了其内容的散文化特征。

《慰劳信集》总体上确实有散文化的倾向。

例如，《给一位用手指探电网的连长》就取材于《第七七二团在太行山一带·邢台送别》一节，散文文字写道：

> 黑夜里亲自带队在前头侦察的特务连长简国湘，悄悄地接近了邢台车站的时候，忽然发觉前头几尺外有铁丝网。有无铁丝网白天就没有得着报告，也没有注意，是否通了电流现在更何从知道呢？可是非知道不可，关系太大。第二营已经决定了向这里进袭，而且紧接在右边就要上来了。关系太大，非立即知道不可。越着急，大家越不知道

① 卞之琳：《难忘的尘缘》，《新文学史料》1991 年第 4 期，载《卞之琳文集》（中），第 558—559 页。

怎么办。一生气，睁着眼睛，特务连长自己动手，用食指，像直指到"死亡"的鼻头上，直点上了铁丝网。"啊！"他嚷了，低低地，"我还觉得——不要紧——没有电！"

诗歌全文是：

夜摸的时机熟透了，/像苹果快要离枝——/可动手不得，三尺外/就是意外的毛铁丝！//可是后面是全营/将一涌而至的人潮/，要停也无法挡住，/急杀了你这个前导：//早不该疏忽了铁丝网，/网上通不通电流！/冲散了试探的急智，/齐涌上一个指头——//受于同志的信赖，/对于党国的责任，/新的传统的骄傲……/总之，你的全生命。//你就无视了铁丝毛，/直指到"死亡"的面额。/勇气抹得煞死亡？/"没有电，我还觉得！"//——你又觉得了全生命，/信赖、责任、胜利……/此外，你还该觉得罢/我们都松了一口气？

两段文字叙述的顺序是相同的，事件是相同的，结果也是相同的：先头部队发现前方有铁丝网，无法顺利通过，但这是一个意外，因为白天没有发现。现在的关键是：铁丝网是否通了电？怎么才能知道呢？因为必须知道，它关系着即将冲上来的整个大部队战士的生死。特务连长用自己的手指去试电网，这就是用生命去试探。结果是没有电，生命又回来了。散文说：非知道不可，关系太大，直指到"死亡"的鼻头上，"我还觉得——不要紧——没有电！"诗歌也采用了这样的文字：直指到"死亡"的面额，"没有电，我还觉得！"而散文描写好像更具有一种紧张感和戏剧的冲突感，重复的文字造成了读者心情的紧张，所以，当发现没有通电时，读者悬空的心才落了下来，大家都松了一口气。

宽泛地说，这篇散文比这首诗更有"戏剧性处境"。所谓"戏剧性处境"，在卞之琳的诗歌里是指或具体描绘一件事情，或直接用戏剧性独白模拟人物的口吻。街头车夫、店铺老板、大杂院的老百姓的对话，偏僻小镇的乡村生活，都是卞之琳的观察对象。卞之琳写这些底层小人物，取材上是受了波特莱尔的影响，但艺术上受的是艾略特的影响，他写这些人物，目的不是要反映生活，而是要逃避直接抒情。

诗中的现实不着意于写实，而是具有超现实的哲理和趣味的指向，暗示着生命的某种存在状态或某种不可逃避的宿命。但像《酸梅汤》那样属于严格的英国维多利亚时代“戏剧性独白”的诗歌，在卞之琳诗作中也只有这一首，而且卞之琳好像并不看重这一首诗，在他最后手定的三卷本《卞之琳文集》没有收录这一首诗。前此诗歌中

> ……利用虚构的人物和情节，制造每一个程度上的艺术距离，以看似客观的物象表达诗人主观的感受。①

这在《慰劳信集》中已经不存在了。因为《慰劳信集》中的大多数“处境”是真实的，不是虚构的，而由于针对的是具体的、真实的、现实生活中确实发生过的人和事，诗歌似乎就缺少了一种对更广大的人生和人的处境的哲学关怀，缺少了更深刻的概括性。

当然，《慰劳信集》除了在虚构性上是个例外之外，诗歌那种说话的调子、口语化特点、有规律的诗行仍然延续了卞诗一贯的艺术手法。

除了这一首诗与上文所举的《给放哨的儿童》与散文有很大的对应性之外，还有一些对应性诗作：第 3 首《给地方武装的新战士》与《第七七二团在太行山一带·响堂铺拒敌》；第 4 首《给一位政治部主任》与《晋东南麦色青青·老百姓和军队》；第 6 首《给抬钢轨的群众》与《第七七二团在太行山一带·彭城遇敌》；第 8 首《给一位夺马的勇士》与《第七七二团在太行山一带·长乐村战斗》；第 9 首《给一处煤窑的工人》与《晋东南麦色青青·煤窑探胜》等，都是散文与诗歌同时写到，文字描写大同小异的诗作。

其他诗作即使没有在散文中记叙过，也都是人们所亲见的真人真事，可以找到生活中的具体所指。

《慰劳信集》最突出的成就是他的格律诗，而最成功的格律诗是五首十四行诗：《给一位政治部主任》、《给委员长》、《给〈论持久战〉的著者》、《给一位集团军总司令》和《给空军战士》。有论者说：

> 卞之琳总共写过十五首十四行诗，都是意大利式，几乎占他全部

① 张曼仪：《卞之琳著译研究》，第 17 页。

诗作的十分之一。[①]

而《慰劳信集》就有五首，占去诗作的三分之一。而意大利式十四行，又叫“彼特拉克式”，特别是其中的变体，很受中国作家偏爱，原因就在于其起承转合与中国五七言律诗相通相契。

这种诗体或分两节，每节行数为8+6；或分四节，每节行数为4+4+3+3，中国诗人比较喜欢用后一种写法。[②] 卞之琳《慰劳信集》中的十四行体都是这一格式。韵式前八行用抱韵（ABBA）或交韵（ABAB），后六行变化较多，可以是ABBACC、AABCCB、ABABCC，甚至也可以是ABABAB。全诗最少四个韵，最多七个韵。

> 意大利式变体十四行格律谨严，结构工巧，讲究构思和布局，要求层次和深度，……[③]

这对于卞之琳来说，正好是他发挥艺术才能的机会。

张曼仪认为，卞之琳用十四行诗的形式，“描写政坛风云人物和军队的将领”得益于奥顿在30年代写人物的十四行体。因为奥顿有《给福斯特》、《兰波》、《郝思曼》、《爱德华·里亚》等，“每一首诗概括了那位已故或当代文学家性格的成因和生命的取向”。[④]

这五首诗中最被看好的是《给委员长》一诗，张曼仪和江弱水都给了非常到位的分析，也给予了很高的评价。但这首诗在卞之琳自编的诗集《雕虫纪历1930—1958》中却没有收入，卞之琳说是因为太受误解而删去的，现在要出文集时，

> 想不到一度竟成问题的一首十四行体诗如今多少经受住了一点风霜，却似应予恢复。[⑤]

---

① 江弱水：《商籁新声：现代汉诗的十四行体》，载《中西同步与位移》，安徽教育出版社2003年版，第158页。

② 王力：《汉语诗律学》，上海世纪出版集团、上海教育出版社2002年版，第946页。

③ 江弱水：《商籁新声：现代汉诗的十四行体》，第151页。

④ 张曼仪：《卞之琳著译研究》，第72—73页。

⑤ 《卞之琳文集》（上），第6页。

为什么要写蒋介石？卞之琳回忆说：

> 1938年1939年冬天，在汪精卫投日后，“八路军”领导的晋东南抗日根据地还开过“拥蒋大会”，常见的标语是“拥护蒋委员长抗日到底！”①

当时正是国共合作、建立广泛抗日民族统一战线时期，共产党所在的陕甘宁边区，也是国民党中央政府审批的一个特别行政区，八路军、新四军用的也是国民党军队的编号，接受国民党的统一调动与供给。

《给委员长》这首诗简直占尽了《慰劳信集》的精华：语言明白如话，构思细致绵密，全诗呈现出一种作者认为最为完美的圆形结构，这其实就是卞之琳最好的诗歌品质。诗作的前八行展示了一组变易的意象：老、朝生暮死、霜容、丹枫等，从自然现象的衰老提出为国事操劳的首脑的衰老，不仅应和了自然规律，也应和了慰劳的主题；后六行转折，不变的意象由委员长的神情变为一种精神，并逐渐占了优势地位，由“眼睛照旧奕奕”到“以不变驭万变”的对策，最后诗人勉之以抗战到底——“你坚持到底/也就在历史上嵌稳了自己”。整首诗以自然与人的精神为对应，以自然的易变、朽坏对比人的历史可以永久长存，相反相成。

对于十四行体，闻一多曾作过精到的概括：

> 总计全篇的四小段，第一段起，第二承，第三转，第四合。……“承”；是连着“起”来的，但“转”却不能连着“承”走，否则转不过来了。大概“起”“承”容易办，“转”“合”最难，一篇的精神往往得靠一转一合。总之，一首理想的商籁体，应该是个三百六十度的圆形；最忌的是一条直线。②

江弱水依据这一理论说：

> 最隐蔽的三百六十度圆形，却要数这首《给委员长》了。首行

① 张曼仪：《卞之琳著译研究》，第73页。

② 闻一多：《谈商籁体》，载《闻一多全集》第2卷，湖北人民出版社1993年版，第168页。

> “你老了，朝生暮死的画刊”与末行“也就在历史上嵌稳了自己”，让短暂与永久、多变与不变形成对比，只不过是用了反接的手段，相反适以相成：短命的“画刊”与长久的“历史”虽然有别，作为人物形象的记录，本质上说还是统一的。[①]

关于《给〈论持久战〉的著者》“手”的意象的论述，首先是王佐良，他说：

> ……完全不同于后来出现的千万首颂歌，……选择了他自己的形象：手，手所下的围棋，所写的文章，所用的锄头，最后是“打出去”的手势，这些正是能体现主人公的为人和思想的形象。[②]

而且，诗中融入了《论持久战》的术语，使人一望而知篇中人物的精神风貌。最后一段是“最难忘你那‘打出去’的手势/常用以指挥感情的洪流/协入一种必然的大节奏”。这就与开头一句“手在你用处真是无限”相应和：从具体的做事到抽象的指挥，诗意层层递进，又渐渐集中，终于用手指挥了“感情的洪流”。千万人听从你的号召，走上了抗日救亡的战场，“协入一种必然的大节奏”，即是说这也是时代对每个人的必然要求。手的指挥能力由于贯彻在生活的方方面面而显出了重要，作为诗眼也显示了作家构思的独具匠心，给人一种螺旋式上升的感觉。

最有特色的是《给空军战士》，这是一首短行的法式变体十四行诗，卞之琳自己说，这首诗套用了瓦雷里的变体十四行诗《风灵》。[③] 把法语的每行五音缀变成五言诗，每行行尾都可以停顿，没有跨行。[④]

王力曾经分析过这首诗的格律，认为我国旧诗的格律是二三律，即意

---

① 江弱水：《商籁新声：现代汉诗的十四行体》，第160页。

② 王佐良：《中国新诗中的现代主义——一个回顾》，《文艺研究》1984年第4期。

③ 卞之琳把这首诗译成汉语，收入《卞之琳译文集》（中），安徽教育出版社2002年版，第222页。全诗是：无影也无踪，/我是股芳香，/活跃和消亡，/全凭一阵风！//无影也无踪，/神工呢碰巧？/别看我刚到，/一举便成功！//不识也不知？/超群的才智/盼多少偏差！//无影也无踪，/换内衣露胸，/两件一刹那！卞之琳注释：“风灵”指中世纪克尔特和日耳曼民族的空气精灵，喻诗人的灵感。……这里也不一定限于诗创作，可以引申到一切创造性劳动。

④ 张曼仪：《卞之琳著译研究》，第76页。

义的单元停顿在第二字后，这首诗全是三二律，而且每行第一个字和最后一个字念重音，用意义的节奏来做步律的节奏，是格律上的创新。[①]

卞之琳的创新之处是把二三律改为三二律，即每行由三字顿收尾改为二字顿收尾，全诗的调子就由歌唱式倾向于说话式了，这就由旧诗的格律变成新诗的格律了。[②]

由此可以见出，卞之琳如何汲取西洋诗格式与汉语传统诗律的精华加以融合，使诗形与诗质得到新的结合，开拓了现代汉语诗歌诗形上的新格局。

《给空军战士》这首诗的全文是这样的：

要保卫蓝天/要保卫白云，/不让打污印，/靠你的雷电。//
与大地相连，/自由的鹫鹰，/要山河干净，/你们有敏眼。//
也轻于鸿毛，/也重于泰山，/责任内逍遥。//
劳苦的人仙！/五分钟死生，/千万颗忧心。//

原诗的最后一节是：劳苦人仙！/五分钟死生，/一刹那永恒。后来把“一刹那永恒”改为“千万颗忧心”，改得不好。不仅不押韵，而且内容上也无法对应。生死本是一瞬间的事情，但可能会流芳百世，成为后来人景仰和学习的榜样。也可能遗臭万年，为世人所唾弃。但杀身成仁历来是中国传流文化的重要内容，“死生”、“永恒”等字眼足以引起读者丰富的联想。而之后的诗，其诗质蕴含降低了。

《慰劳信集》的形式更多地借鉴了西洋诗体，也许因其写作背景恰逢当时关于“民族形式”的讨论，使诗人在诗句的构思上更注重文字流畅，节奏自然，使读者不易察觉其形式的欧化。

卞汉林关于“民族形式”问题，卞之琳注重其“民族精神”。他的个性就是从容不迫、冷静客观的，所以，他的诗歌也是如此。他没有穆旦所要求抗战诗的“强烈的律动，宏大的节奏，欢快的调子”，因而在穆旦看

---

① 王力：《汉语诗律学》，上海世纪出版集团、上海教育出版社 2002 年版，第 868 页。

② 参见卞之琳《哼唱型节奏（吟调）和说话型节奏（诵调）》，载《卞之琳文集》（中），第 423 页。

来，缺少“新的抒情”成分。[①] 按照穆旦的要求，整个抗战诗坛只有一个艾青真正达到了“新的抒情”。

穆旦的这个看法基本上符合抗战初期的中国诗坛。查《现代汉诗大事记（1898—1998）》[②]，可以看到，在抗战初期（1939—1941 年），除了孙毓棠的诗集《宝马》和卞之琳的诗集《慰劳信集》之外，只有艾青一个人出版了诗集《他死在第二次》、《旷野》，长诗《向太阳》、《火把》和被司马长风认为是“中国第一部现代诗歌理论”的著作《诗论》。从影响上来看，前二者影响不大，其诗歌也很少在公共集会上被朗诵。

但这并不能说明真正的问题，诗歌的传播有短期效应和长期效应的区别。卞之琳的格律诗探索实践有超出时代的价值，他对我们今天探询诗歌格律仍具有启示性意义。时至今日，关于格律诗问题仍是现代汉诗有待解决的难题。江弱水曾说：

> 格律诗绝不等于在大致齐整的诗行中顺手押几个韵脚那么简单。它不仅可以借助其外在的统一，而且可以建构其内在的统一，以双重的有机统一来抵御时间的侵蚀，让一篇音义俱佳的作品，在现代世界浮动的声色与光影之间，轻轻地，但是却牢牢地，抓住些什么。[③]

卞之琳的《慰劳信集》正是以其诗形鲜明的个性化特征和其诗质所凸显的诗人个人的精神印记，并以诗形与诗质的完美结合抗拒了“时间的侵蚀”，提供了抗战诗歌不同风格的文本，丰富了那个峥嵘岁月的诗歌星空。

第三节　艾青：变化的主题与不变的风格

通常认为，艾青去延安以后，“在诗歌艺术上开始处于一种滑坡的趋势”，只有《时代》等少数好作品。[④]《时代》作于 1941 年 12 月，是诗人

---

① 穆旦：《〈慰劳信集〉——从〈鱼目集〉说起》，香港《大公报》1940 年 4 月 28 日第 8 版。

② 王光明、伍明春：《中国诗歌研究》第 3 辑，中华书局 2005 年版，第 225 页。

③ 江弱水：《商籁新声：现代汉诗的十四行体》，载《中西同步与位移》，第 171 页。

④ 王光明：《现代汉诗的百年演变》，河北人民出版社 2003 年版，第 572—573 页。

在这一年快结束的时候，反思个人生活道路的诗作。因此，我把艾青在延安时期的创作分为前、后两个时期，以1942年《讲话》为界，本书只论述艾青的延安前期诗作。

其实，在1942年的《讲话》以后，诗人也有《风的歌》、《献给乡村的诗》等令人比较满意的诗作。

艾青真正的艺术“滑坡”应以1943年的《吴满有》为标志。初次尝试写作诗人所不熟悉的工农兵形象，并在诗歌艺术上大胆采用延安当时流行的民歌韵味、口语入诗等方法，放弃诗人一贯所熟悉的自由诗诗体形式，不再使用繁复的意象增加诗意，也不以诗人的主体为主体，语言上以口语代替欧化句法等方面的变化，造成了诗人写作题材上和艺术上的双重隔膜，导致艾青诗歌创作的真正失败。

1941年春至1942年春，是艾青在延安的第一年，他打定主意“安心写作”，而延安也确实为诗人提供了写作的便利条件：住房有两间窑洞，吃饭有“小鬼”送上山来。除了必要的政治学习外，没有任何事情打扰。

这一段时间是诗人成人以后生活上最安定的时期，他既不用四处为生计奔忙，也不用天南海北地流浪。而且，延安在创作题材和创作方法上也没有具体要求，完全依靠作家个人的社会良知和“天下兴亡，匹夫有责”的自觉社会承当意识。

正是这种写作上的自由保证了艾青创作的丰收，使得他能够延续抗战以来的诗歌写作高峰状态。一年之中，诗作20余首，论文3篇。有论者认为，艾青创作的高峰期应以1937年抗战爆发为界分前、后各五年①，这个看法基本上尊重了诗人创作的实际情况。

这一时期诗人最为人所知的诗作是《黎明的通知》，这首诗曾被各种各样的诗歌选本选中，诗人也由此被认为是时代的预言者。

但它并不是诗人最好的诗作，只是可以代表诗人此一时期写景诗中所显现出来的健康而明朗的情调而已；在那些回忆性和反思性的诗作中，诗人仍然是忧郁的，寂寞的。

统观艾青此前所有的诗歌创作，可以发现诗人一直有这样两个形象：纯粹写外界时是乐观与进取的；涉及自己时则是孤独与抑郁的。

---

① 汪东发、张鑫：《艾青的诗学成就及其对中国新诗的美学构建》，《湖南社会科学》2004年第2期。

但正是那些表现自我的诗歌，显示了诗人精神的深度与艺术的敏锐，是诗人创作的精华所在。如《大堰河——我的保姆》、《芦笛》、《雪落在中国的土地上》、《我爱这土地》等，都有诗人自我的忧郁者形象。

延安前期的优秀之作是《古松》、《强盗和诗人》、《时代》、《村庄》等，这些诗作不仅延续了诗人一贯的对自我与时代的思考命题，也延续了诗人久已成型的诗歌思维与诗歌的想象方式。

应该说，艾青延安前期的诗作不存在诗风转变问题，只是写景诗的情调上显示了些微亮色而已；因此也没有滑坡之说，反而比重庆时期有更好的成绩，“急就章”也少了一些。

一　诗作情感取向的复杂与写景诗风格的渐趋明朗

艾青并不是要参加革命而来到延安的，这是毋庸讳言的。

艾青与奔赴延安的诗人何其芳、卞之琳的区别是：他们 1938 年来到延安是为了搜集写作素材；艾青来延安是为了能够“安心写作”。

这当然显示了诗人未免天真的一面，但当时的延安也确实给诗人提供了这样的写作空间。抗战爆发后，诗人在祖国大地上到处流浪，他先后在武汉、桂林、湖南衡山、重庆等地生活过，用诗人自己的话说，就是：

> 满怀热情从中国东部到中部，从中部到北部，从北部到南部，又从南部到西部——延安，才算真正看见了光明。[①]

艾青是 1941 年 3 月 8 日来到圣地延安的，艾青为什么选择这个时候才来到延安？

这与当时的政局大有关系。1941 年 1 月 4 日震惊中外的“皖南事变”发生时，艾青正在重庆，他刚刚写完《迎一九四一年》。这是一篇关于读书、写作的计划书，诗人写道：

> 我对于每个新的年岁的到来，常常感到恐惧。……年岁是一只饕餮的野兽。它嗜爱着吞食我们的计划和希望。而我们，这些可怜的，匍匐着的东西，生活着一天，就得拿我们的计划和希望，喂足这无餍

① 《艾青选集》，开明书店 1951 年版，收入《艾青全集》第 3 卷，第 277—278 页。

足的张开着的嘴。①

从这份计划书中，我们可以看到艾青的“计划和希望”，就是能够写作，能够完成预想中的写作计划。

当时的重庆，正值“皖南事变”以后，进步作家都受到了国民党的恐吓和监视。以周恩来为首的中共南方局，开始有计划地疏散重庆一批重要的文化人士。对于艾青来说，选择香港、延安还是桂林，都没有关系，只要能够有一个安静写作的环境就可以了。

其实，艾青对红军和抗日根据地一直抱有好感。据说，1932 年年初，他在从法国回中国的船上，就对那些说“中国没有人”的外国人说：“我们有红军。”② 在重庆北碚育才学校时，周恩来前去讲话，“明确地提出我到延安去‘可以安心写作’”。③

“安心写作”是艾青多年来颠沛流离生活中的最大盼望。

尽管如此，艾青还是不能迅速做出去延安的决定，虽然他当时的妻子韦荧已先去了延安。主要原因是他与延安文人多少有些隔阂：他曾写过《梦、幻想与现实——读〈画梦录〉》一文，批评何其芳《画梦录》的“虚无与出世的观念”，何其芳去延安后曾专门撰文作过答辩；周扬在上海时就搞宗派主义，他与胡风关系一向不睦，而艾青与胡风则情同手足。

现在何其芳、周扬都在延安。艾青在重庆的最后一首诗《潭》就表露了这一矛盾的心境：

黑色的潭/无底的潭/在紫色的悬崖下/张开了恐怖//白色的浪/不安的浪/在紫色的悬崖下//叫喊着疯狂。

“潭”是深不见底的，是充满不确定因素的，是神秘莫测的，但它却是“浪”的归宿。从终极的意义上来说，每个个体必然都会有一个最后

---

① 艾青：《艾青全集》第 5 卷，花山文艺出版社 1994 年版，第 43 页。文中说：“A. 写完长诗《溃灭》……B. 至少写二十首政治诗，以反映 1941 年的国内外形势。C. 看五十部世界名著……D. 到战地去一次……”

② 周红兴：《艾青的跋涉》，文化艺术出版社 1988 年版，第 32 页。

③ 艾青：《在汽笛的长鸣声中》（《〈艾青诗选〉自序》，人民文学出版社 1979 年版，第 3 页），《读书》1979 年第 1 期，收入《艾青全集》第 3 卷，第 393 页。

的归宿，不论怎样挣扎与反抗，死神都会在我们前行的路上耐心地等待着我们。但现在不是死亡，而是选择皈依某一种力量，或者说选择以哪一种方式存在。一旦选择了，就没有归程了，因此，这一选择的分量也只有死亡可以与之比拟了。

1 月底，艾青决定去延安，周恩来让人送他 1000 元钱，并嘱他

> 走大路，不要走小路，万一给扣留了，就打电报给郭沫若。[①]

艾青与张仃、罗峰、严辰夫妇一行五人经过大小 47 道关卡，一个多月的旅程，终于到达了红都延安。

来到延安的艾青得到了梦寐以求的安静环境，他打定主意一心写作，不参加任何与写作无关的活动。他在延安“文抗”，与丁玲在一起，艾青的第一首诗《会合》就发表在丁玲主编的左联杂志《北斗》1933 年第 2 卷第 3—4 期合刊上。周扬和何其芳都在“鲁艺”文学院，如果不愿意，可以不来往。

从 1941 年 3 月到 1942 年 5 月《讲话》以前，艾青的日子基本上是安闲而自在的。

置身于乡村之中，每日看到的都是纵横交错的山川和郁郁苍苍的松柏，艾青的心境越来越平和，生活也颇有古代士大夫的情趣 。但艾青刚来延安时，组织上曾想发展他为秘密党员，然后再派回国统区工作。艾青不想再过动荡的生活，他对政治也从来不感兴趣，因此没有谈成。[②]

此时的艾青，完全不受意识形态的掌控，他的整个精神世界是自由的。因此，创作不仅数量和题材与前一个时期比较接近，在艺术表现上甚至好于重庆时期。

艾青本人也很重视这一时期有诗歌，他对《讲话》以后，他采取所谓新的表现形式所写的诗作则评价不高。

1951 年艾青在《〈艾青选集〉自序》中说，参加延安文艺座谈会以后，特别是 1942—1945 年的整风学习，

---

① 艾青：《在汽笛的长鸣声中》（《〈艾青诗选〉自序》，人民文学出版社 1979 年版，第 3 页），《读书》1979 年第 1 期，收入《艾青全集》第 3 卷，第 393 页。

② 程光炜：《艾青传》，北京出版社 1999 年版，第 336—337 页。

> 我的创作的风格，起了很大的变化，……学习采用民歌体写诗，但因这些作品多半都是学习性质的……这个时期的作品就不选了。[①]

但这个选本对延安前期创作选的也不多，而且真正的好诗也没有选进来，选的是三首急就章和三首写太阳的诗歌，也许是那个时代普遍的政治激情规范了诗人的审美取向。[②]

到1984年编选《艾青诗选》增订本时，因为诗人诗歌审美意识的回归，在选从《讲话》到1949年的作品时，就选了《风的歌》和《献给乡村的诗》这两首明显地以忧郁为美并具有早期诗风的作品。这个选本也选了1941年初至1942年初延安诗作中最好的几首诗。[③]

由此可见，初到延安的第一年，艾青的写作仍然保持了艺术的上乘水平。[④]

但由于环境的特殊和政权形式的特殊，艾青的部分诗作也发生了一些与大环境相和谐的变化：如长诗《雪里钻》。

在此之前，艾青的长诗写作是独具一格的，茅盾曾称为“艾青体”叙事长诗，如《向太阳》、《吹号者》、《他死在第二次》、《火把》等，都是被传为一时的名篇佳作。

丰富的写作经验并不能保证诗人写作永远不失败，艾青自己说《雪里钻》失败了。1980年在《与青年诗人谈诗》一文中，诗人总结了失败的原因。他说：

---

① 《艾青选集》，开明书店1951年7月版，收入《艾青全集》第3卷，第278页。

② 开明书店1951年初版《艾青选集》，选1941—1942年的诗作是：《毛泽东》、《向世界宣布吧》、《拖住他》、《黎明的通知》、《给太阳》、《太阳的话》等六首。

③ 《艾青诗选》1984年人民文学出版社选的是《古松》、《秋天的早晨》、《强盗和诗人》、《时代》、《村庄》、《给太阳》、《黎明的通知》、《野火》等八首。

④ 艾青有一种急于投入时代的热望，他在抗战以后经常写一些“急就章”，如《忏悔吧，周作人》、《这是我们的》、《马雅可夫斯基》、《没有弥撒》、《通缉令》、《仇恨的歌》、《杜塔拉》、《哭泣的老妇》、《希特勒》等。所以这一时期有“急就章”《毛泽东》、《拖住他》、《希特勒》等也不奇怪，这种现象可以归咎于新诗在诗质上体制化的结果。由于郭沫若的诗集《女神》的“时代精神”的神话效应，新诗就似乎与时代结下了善缘，表现时代成为新诗不可推卸的天职。参见王光明《现代汉诗：“新诗”的再体认》，载《现代汉诗：反思与求索》，作家出版社1998年版，第16页。

……《雪里钻》，那是罗丹跟我讲述的，他讲得很生动，我也是展开了想象然后写成的。……有时根据人家讲的记录下来，不一定是好诗。因为诗终归是诗，诗最重要的特质是想象，而不是事实的记录。①

艾青构思《雪里钻》的时候，有一种关于生命的偶然性与悲剧性的思考，这种思考方向与《吹号者》和《他死在第二次》是一脉相承的。艾青在讨论《他死在第二次》时说：他要写的是一个爱土地又不得不离开土地去当兵，

英勇地战斗了又默默地牺牲了的人所引起的一种忧伤。这忧伤，是我向战争所提出的，要求答复与保证的疑问。②

应该说，艾青始终是一个深厚的人道主义者，生命的存在与否、生命以什么方式存在始终是艾青最为关心的问题。他最经常思考的是哈姆雷特所追问的“问题”——“活着还是死去，这是一个问题”，正是对生命存在方式的关注与对中国大多数人生活环境的考察，才使艾青的诗歌能够达到一种高远的境界，闪耀着忧郁的品质。有论者认为，

他提升了中国现代诗的境界和力度，
艾青是20世纪现代汉语诗歌中最有胸襟和气度的诗人之一。③

因为有着大悲悯和大情怀，他才能执着地写着关于“土地”与“太阳”的神话④，在延安，艾青仍然延续着同样的主题。

---

① 《诗刊》1980年10月号，收入《艾青全集》第3卷，第461页。艾青在此文中同时说，《火把》就是想象的诗作，说他从没有看过火把游行。其实，1939年夏，桂林为纪念抗战二周年举行了火把游行，艾青见过；1940年春，在湖南新宁，晚上家家户户用松明照明，有火把节的气氛。参见程光炜的《艾青传》。

② 《为了胜利——三年来创作的一个报告》，《抗战文艺》1943年第7卷第1期，收入《艾青全集》第3卷，第122页。

③ 王光明：《现代汉诗的百年演变》，第305—306页。

④ 钱理群等：《中国现代文学三十年》（修订本），北京大学出版社1998年版，第556页。

稍有不同是，写“太阳”多于写“土地”：写“太阳”的诗也从忧郁的诗风渐趋明朗，写“土地”的诗则延续了忧郁的诗风。

长诗《雪里钻》正好显现出了这一变化：艾青写的不是生命的毁灭所引起的忧伤，而是生命的高贵和不可侵犯所表现出的尊严感、胜利感。可以说，这既是对此前诗歌主题的深化，也是诗人由悲伤和疑虑向乐观和昂扬的情绪转化的标志。

骏马“雪里钻”像我一样，知道“我的生命/已和它的生命联结在一起”，所以，当我用小刀猛扎它的屁股时，“马惨叫一声，/从冰层上跃起，/冲过炮火的浓烟，/向前面的马队追赶”。

“雪里钻”救了它的主人，但它自己却付出了血的代价。

> 我回过头来向后面观望。/中国的雪的平原，/突然看见鲜红的血迹/淋滴在净白的雪堆上，/淋滴在印着蹄影的道路上……

但雪里钻只是受伤了，它的生命完好无损，不是像“吹号者”和“他”那样为了获取胜利而战死沙场。在艾青看来，中国抗日战争要取得最后的胜利，必须以付出生命和鲜血为代价，这种思路仍然与艾青的一贯思考相吻合。

写于1937年的《春》是为纪念“左联”五烈士的，诗的最后两句是：

> 人问：春从何处来？/我说：来自郊外的墓窟。

把春天的百花盛开与黑暗的墓穴相连，启发读者想到，是烈士的斑斑血迹在黑夜里

> 爆开了无数的蓓蕾/点缀得江南处处是春了。

艾青所谓的失败不是指主题意象，而是指艺术表现上新探索的不成熟。

在《雪里钻》中，诗人一改以往的欧式句法和大量繁复的意象设置，大量采用口语、对话和情景描写来展开抒写，这可以看作诗人“对大众化

的实践性解释”的又一诗作。

事实上，长诗《火把》就是口语、对话和情景描写成功的试验之作。不同的是，《火把》的对话和情景都有弦外之音，切实地切入了人物与时代的深处，诸如：

你在哪里？你在哪里？
我举着火把来找你
我要看见你！我要看见你！

这些等诗句都有意在言外的效果。

“火把”本身又是一个有着深广象征意味的词，是艾青那一代人精神生活的深度背景。在朱自清看来，《火把》成功的意义还有另一个方面，即：

> 这篇诗描写火把游行，正是大众力量的表现，而以恋爱的故事结尾，在结构上也许匀称些。可是指示私生活的公众化一个倾向，而不至于公式化，却是值得特别注意的。①

对比《火把》，《雪里钻》则情节过分拘泥于事实，语言缺少应有的诗意，意象单调，情景单一，诗味淡薄，经不起反复阅读与推敲。《雪里钻》的失败并不能仅仅归罪于艺术想象的失败，主要原因还是作者没有经过长时间的咀嚼与消化，匆忙构思，缺少应有的艺术沉淀，属于长诗中的“急就章”。

在延安的第一年，艾青能够专注于个人写作，写作题材和手法基本上延续了重庆、桂林甚至武汉时期的。艾青自己说：

> 初到延安时，我的思想认识并不明确，带着许多小资产阶级的观念。我在延安只管写文章，想写什么就写什么。我是被尊重的，……②

---

① 朱自清：《抗战与诗》，载《新诗杂话》，三联书店 1984 年版，第 41 页。

② 艾青：《延安文艺座谈会前后》，载《艾青全集》第 5 卷，第 605 页。

一方面是周恩来答应过他写作上的“没有限制”，延安当时的艺术氛围也比较宽松；另一方面也依托于延安相对和平的客观环境。

延安是抗战时期陕甘宁边区的首府，从1939年10月到1947年3月基本上都处于和平之中（1941年10月26日日机最后一次轰炸延安，1947年胡宗南占领延安），一般听不到炮火硝烟；而且1941和1942两年是延安经济上最困难的时期，外部是国民党公开的军事反共，党内是毛泽东急于清算王明及中央领导干部当中的教条主义路线的影响。共产党暂时顾不上对文艺的管理，而艾青也没有亲历抗战初期的战争动员。

当时的工作重点是先军事，再经济，最后是文化的管理，洛甫（张闻天）和博古（秦邦宪）是文化方面的负责人，他们本身也是文化人出身，对知识分子的理解、支持多于批评、帮助。所以，艾青仍然可以按照自己以前的习惯写诗，仍然可以写着自己熟悉的题材。

此时他写得最多也最好的诗有两类：一类是对自然景色倾注热情；一类是内心反思自我的诗作，如《我的文章》、《少年行》等。

艾青在抗战初期那种着意歌唱时代与歌唱民族的诗作减少了，这与当时整个中国文坛的沉潜有很大的关系。1938年10月武汉失守以后，战争进入了艰苦的相持阶段，弥漫于战争初期诗坛的那种乐观、速胜、民族在战争中复兴的信念被不断沦陷的大片国土无情地击破了，长期战争的阴影使作家们又开始精心写作了。

在中国现代诗歌史上，艾青是丰富、复杂而又充满矛盾的诗人：一方面艾青有一种救世的情怀，他在《诗人论》中说：

> ……有英雄吗？有的。他们最坚决地以自己的命运给万人担待痛苦，他们的灵魂代替万人受着整个世纪所给予的绞刑。

艾青热切地期待自己是一个这样的英雄，他渴望自己成为这个时代所需要的那种大诗人。在《诗与时代》中，诗人说：

> ……每个日子所带给我们的启示、感受和激动，都在迫使诗人丰富地产生属于这时代的诗篇。这伟大而独特的时代，正在期待着，赐选着属于它自己的伟大而独特的诗人……属于这伟大而独特的时代的诗人，必须以最大的宽度献身给时代，领受每个日子的苦难像是那些

传教士之领受迫害一样的自然，以自己诚挚的心沉浸在万人的悲欢、憎爱与愿望当中。

另一方面艾青又是一个最具有诗人性情的诗人，他要把他所见到的一切美好的事物都注入笔端，他在《我为什么写作》一文中说："我生活着，故我歌唱。诗，永远是生活的牧歌。"这是透视艾青诗歌写作的金砝码，蓝棣之曾称艾青为"行吟诗人"，说他"不仅行吟在广大的国土上，尤其行吟在历史的脉搏上"①，也是对艾青这一特点的深刻认识。

艾青歌唱一切，但只是对那些他体验过和思考过的东西能够唱好；艾青的歌唱是属于他个人的，他只是发出他内心的声音，他在《诗论》中反复追问的是：

> 我有着"我自己"的东西了么？我有"我的"颜色与线条以构图吗？……还是我只是写着，写着，却是什么也没有呢？

抗战时期是每个人都要融于时代、融于集体的时期，艾青却害怕融入的结果是失去自我，失去自己诗歌独特的个性。

这种担心不是没有道理的，也可以说是一种先见之明，因为从《讲话》以后，诗人在强大的意识形态的压力下，诗歌写作的确逐渐失去了自己的声音。而且从此以后，诗人再也没有达到过30年代中、后期所达到的艺术高度。

艾青在延安写的第一首风景诗是《古松》，这是延安山上最普通的树木了，人们每日司空见惯，只有艾青才赋予了它诗的光彩。他写古松的苍老和它所载负过的痛苦，它的形象是那么令人感动：它的身体弯曲而倾斜，它的裂缝又宽又深，虽然高昂着头，但时时发出呻吟。但

> 你显得多么高！你的叶子同云掺和一起/白云在你上面像是你的披发；
>
> 你的身体是铁质和砂石熔铸成的/用无比的坚强领受着风、雨、雷、电的打击。

---

① 蓝棣之：《现代诗的情感与形式》，华夏出版社1994年版，第51页。

最重要的是：你养育着许许多多的生命，它们都以你为家：蜜蜂、蚂蚁、鸽子、松鼠都住在你的里面，虽然你那么老，像老人，但“你庇护这山岩，用关心注视我们的乡村”。

艾青反复强调古松的苍老、美丽、痛苦与它对生命的爱惜与守护，很自然地让读者联想到我们古老、沉重、痛苦与美丽交织在一起的中华民族，这个不断遭受灾难袭击却永远挺立的高大形象。

古松的外表满目疮痍，但它的精神是美丽的，诗人热爱着这一古老而崇高的民族形象。这首诗显示了艾青作为一个优秀诗人的才能。

不久以后的《雪里钻》没有写好，诗人又有意识地回到了他熟悉的题材上来，这就是《秋天的早晨》。

这是一首传统意义上的田园诗，艾青先写黎明来到田亩时的丰收景象：

> 大豆萎黄了，荞麦枯焦了，/田亩上星散着收获物的堆积//金色的包谷米/铺在屋背的斜面上/从那边的磨房传出/齐匀的筛面的声音。

再从一个农夫早晨的忙碌中汲取诗意：猪的尖叫引不起主人的兴趣，农夫喂驴，收拾磨床，搬出小米，他要“把这金黄的日子碾动了”。这时，骡马队的铃声和延河边上青年的歌声都传来了，给这千古不变的农忙图抹上了一层活力和动感。在这一幅优美的农村生活图景中，艾青显然传达了一种赞美之意，一种温暖的情感。

对比1938年艾青在湖南衡山所作的山水诗《秋晨》①，我们可以看到这首诗的明朗与欢快的色调。

这一时期所写的关于“太阳”意象的诗，最能显示诗人情感中愉快而健康的一面。

《给太阳》、《太阳的话》、《黎明的通知》和《野火》都是关于温暖、光明、美好与快乐的象喻。在中国现代诗人中，没有一个人写过艾青这么

---

① 《秋晨》：雾气从堤岸上徐缓地升起/新耕的土地，潮湿而松软；/田亩裸卧在山坡的下面/一阵阵地发散着/稻草的气息，泥土的气息//清晨的池沼是美丽的/以深黑的水映着秋空的高阔；/一片柠檬黄的新月/镶嵌在灰青色的天顶/——只有新兵操演的声音/划过了静寂……这首诗是完全写景的，自然的静衬托着士兵上操的声响。一片和平的景色中，士兵打破了这种和平，令人有一种隐隐的不安感。

多献给太阳的诗。

艾青为什么这么钟情于太阳？这固然与太阳的象征意义和时代特点有关，但也与艾青的生活习惯有关。艾青说：

> 我常在清晨写诗，常在黎明的时候写诗。……而最普通的时候，是我感觉常常和诗的感觉一起醒来，……①

诗人的朋友阳太阳、李又然都回忆说他经常两三点钟就起床写诗。因此，诗人经常是等待黎明慢慢走向大地，看着太阳冉冉升起普照万方，这种景象一定给了诗人许多的联想和许多的感动，发而为诗，就是饱含激情和寓意的了。

当然，"太阳"作为一种自然现象，因为具有光明、热量、永生等天然特点，千百年来已经成为原始神话和宗教信仰的源泉，人类赋予了它创造、拯救、哺育万物的功能，与"大地"母性的广博、牺牲、孕育生命正好形成对应。

美国宗教学专家米尔希·埃利亚德在其专著《神秘主义·巫术与文化时尚》中认为，在一些宗教神学体系里，"光"是神灵或圣化了的生命的象征，光＝灵－生命是这种象征的神学基础，光、神、生命具有同体性。"光"既是神、人灵魂的表现，也是创造宇宙、创造生命的象征。《婆罗门书》把精液作为太阳神的显现形态："当人类之父将彼作为精子射入子宫时"，这精子就是太阳，因为"光便是生殖的力"。所以，当伟大人物降生时，往往伴随有神秘的光环；太阳、火、光也始终与生命和宇宙相伴而生。人类也只有凭借着太阳这种无限的创造力，才能使宇宙万物常变常新，人类自己才能突破生死界限抵达永恒之境。

艾青有一种对太阳这种神秘力量特殊的感应能力，所以，在《太阳》一诗中，艾青极力渲染太阳的宇宙创生能力，在太阳的光照下，艾青自己的

> 陈腐的灵魂
> 搁弃在河畔

① 艾青：《我怎样写诗的》，载《艾青全集》第3卷，第128页。

我乃有对于人类再生之确信。

在《吹号者》中，当吹号者被一颗子弹穿过心胸倒下以后，诗人又大写号角的铜皮上怎样映出了死者的面容、冲锋的战场，

而太阳，太阳/使那号角射出闪闪的光芒……//听啊/那号角好像依然在响……

暗示出英雄不死的意象，因为他已经与太阳融为一体了。长诗《向太阳》是对抗战之前《太阳》一诗的重写与深化，诗人说“我甚至想在这光明的际会中死去……”，在光明中死去就是永远与光明同在了，其实就是永生的境界。

另外，《火把》、《光的赞歌》等诗作都有一种自我在光的照耀下获得新生与永生的主旨。所以，在艾青的诗歌观念中，人类只有借着光的创造力与生命力，才有希望获得新的生命；民族、自我都只有在“光”中才能摆脱苦难获得更生。

艾青在延安歌咏太阳的诗中，“太阳”的形象有所改变，太阳不再从黑暗中升起，而是一开始就是通体光明的形象。

在《给太阳》中，诗人把太阳想象成自己的好朋友，早晨，它第一个来拜访，它带来的是光辉和快乐，带来了“金丝织的明丽的台巾，铺展在我临窗的桌子上”，而且太阳不仅仅是诗人的朋友，也是所有人的朋友，因为它给所有的人带来希望和安慰。“你站立在对面的山颠”，你是“不朽的哲人”、“时间的锻冶工”、“生活的镀金匠”，“你把日子铸成无数金轮，飞旋在古老的原野上……”

诗人进一步假设：

假如没有你，太阳，/一切生命将匍匐在阴暗里，/即使有翅膀，也只能像蝙蝠/在永恒的黑夜里飞翔。

这是对“太阳是光”的至高赞美，也是只有太阳才配得到的赞美。这是一首太阳颂歌，太阳由“朋友”变为“至高无上者”，变成我们生活中须臾不可缺少的“大光”，诗人赋予了太阳以救世主的能力，太阳也由

此变为救世主的象征。因此，诗人说：

> 经历了寂寞漫长的冬季，/今天，我想到山颠上去，/解散我的衣服，赤裸着，/在你的光辉里沐浴我的灵魂……①

最后一句常常为评论家引申为艾青在延安党的光辉里自觉地改造自己。

这里诗人有一种接受洗礼的意思，而“受洗”在宗教信仰中是一个近乎神圣的字眼，它意味着从此以后一切都变为新的了。

在《太阳的话》中，诗人把太阳拟人化，它要进到人所居住的房间，“把花束，把香气，把亮光，/温暖和露水撒满你们心的空间”。太阳是这样友好，又是这样的全知全能，我们只需耐心等待，那些我们梦寐以求的好东西就会从天而降。

这里的“太阳”就是一个有着无比威力和无限能量的救世主的形象，对比一下诗人在1937年春写《太阳》一诗中的诗句“太阳向我滚来”，其诗歌逻辑如出一辙。闻一多曾指责道：

> 艾青说“太阳滚向我们”，为什么我们不滚向太阳呢？②

闻一多仅仅把“太阳”理解为光明，如果理解为“救世主”就不会这样问了。③

---

① 写于1940年4月15日的《月光》也有类似的句子，他让月光“给我的灵魂以沐浴”，诗人说“我想向一切的门走去，/我想伸手扣开一切的门”，“我想俯嘴向那些沉睡者/说一句轻微的话不惊醒他们/像月光的雾一样流进他们的耳朵/说我此刻最了解而且欢喜他们每一个人”，诗人在此扮演的是一个月亮使者，他要给世人带来安慰。

② 闻一多：《艾青与田间》，《联合晚报·诗歌与音乐》1946年6月22日第2期。

③ 艾青晚年写《光的赞歌》最后一句是“让我们从地球出发/飞向太阳”，又像是对闻一多40年代批评的回应，事实是：诗人自己并不清楚自己太阳意象的真正含义。这种处理简化了太阳的多种象征意义。

这首诗在写作手法上受艾青喜欢的法国大诗人凡尔哈仑的《宾主对话》[①] 的启发，但艾青反其意而为之。在凡尔哈仑的诗中，风、雨、雪都来到穷人的家中，他们无力抵挡，只能受尽欺凌，任其宰割。而在艾青的诗中，光明、温暖、花香都会不期而至。

对比诗人写于抗战前夜的《太阳》，我们能够发现，太阳不再从黑暗中走来，而是早晨才来叫醒诗人和那些普通人。《太阳》中说：

从远古的墓茔，/从黑暗的年代，/从人类死亡之流的那边/震惊沉睡的山脉/若火轮飞旋于沙洲之上/太阳向我滚来……

有论者写道：

……在表现光明来临的路上，竟放上黑暗的意象、苦难的意象以及献身死亡的意象。[②]

而郭沫若的《太阳礼赞》“绝无黑暗、死亡之意象的联想”。[③]

艾青此时写太阳的诗也只是对美好生活的颂赞，诗人似乎已经看不见它从黑暗中走来的痛苦和蜕变，只看到它给大地的赐福和给人间的光明。这是诗人延安诗歌的最大特点。

在《黎明的通知》中，诗人则宣告了一个新的时代的来临：

趁这夜已快完了，请告诉他们，说他们所等待的就要来了！

---

① ［法］凡尔哈仑：《宾主对话》——开门，人们，开开门，/我敲敲门坎和窗棚，/开开门，人们，我是风，/我披着枯叶斗篷。//——进来吧，先生，进来吧，风，/这是为您准备的壁炉，/还有粉刷过的壁龛；/风先生，请进屋。//——开门，人们，我是雨，/我是穿灰裙子的寡妇，/那缕缕裙丝，/在黑色烟雾中飘舞//。——进来吧，寡妇，请进屋，/进来吧，冰冷苍白的寡妇，/潮湿的墙上张开着裂口/欢迎您到我们这里落户。//…………//因为我们是令人不安的人们/在荒芜的北国居住，/我们喜欢你们——唉，自从什么时候？——/因为你们让我们受尽痛苦。

② 骆寒超：《论艾青诗的抒情结构》，《浙江学刊》1981 年第 2 期，收入《艾青专集》，第 588 页。

③ 同上。

诗人以一个新时代的预言者和光明与理想世界的呼唤者而出现，他宣布：中华民族的黎明就要来了。诗人把黎明拟人化，写出了人们迎接黎明的各种生活细节。诗人强调“请叫醒一切不幸者”，那些被压迫被剥削的劳苦大众，在新的时代里，他们将得到安慰。“黎明”也是一个象征意象，象征革命胜利后，人们将进入一个新天地、新时代。

这首诗写于1942年，正是抗战最艰苦的相持阶段，大片领土沦入日本的铁蹄之下，国民党对解放区实行了封锁与绞杀政策，诗人对抗战胜利前景的预期完全出于一个诗人的敏感。

> 据阳太阳说，艾青对时代的本质内容是极其敏感的，然而奇怪的是，他却是一个对政治不甚感兴趣的人。[①]

正是对政治的不感兴趣，诗人才能成为真正的诗人而不是革命者，诗人才没有因为对政治的过深介入而怠慢了诗神，他才能够成为以自己的诗歌表达一个时代，艾青不愧是深深地领受了时代并向人类的未来发出预言的诗人。

《野火》没有注明具体时间，写于1942年。他歌颂在黑夜里燃烧的火焰，让它“去照见那些沉睡的灵魂”，让夜“得到一次狂欢的舞蹈”。这是一首充满寓意的诗歌，诗情仿佛回到了从前，诗人渴望有一种力量能战胜黑暗，带来光明。所以诗人鼓励火焰

> 从地面升向高空/使我们困倦的世界/因了你的火光的鼓舞/苏醒起来！喧腾起来！

让黑夜里所有的人都听见你的召唤，看见你的火光，诗中充满了诗人热烈与鼓动的激情。诗人50年代在《诗的形式问题》一文中曾谈到这首诗，诗人说：

> 这首诗的内容，不必多加解释，写的是一九四二年的延安，这里可以听见的是光明世界的喧噪声。

① 程光炜：《艾青传》，第283页。

> 我以为这是诗，从题材到处理方法是诗，从情绪到语言也是诗。以野火象征光明，并给予活的形象而加以赞美，这个目的是达到了。……这是诗，即使不是分行排列也是诗。它的缺点就是不够通俗。①

所谓“不通俗”是指不合大众化的口味，但符合诗歌的理念。

在诗里，诗人表现了在黑暗中看见光明的信心与情怀，这首诗一般很少被后来的评论者提及，诗人在自己谈诗的论文中专门谈到，并一再强调其诗性特点，可见还是比较满意的。

诗人对太阳与光明的抒写，由于越来越明显的寄托之意，哲理性增强了，其结果是削弱了诗意。正是从此时开始，艾青的诗歌开始有一些理性化倾向了。就是说，他没有把哲理性化为充分具体可感的形象，而是在诗中直接发议论，破坏了诗歌的艺术表现力。

艾青另有一组写景诗几乎从未被评论界评论过，这就是诗人以“那雍”笔名发表于《谷雨》第1卷第2—3期合刊上的《河边诗草》（五首），出版于1942年1月15日，这组诗的语言和形式大体上仍然延续了前一个时期的诗作，欢快的情绪与轻松的语调在湖南衡山和新宁时偶尔也出现过。

在《歌》中，我唱着“粗野的歌”，没有节拍没有词句，但怀孕的母牛为我的歌停下了脚步，它“听着我的粗野的歌”。在《新苗》中，写开荒的成果，“我们的种子已从温暖里醒来/含着绿色的微笑露出地面”。《呼唤》通过写布谷鸟催促农人插秧的叫声，间接地写到农民的辛苦和贫困是阶级剥削的结果，布谷鸟像诗人一样为农民而悲伤。

> 它的咽喉被泪水所润泽/歌声是悠远而充满抑郁

诗人好像已经会使用初步的阶级分析的观念了，他不再像从前那样只是忧郁，只是痛苦。《羊群》一诗是诗人美好心境的直接流露。

> 羔羊在鸣叫母羊在应合/晴空里沐浴爱情//黄昏，阳光在它们的背上/披上崭新的和平。

① 《人民文学》1954年第3期，收入《艾青全集》第3卷，第346—347页。

这是一首牧歌风味的诗歌，诗人在湖南衡山和新宁时，都写过类似的题材，如《秋日游》、《斜坡》、《牝牛》和《青色的池沼》等。

《旗》具有一种象征意义，"人类解放的信号/旧世界崩坍的标记/眼泪所栽培的欢笑/血所灌溉的花朵"，诗句显然是一种宣言式的语调，警句式组合，不再充满激情和比喻，某种程度上显露了40年以后诗人"归来"后的诗歌写作的端倪。①

当然，诗意一如既往：痛苦悲哀之后才能有欢笑，流血牺牲之后才能有和平。

五首诗中的后两首在排列上比较整齐，押大致相同的韵，这是诗人从自由体诗向大体整齐的格律体诗过渡的标志。《河》（一）、《河》（二）是诗人写于1942年2月的作品，写河流的奔跑，奔向东方，奔向黎明，其中有明显的寓意，已不单纯属于赞美自然的诗了，其中的寓意破坏了诗歌那种单纯的美感。

以上所列举的诗是中国古代诗人的传统题材，自从谢朓、谢灵运、陶渊明以来，历代诗人都不乏对自然山水的唱和之作。而五四以来的中国新诗诗人却很少直接对山水抒情，相比之下，艾青倒是继承了这一传统。

因为艾青是画家出身，他以画家的眼睛观察世界，凡是美的事物都可以入画，自然也就可以入诗了。但艾青在抗战背景下写作的大量写景诗，不同于隐居湖南大山里的纯粹的写景诗，多少寄寓了一些诗人的社会情感。

艾青在延安初期真正值得关注也显示了诗人写作实绩的是那些有关认识"自我"的诗作，和那些对乡村进行思考的诗作。

首先是《我的父亲》，这首带有自传色彩的长诗作于1941年8月，是艾青接到家书得知父亲已死的悼念之作。艾青曾经说，这首诗与《大堰河——我的保姆》是"姊妹篇"，写的

> 完全是真的东西，我的少年时代和家庭情况，在这里面有了一定

---

① 艾青归来以后，诗作陷入了对哲理的偏好，有很多诗的诗句颇似警句，如《伞》、《镜子》、《酒》等诗作。但艾青并不是在延安才有这种诗作，写于1939年秋的《桥》也有警句："桥是土地与土地的联系；/桥是河流与道路的爱情；/桥是船只与车辆点头致敬的驿站；/桥是乘船者与步行者挥手告别的地方。"不过，桥是没有政治色彩的中性的存在物，而旗帜具有一种政治倾向性。

的反映。

我的出发点是写个典型。父亲这个典型，我是意识很强烈的，是有意识地作为那个时代的一个典型来写的。写他的环境，写他的社会关系等等。①

这是说，艾青已经开始尝试用现实主义关于典型塑造的方法了。

但其实，艾青在把父亲作为一个阶级的典型来描写的时候，更多的还是反思自己对生活道路的选择，是一个阶级的叛逆者在为自己的叛逆寻找合法的理由，以便给已经作古的父亲一个差强人意的交代。

所以，在《我的父亲》中，诗人时时回望的是自己的出身，思考的是自己的选择，并且执着地要把这一切都放在一个剧烈变动的大时代的背景之中。

艾青写“父亲”不像写“大堰河”那样充满激情、感恩和悔罪意识，而是理性、清醒和表达决绝的态度。我们很难找到对肉身的父亲这种冷静的描写：

满足着自己的“八字”/，过着平凡而又庸碌的日子，/抽抽水烟，喝喝黄酒，/躺在竹床上看《聊斋志异》，/讲女妖和狐狸的故事。《东方杂志》的读者，/《申报》的订户，/“万国储蓄会”的会员，/堂前摆着自鸣钟，房里点着美孚灯。

这是一个有着封建乡绅气息的、又竭力与新时代保持联系的新型地主形象，艾青用剥削阶级的特点代替了对一个父亲的人性分析。诗中重点写的是我怎样违反父亲的意志，离开家庭，寻找属于个人而不是家庭已经安排好了的人生道路。我想的是：

快些离开吧——/这可怜的田野，/这卑微的村庄，/去孤独地漂泊，/去自由地流浪！

艾青借着父亲的死全面地清理了自己的前半生：

① 叶锦：《艾青谈他的两首旧作》，《东海》1981年4月号，收入《艾青专集》，第62—69页。

> 因为我，自从知道了/在这世界上有更好的理想，/我要效忠的不是我自己的家，/而是那属于万人的一个神圣的信仰。

这里，诗人宣布了对于所出身阶级的叛逆宣言，就像当年宣布他是乳母“大堰河”的儿子一样，诗人再次确认自己的人生理想：为人类谋幸福。

这种宣布是诗人在延安这个新的社会和新的环境中的再思考，就像1933年诗人在监禁当中悼念乳母那样，诗人必须通过一次次的反思来确认自己人生之路的正确性，才能继续前行。

其实，艾青在延安写父亲，也是与环境不大和谐的。1980年《与青年诗人谈诗》中，诗人还说：

> 《我的父亲》是在延安写的，那时实际上已开始“整风”，需要写工农兵、大众化的作品，写那个东西，当时在延安似乎不大合适。

这个回忆有误，艾青写这首诗的时候，离毛泽东整顿“三风”的讲话还差半年多时间，离延安文艺座谈会还有近十个月时间。

但延安不是上海、武汉或重庆，延安的写作自由是有限度的，也是有导向的，只是可意会不可言传而已，很多作家在《讲话》以前都有一种写“抗战”、写工农兵的自觉意识。

何其芳的诗歌观念是对政治诉求与审美诉求的分开处理，要么写着《革命，向旧世界进军》，遭到萧军对其诗性的质疑；要么写着有关小资产阶级的一些温暖的情感，《解放日报》曾对何其芳的《叹息三章》和《诗三首》进行过讨论，批评了诗人的小资产阶级的情调，建议他多些工农题材。

这些讨论引起了艾青的感慨，使他在40多年后还存有这种错觉。但艾青并不因此改变自己的写作方式，他依然故我地写着属于自娱自乐型的诗作，虽然几乎没有引起过任何赞扬或批评的意见，诗人并不因此而感到寂寞。他不仅不反思自己的写作，调整自己的诗学观念，反而还积极地以原有的纯文学的观念参与各种文学理论的建设工作。

艾青在延安时期比较关注自己的内心生活，他一方面反思过去，一方面要寻求人类自由与幸福的未来。像何其芳一样，艾青深刻地思考自我，思考自我与时代、自我与群众、自我与世界的关系。他渴望在大时代中投入个人的生命，渴望个人能够为真理而献身。

在《少年行》中，诗人一边回想寻求理想的少年时代怎样急于离开“贫穷的村庄”和“我的老母狗”，急于离开家乡双尖山的情景，一边许愿说：“等我也老了，我再回来和你们一起。”

这首诗的调子与《我的父亲》一样低沉压抑。父亲和家乡，这是一个人的生命之所系。离开了家庭和故乡的个体生命，就像树上的叶子一样有一种身世的飘零感和无依感。本来，艾青在延安这个革命的大家庭里应该有一种归属感，但他却比以前的诗作更多地反映了诗人寂寞、孤独中的回忆与反省。①

诗人在思考自我时，也把人类的今天与遥远的祖先联系起来进行思考。在《古石器吟》中，诗人对古老的有“刀口的影迹”的石片展开想象，以此想象祖先的生活。诗人赞颂祖先们集体的光荣与劳动，当一万年过去以后：

> 掠夺啊，斗争啊，杀戮啊，/部落与部落，氏族与氏族，/国家与国家，阶级与阶级，/一个朝代接替着一个朝代，/每个朝代都涂满了血污。
>
> 人类已变了样子，机械代替了肉体，/意志在晴空里翱翔……

原始人勇敢、健康的人格被现代战争异化了，人美好的本质被岁月销蚀了。诗人渴望“我们……生活在和平的殿堂里，/那殿堂的柱石是：自由、艺术、爱情、劳动”。诗人想象人类何时能过上这种生活。诗人祈愿这是人类的最后一场战争。反观我们的祖先，但愿有一天我们也能像祖先那样生活，把用来进行战争的武器用来生产。

艾青通过古石器想象人类祖先的生活，诗人认为那种生活更符合人的本性，反映了人类更本质的生存状态。

---

① 40年代初，关于延安是否有足够的友爱和温暖曾是文人热衷的话题。萧军在《纪念鲁迅，要用真正的实绩》（《解放日报》1941年10月21日）曾以女儿在保育院的遭遇谈到对孩子的爱心问题，在《论同志之“爱”与“耐”》（《解放日报》1942年4月8日）中感慨“爱”之稀薄；何思敬教授的儿子在保育院摔了一跤，竟因无人照顾而死去。当“爱”被当作小资产阶级的专有物时，冷漠可能就会出现在正常的人际关系中。艾青在延安只与江丰等少数画家交往，与邻居萧军关系不睦，与周扬、何其芳早有隔阂，寂寞是必然的。

但艾青最关注的还是个人的生活道路。《强盗与诗人》写于1941年10月，但直到1945年初才在重庆的《诗文学丛刊》（第1期）上刊出。[①]这是一个很奇怪的发表现象。

因为艾青来延安时曾得到过周恩来的关照，他因此享有特殊待遇，他所写的诗都以最快的速度在延安的《解放日报》、《谷雨》、《草叶》和《诗刊》等权威的纯文学报刊上刊载。他不像何其芳、曹葆华、鲁藜等诗作多在香港的《大公报·文艺》或国统区的《七月》等杂志上发表。唯有这首诗一压竟四年，而且是在国统区的杂志上发表，是否艾青已经意识到其中的观念与延安的气氛不合？诗中显示了诗人对延安社会性质的模糊认识，也表明了诗人曾经的无政府主义理想：

> 为了人间的混乱和不平，/我想到群山里做一个强盗。
>
> 在我所驰骋的地域上/没有寄生的王/也没有靠怜悯过活的乞丐/终止一切不合理的制度/每天在仗义的冒险里高歌。

诗人最后把强盗与诗人并提：

> 但愿“诗人”和“强盗”是朋友/当我已遗失了竹叶刀的时候/我要用这脱落了毛羽的鹅毛管/刺向旧世界丑恶的一切。

这里，诗人把延安看作是一个杀富济贫的世界，一个要实现大同世界梦想的地方。为此，诗人愿意以笔为枪，参与理想世界的建设。

这与早期《芦笛》中个人主义的自我反叛不同，此时的诗人已经具有了一种明确的以天下为己任的精神追求，但诗人在发表时的犹疑不定，也说明了这种想法的不确定。

与这首诗有联系的，是写于1940年的《群众》，诗人在诗中探讨个人

---

① 《艾青全集》（花山文艺出版社1991年版），把此诗收入1941年。《少年行》刊于延安版《诗刊》1942年出版的第6期，《艾青全集》也收在1941年。可能是以写作时间为准吧，但标准也不统一。另外，艾青此时写的诗有《伸出的手》、《敬礼啊——苏维埃联邦》等，都没有收入全集中去。全集是艾青晚年指导小儿子艾丹整理而成的，当时艾青批判王实味的文章《历史不容歪曲》也没有收入其中。晚年的艾青可能对那种在集体意志压迫下的非个人化写作有了反思，深悔这种一时的政治性行为。

与群体的关系问题。诗人一面说：

> 一滴水常使我用惊叹的眼凝视半天/我的面前突然会涌现浩淼的大江

暗示了个体与群体互相包容的关系；一面又说：

> 他们的痛苦和欲求和我如此纠缠不清——/他们的血什么时候流进了我的血管？

表明诗人与群众已经有了一种水乳交融的感情，诗人要用笔表达群众，表达时代。诗作结尾时写道：

> 我静着时我的心被无数的脚踏过/
> 我走动时我的心像一个哄乱的十字路口/
> 我坐在这里，街上是无数的人群/
> 突然我看见自己像尘埃一样滚在他们里面……//

有人因此说：

> 看！把自己当作群众队伍中的一粒微不足道的尘埃！①

在我看来，诗人正是担心有一天自我会消失于集体之中，“我”不再是一个人，不再是一个充满独特性的、有独立意志的、有生命感受力的人，而是一粒无生命的微尘。

因此，《强盗与诗人》热烈的参与精神才值得注意：诗人已经不把自己看作《一个拿撒勒人的死》和《马槽》中那样的一个具有特别能力的、有着属天品性的人，而是带着大地的挣扎痕迹的“强盗”，这可以看作诗人延安时期观念上的一个突破性转变。

写于1941年年底的《时代》历来被认为是诗人最具代表性的作品，

---

① 骆寒超：《艾青论》，浙江人民出版社1982年版，第153页。

诗人在诗中对自我与时代的关系作了哲理性的思考。诗人不仅看见时代是

一个闪光的东西/它像太阳一样鼓舞我的心，/在天边带着沉重的轰响，/带着暴风雨似的狂啸，/隆隆滚碾而来……，

而且

听见从阴云压着的雪山的那面/传来了不平的道路上巨轮颠簸的轧响，

我追赶它，奔向它，我知道它带给我的

是比一千个屠场更残酷的景象，
而我却依然奔向它/带着一个生命所能发挥的热情。

这是一种对时代全然的献身精神，因为

我不是自己能安慰或欺骗自己的人/我不满足那世界曾经给过我的/——无论是荣誉，无论是耻辱/……我在你们不知道的地方感到空虚/我要求更多些，更多些呵/……/都为了我想从时间的深沟里升腾起来……

这首诗与诗人写于1939年7月的诗论《诗与时代》取着同一的境界，诗人要把自己交给时代。诗人说：

我爱它胜过我曾经爱过的一切
为了它的到来，我愿意交付出我的生命
交付给它从我的肉体直到我的灵魂
我在它的前面显得如此卑微
甚至想仰卧在地面上
让它的脚像马蹄一样踩过我的胸膛

这仍然是那个领受时代像传教士领受苦难一样的诗人形象。艾青有一种为理想献身的激情，这是一种具有宗教性质的情感，艾青的伟大胸怀正建基于此。他早期的很多诗作引用过《圣经》的语言、观念或故事，也有一些出自佛教意识的诗作。[1]

在《村庄》和《我的职业》中，诗人更深地反省自我，反省自己与故乡的关系，自己与都市的关系，自己与职业的关系。村庄是令诗人深深怜悯的对象，因为它的贫穷和肮脏，它的单调和无聊，年轻人都纷纷离开村庄，走进城市。

> 连傻子也知道那些大都市是一群吸血鬼——/它们吞噬着：钢铁，木材，食粮，燃料/和成千上万的劳动者的健康：/千万个村庄从千万条路向它们输送给养……

这就是都市与村庄的关系。

诗人对城市的诅咒来自波特莱尔和凡尔哈仑，他们都羡慕都市的物质繁华，但都讨厌都市对艺术与美的戕害；但正像诗人对城市的情感是双重的一样，诗人对村庄的情感也是双重的。他热爱乡村无可比拟的自然美，却憎恨乡村的落后与苦难。他渴望他的村庄能建立工厂，

> 人们生活在那里不会觉得卑屈，/穿得干净，吃得饱，脸上含着微笑？
>
> 那时我将回到生我的村庄去，/用不是虚饰而是真诚的歌唱/去赞颂我的小小的村庄。

艾青从来没有像在延安前期这样多次写到故乡，写到对故乡的情感以及返乡情结。在《我的职业》中，诗人用讽刺的笔法诅咒了国民党政府的腐败与堕落，深以在这样的社会里工作并领取酬金而为耻：

> 在这样的国家里，我是一个“诗人”，虽然没有职业，却也不想去找了。我每天去写出一些不忍隐瞒的事情，无非想使失去理性的重

---

① 参见汪亚明《论艾青诗的宗教意识》，《中国现代文学研究丛刊》1996 年第 4 期。

新得到理性。

他反省自己在这个国家中的位置，诗人知道自己职业的尊严，知道一个知识者的使命，诗人要坚持自己作为一个批判者的独立立场。

艾青的诗，

> 一方面，坚持并发展中国诗歌会诗人“忠实于现实、战斗的”传统，另一方面，又克服、扬弃其“幼稚的叫喊”的弱点，批判地吸收现代诗人在新诗艺术中取得的某些成果，……①

艾青所完成的新诗发展史上的任务是“新的综合”，他的诗是“全面体现自由诗的内在品格的一个里程碑”②，他以现代诗的诗质把现代汉诗写作推向了一个坚实的新高峰。

二　诗论：坚持作家的独立意志与独立精神

艾青在延安的诗歌与诗论写作基本呈对应关系，他的诗歌可以说是他诗歌观念的体现。他最早的诗论是写于 1941 年 12 月 20 日的《语言的贫乏与混乱——一封关于诗的信》，文中在具体评论×××同志的诗作时，阐明了自己的诗歌理念。针对×同志因为 19 岁产生的“傲慢”，艾青引入了对贺敬之的诗《我走在早晨的大路上》的批评：

> 诗人很得意把他的年龄“十八岁”重复了六次之多……他是比你更大胆地炫耀自己的天才的，因之，他“歌唱”：“属于这道路的歌”，“我的歌”，“这早晨的歌”，“这太阳的歌”，“这季节的歌”，“这开辟和首创的歌”，“这闪耀和燃烧的歌”，“这道路的歌”，“这田野的歌”，最后他几乎大声疾呼地叫着：“这西红柿的歌”！“这小米的歌”！③
>
> 这首诗，在外表上闪烁着无数新鲜的字句，但在里面掩盖着空虚

① 钱理群等：《中国现代文学三十年》，北京大学出版社 1998 年版，第 556 页。

② 王光明：《现代汉诗的百年演变》，第 307 页。

③ 《艾青全集》第 3 卷，花山文艺出版社 1991 年版，第 183 页。

与贫乏。①

诗人接下去表明了自己的观点：

一切东西，在诗人以为好是不够的，诗人必须把那他所认为好的东西更本质地去理解它。光写着‘我歌唱’‘我歌唱’而事实上什么也没有歌唱出来，那是一种廉价的感情的抒发。②

诗人在引用了几段贺敬之的诗之后说：

能够“高声地”说：“这土地是我的！这山也是我的！”是好的，但更重要的，至少也应该知道“这土地”怎么会变成“我的！”这山怎么会属于“我的！”这些东西经过了怎样的令人伤心的历史才会变成“我的”的呢？③

艾青最后说：

诗人必须鞭策自己把自己的情感和思想联系在正经历着艰苦的革命事业一起，日夜为这事业而痛苦着去寻觅真实的形象——真实的语言——真实的诗。④

很显然，艾青深化和完善了胡适所说的“诗要用具体的做法”的观点，他要求诗人把情感与思想变成可感可知的形象，而不是通过重复着某一诗句获得一种类似煽情的效果，这种早期的浪漫主义手法早已为艾青所超越。

艾青的诗学理想主要来自西方的现代主义诗人，他说：

① 《艾青全集》第3卷，花山文艺出版社1991年版，第183页。

② 同上书，第194页。

③ 同上。

④ 同上。

我所受的教育多半是“五四”新文学和外国文学。我是在一种缺乏指导与帮助的情况中，进行自由阅读的，因此，所受的影响也是复杂的。十九世纪俄罗斯旧现实主义的大师们揭开了我对现实社会认识的帷幕。从诗上说，我是欢喜过惠特曼、凡尔哈仑，和苏联十月革命时期的大诗人马雅可夫斯基、勃洛克的作品的；由于出生在农村，甚至也喜欢过对旧式农村表示怀恋的叶赛宁。法国诗人，我比较喜欢兰布。我是喜欢比较接近我们自己时代的诗人们的。[①]

这篇文章写于1950年，艾青对自己的诗学资源供认不讳，他写诗的30年代正是西方现代主义诗歌潮流风行诗坛的时候，“喜欢比较接近我们自己时代的诗人们”自然就是喜欢这一诗派的诗人与诗作了。据说，艾青在延安时，经常与“鲁艺”文学系的学生交往，他最不喜欢郭小川和贺敬之的诗。他有时竟学着他们的样子朗诵道：

我的延河，我是你的一条小支流呀，投向你。
走在早晨的大路上，我唱着属于这道路的歌。[②]

艾青这种做法表示了他对他们那种浅薄而乐观的政治抒情的气味不满，也是对这种诗歌观念的反对。

艾青的美学思想从他在延安主编的刊物《诗刊》上也可以略见一斑：《诗刊》1941年11月创刊，1942年5月5日终刊。这个刊物是在艾青的要求下得以出版的，艾青去延安以后，要求编一个专门的诗歌刊物，以发展延安和陕甘宁边区的诗歌创作，党中央和边区政府批准了他的要求，帮助他解决了经费，纸张和印刷问题。

《诗刊》的出版，在延安诗运中开创了新局面，是文艺界的一件大事。在此之前，延安还没有一个本子式的铅印的专门诗歌刊物；在它之后，也没有再出现过这样的刊物。在延安，《诗刊》可谓是空前

① 《〈艾青选集〉自序》，载《艾青全集》第3卷，第102页。
② 引自程光炜、钟敬之、金紫光主编《艾青传》，第338页。

绝后的。它一创刊，《解放日报》就作了报道。[①]

1941年12月“延安诗会”成立时，艾青为该会编辑部负责人，《诗刊》实际上成了该会会刊。《诗刊》创刊的宗旨是：“努力提高中国新诗之艺术，克服新诗之标语口号的倾向。”后来又将翻译介绍外国诗歌作品和理论作为指导思想，目的是使延安和边区诗作者，开阔眼界，有所借鉴。与鲁艺的《草叶》和“文抗”的《谷雨》相比，《诗刊》的内容确实最丰富：仅以现存的第6期为例，有诗作13首，并翻译了雪莱和马雅可夫斯基等诗4首，翻译马雅可夫斯基诗论一篇。而《草叶》只有创作，没有理论；《谷雨》有创作、有理论也有翻译，但只限于对苏联的文学介绍和翻译，尤其侧重于高尔基的文论和对其理论的评述，这与当时的美学意识形态保持了完全的一致性。艾青对雪莱的翻译和介绍，其实是对欧美诗歌美学意识的寻求，是基于诗人对诗意多方面探索的精神。

但延安的这种“亲苏情结”与当时战时环境是紧密联系的，早在抗战之初，艾青在《七月》举行的一次文学讨论会上就提出过研究未来主义、达达主义，就受到与会者的严厉批评。虽然艾青解释说：“未来派，也有好的作品，如像马雅可夫斯基。”[②] 可见，艾青比延安诗人有更广的诗歌视野，也希望寻求更多的美学资源。

在这之前，诗人曾参与了对周扬的文章《文学与生活漫谈》的讨论。[③]

艾青是参与商榷的作家中最晚来延安的人，此时还不到半年，他的签名是出于对艺术的真诚之心，他坚持自己的艺术见解，不管是否得罪了重要人物。参与争论的也都是“左联”作家，他们把上海“左联”时期讨论的风气与宗派的意识都带到了延安。

艾青为《解放日报》副刊《文艺》百期而写的《了解作家，尊重作

---

① 钟敬之、金紫光主编：《延安文艺丛书·文艺史料卷》，湖南文艺出版社1987年版，第741页。

② 《抗战以来的文艺活动动态和展望》，《七月》1938年第7期。文章说：“未来主义、达达主义等，有它们产生的背景，但我们却不同。中国民族革命战争和欧洲大战，本质上是不同的。未来主义、达达主义等所表现的是苦闷和彷徨，但我们今天的战争，是有光明和胜利的前景的。”

③ 发表于《解放日报》1941年7月17—19日。

家》一文展开的话题是：革命队伍应该如何对待作家、如何对待文艺的问题。据说写作此文是由对小说《间隔》不正确的评价而引发的[①]，这个问题其实一直以来就是延安文人最热闹也最有分歧的一个话题。艾青的这篇文章比较全面地反映了艾青延安前期的文艺观，这种文艺观与诗人此前的文艺观保持了完全的一致性，当然被认为"是站在自由主义的角度写的，缺乏党性原则"的文章。[②]

实在说来，艾青此时还没有被改造，诗人也没有寻求主动改造的意识，他的全部文艺思想与延安以前没有任何区别。艾青有一种明确的坚持艺术的独立价值、坚持艺术家独立追求的自觉意识，这是"五四"新文学以来的作家孜孜以求的最具现代性的品质。艾青在文中论述作家的作用时说：

> 作家是一个民族或一个阶级的感觉器官、思想神经，或是智慧的瞳孔。作家是从精神上——即情感、感觉、思想、心理的活动上——守卫他所属的民族或阶级的忠实的兵士。
>
> 作家的工作就是把自己的或他所选择的人物的感觉、情感、思想，凝结成形象的语言，通过这语言，去团结和组织他的民族或阶级的全体。
>
> 一首诗，一篇小说，或一个剧本，它们的目的，或是使自己的民族或阶级给自己以省察，或是提高民族或阶级的自尊，或是从心理上增加战胜敌人的力量。[③]

诗人民族或阶级意识的获得，并不是在延安才开始的，但在延安论及

① 马加的短篇小说《间隔》，主要写一个老干部追求一个青年女学生的故事，他们之间因为经历、知识、信仰、习惯等不同而造成了"间隔"。丁玲不知道为什么对杨家岭方面有意见，后来听说陈毅说：老子在前方打仗，你们在后方，找个老婆你们也有意见。当时因为战争的原因，知识分子普遍被战士和将士看低，不能扛枪上战场打仗是个很大的原因。艾青其实是有感而发：他要谈论文艺的作用，文艺家的作用，他要确立艺术千古不变、超越庸常、永恒存在的价值。艾青的主要观点继承了五四以来新文学的启蒙精神。参见艾青的文章《延安文艺座谈会前后》。

② 骆寒超：《艾青论》，第158页。

③ 《解放日报》1942年3月11日副刊《文艺》第100期。

这个问题的时候较多。

艾青在浙江金华七中读书时，就得到过一本油印的《唯物史观浅说》，这本小书

> 使我第一次获得了马克思主义阶级斗争的观念——这个观念终于和我的命运结合起来，构成了我一生的悲欢离合。①

诗人的第一首诗《会合》写的就是弱小民族反抗压迫的青年聚会，成名作《大堰河——我的保姆》更是一种精神血缘上的认宗行为。

诗人此时的民族、阶级的含义并不必然地与共产党领导或共产主义理想相关，这是诗人出于朴素的人生体验所要求的民族独立、人人平等的人道主义基本观念的核心。

艾青在延安儿童节时谈过自己为什么是一个人道主义者，他说：

> 我曾听说，我的保姆为了穷得不能生活的缘故，把自己刚生下的一个女孩，投到尿桶里溺死，再拿乳液来喂养一个“地主的儿子”——我。自从听了这件事以后，我的内心常常引起一种深沉的愧疚：我觉得我的生命，是从另外的一个生命那里抢夺来的。这种愧疚，促使我长久地成了一个人道主义者。②

因此，艾青延安前期的文学观念不可能是有明确的阶级内容的。

对于“文艺有什么用”的回答，从根本上表明了艾青的非阶级论观念。他说：“就连最原始的人类，也有他们的心理活动；就连最不开化的民族，也有他们自己的诗歌。”而且，艾青引用西方批评家的话说：瓦莱里《水仙辞》的出版是“比欧战更重大的事件”；说英国人“宁可失去一个印度，却不愿失去一个莎士比亚”。这样，艾青把文艺的作用抬到了他所认可的程度之后，说：“作家并不是百灵鸟，也不是专门唱歌娱乐人的歌妓。”这表示了作家无可怀疑的独立意志和自由精神。在艾青看来，只有作家人格独立了，艺术创作才有可能是自由的。正是基于对文艺这种至

① 《艾青全集》第3卷，第390页。

② 艾青：《赎罪的话》，《解放日报》1942年4月4日。

高无上的价值认识，艾青才说：

> 作家除了自由写作之外，不要求其他的特权。他们用生命去拥护民主政治的理由之一，就因为民主政治能保障他们的艺术创作的独立精神。因为只有给艺术创作以自由独立的精神，艺术才能对社会改革的事业起推进的作用。
>
> 尊重作家先要了解他的作品。作家在他作为作家的时候，不希求在他作品以外的什么尊重。适如其分地去批评他。不恰当的赞美等于讽刺，对他稍有损抑的评价则更是一种侮辱。①

当诗人以满腔激情地呼吁"学习古代人爱作家的精神吧——'生不要封万户侯，但愿一识韩荆州'"结束本文，以为可以得到文学艺术的真正知音时，一个半月后朱德在延安文艺座谈会的讲话中就告诫诗人说："我们的'韩荆州'就是工农兵大众"，不知诗人作何感想。

写完《了解作家，尊重作家》之后，艾青也许意犹未尽，他接着写了《坪上散步——关于作者、作品及其它》，把这一思考继续引向深入。这时诗人的心态比较平和，他采用了以前写《诗论》的格言式手法，虽然也有明显的针对性，但已没有火气了。

这篇文章对作者、作品、编辑和批评家的关系进行了多方理解与分析，其中也有个人对周扬《文艺与生活漫谈》隐约回应的成分。对于文艺的作用，艾青也有功利主义的一面，但艾青反对虚饰造作，追求真实。他说：

> 把一篇作品看做一个引擎，一个轮子，或是一把镰刀都好。
>
> 却不要把它当做装饰，一块会议桌上的桌布，或是办公厅的窗子上的窗帘。②

对于作家与时代的关系，作品的价值问题，诗人重申：

---

① 《解放日报》1942 年 3 月 11 日副刊《文艺》第 100 期。

② 艾青：《坪上散步》，载《艾青全集》第 3 卷，第 382 页。

伟大的艺术品必须蕴蓄一种东西，这就是一个时代为了选择自己的代言人，而托付给作家的东西。

不朽的作品，常包含一种一切时代所共同具有的人类向上的美的精神——引导人类从琐屑、褊狭、卑污走向善良、宽大、高贵的精神。[①]

对于批评家的责任和能力，艾青坦率地表达了不满，表达了作为一个作家的不满。他说：

批评家的工作是：发现作家，发现作家对现实的接近和距离，发现作品和现实之间的接近和距离。却不是在司令台上喝斥着，发号施令。

好的批评家不应该先注意作者写什么东西就算完了，更重要的是注意他怎样写——用怎样的态度处理题材，从什么角度看世界，采取怎样的手段……等等。

所有这些观点，都显示了艾青接受了五四新文学的资源性影响，建立起了一个知识分子独立、自由与怀疑、批判的精神。即使后来根据毛主席的意见修改后发表在《解放日报》上的文章，《我对于目前文艺上几个问题的意见》[②] 也同样表现了艾青这种基本的观念形态。应该说，这篇名为毛主席收集文艺上的反面意见、实为个人对文艺看法的文章[③]，基本上保持了前几篇文章的主要论点，但在文艺与政治的关系上有了一些新的调整。如认为“文艺与政治，是殊途同归的”，并且“文艺应该（有时甚至必须）服从政治”，不再坚持让政治保障作家创作的自由。但艾青接着

① 艾青：《坪上散步》，载《艾青全集》第3卷，第382页。

② 《解放日报》1942年5月15日。

③ 艾青：《延安文艺座谈会前后》，载《艾青全集》第5卷，第605页。艾青在此文中说，毛主席让我收集文艺上的反面意见，“我也不知道什么是反面意见，就没有收集，只是把我自己对文艺工作的一些意见写成文章寄给他了”。之后还给我的文章上面有政治局同志传阅的字样，上面毛主席也写了一些意见，主要是关于歌颂与暴露的问题，“我就根据当时所理解的程度，把文章加以改写，成了《我对于目前文艺上几个问题的意见》，在《解放日报》上发表了”。这是发生在座谈会期间的事。

就说：

> 但文艺并不就是政治的附庸物，或者是政治的留声机和播音器。文艺和政治的高度的结合，表现在文艺作品的高度真实性上。

在这里，艾青仍然认为文艺有其独立存在的价值，坚持了一个作家的艺术良知。

关于“写光明呢？写黑暗呢？”艾青更是给出了一个既具有独立人格又深知艺术规律的作家的回答：

> 我以为这是形式上的问题，本质地说，是要看作者怎么写？从怎样的态度出发？到底怎样的真实程度？——这真实程度，就决定在作者处理题材的方法和认识现实的程度上。

艾青强调其作品反映生活的“真实性”问题，不是一种对现实主义写作手法的理解，而是诉诸作家的写作良知。

文章最后，艾青申明革命理论与革命文艺的关系：

> 假如说，革命的理论是从思想上去影响人朝向革命，组织人为革命而行动；那么，革命的文艺创作则是从情感开始到理智去影响人走向革命，组织人为革命而生，为革命而死。

这里，艾青谈的是与“革命”相关的理论与文艺，二者的关系是一而二、二而一的。

从艾青的诗作到理论，可以看出，1941—1942 年的诗人，延续了以前诗歌创作的手法和新文学文艺观念，坚持并发扬了艺术自由与艺术家独立的现代美学思想。

延安前期的诗坛因为艾青独立不倚的创作而显出了与五四新文学血脉相连的关系，也因为艾青不被当时文坛任何一种力量所整合，而显出延安诗坛对“异数”的容忍能力。而这“异数”的存在，是延安前期诗坛的丰富性与复杂性的一个说明，同时也为我们后来者留下了那个时代曾经多元探求、多方容纳的艺术先驱者的足迹。

结　语

1936—1942 年的延安前期诗歌，与前此的苏区诗歌和后此的《讲话》诗歌相比，其作为一个审美考察对象的特殊性在于：不是不被意识形态所整合，而是在意识形态化的内容和程度上有较大的差别，并由此决定了这一时期诗歌表现形态上的复杂性与特殊性。

整个延安时期的诗歌发展形态，只有 1936—1942 年这一时期，与国民党统治地区的文学形构有着诸多相通之处：如蓬勃一时的诗歌朗诵运动、遍及报刊的民歌民谣式诗歌创作、自由诗的标语口号化倾向，等等。国统区的报刊经常刊登解放区诗歌，何其芳的《夜歌》、卞之琳的《慰劳信集》等就发表于"京派重镇"——香港的《大公报·文艺》上；田间、曹葆华、师田手、鲁藜等诗人的优秀自由诗诗作，也经常选择在国统区的报刊《大公报·文艺》、《文艺阵地》和《七月》等上发表，这些诗人的读者对象仍然是"五四"以来的城市小市民。

抗战烽火中的延安，由于国统区大批文化人的到来，改变了这里原有的单一文化语境，使文化成分趋于复杂和兼容：苏区的革命文化、知识分子的启蒙文化、农民的民间文化和正在兴起的工农兵文化，都在寻找发展自己的合适土壤。所以，此时延安的文学创作处于空前活跃时期。尤其是诗人们自觉地"以笔为枪"而组织的街头诗运动和朗诵诗运动，使五四以来的新诗改变了以往的形象：由"象牙之塔"真正走上了"十字街头"，读者对象也由城市小市民和青年学生变为普通的农民和战士。解放区的大众化新诗追求，正以通俗化、散文化、歌谣化的方式，改变着现代诗人所追求的诗歌形式上现代化和语言上的欧化特征。诗人们在战争与农村的封闭环境中，不仅为新诗的发展尝试着各种不同形式的大众化写作，也不屈不挠地为新诗再次培育着自己新的读者大众。

田间、邵子南、林山等长期生活在晋察冀等抗日前线的诗人，主张诗歌大众化和诗歌直接为抗战服务。他们注重诗歌的宣传功能和诗歌鼓舞人心、改变现实的教化功能，在诗歌寻求大众化的努力中，继承了“左联”有关文学大众化的理论主张，致力于大众化过程中“化大众”的启蒙任务。这种诗歌在文化上的大众化追求与《讲话》以后的知识分子“大众化”的内涵完全不同：文化上的大众化，诉诸诗人的主体意识和启蒙者形象；知识分子“大众化”则相反，诗人成为被动者和被启蒙者。

“左联”时期，瞿秋白等人有关文学大众化、大众作者和“大众语”的文学理想，在延安的诗歌实践中成为现实。诗人们的歌谣化或口语化的写作方向，就是以农民和战士为理想的潜在读者的写作，而农民诗人和战士诗人的出现，更是实现了诗歌大众化的最终目标。这种大众化写作，表面上看来是一种对诗歌资源的借鉴问题，其深层则潜藏着有关文化上的领导权问题。当抗战的现实需要农民作为主导力量出现的时候，文化政策上的倾斜就是历史的必然要求。所以，解放区文学最后确立“为工农兵服务”的方向，也体现了历史发展的某种合理性。

萧三等在延安致力于诗歌大众化的诗人，对诗歌的理解不同于田间等战士诗人，他们不是通过把诗歌贴在墙上或者朗诵出来的方式，使诗歌与读者大众发生直接的、现场的联系，进而培养大众自己的诗人。而是通过诗人创作、办诗刊、理论探讨等方式，寻求新诗的大众化方法。如在诗歌资源问题上，他们更倾向于纵向继承传统的古典诗歌，而不是五四运动以来的西方自由诗传统。在化用、活用古典诗歌和民间歌谣的基础上，以期实现诗歌“民族形式”的创新。最典型的可以举抗战初期延安的叙事长诗写作为例：这种长诗不是延续“五四”式的叙事或抒情的长诗形式，而是采用大众口语和民间唱本、俗曲的形式，侧重于场景重现和讲故事的方法，如柯仲平的《边区自卫军》和《平汉路工人破坏大队的产生》。这两首具有代表性的、韵文结构的“讲故事”式长诗，不仅在各种集会上朗诵，还受到毛泽东的表扬。尤其是《边区自卫军》，毛泽东看过以后，还建议“赶快发表”，发表于当时延安政论性的权威刊物《解放》周刊第41—42期上。

在延安，新诗为了培育新的读者和新的审美趣味，不得不根据读者大众的实际情况，一再改写新诗业已成熟的自由体形式或欧化句法，使之能够为中国老百姓所“喜闻乐见”。后期街头诗的歌谣化、群众性和娱乐性等特点，一方面是普通群众参与写作的必然结果，一方面也说明诗歌的形式取决于读者的欣赏能力。

抗战前期的延安诗坛，为进行社会动员而写作的大众化诗歌，一时占据了主流位置，各种各样的诗歌团体、诗歌刊物和诗歌创作一时兴盛起来，充分发挥了革命诗歌的社会作用。这些诗歌写作随着历史场景的变化，逐渐为历史所忘却。但它所提供的诗歌探索经验如街头诗、朗诵诗写作，诗歌大众化、通俗化方法，诗歌与各种可以利用资源之间的关系等，仍然是今天新诗写作所要面对的话题。

1940 年以后，随着党的文艺政策调整、战争场景的日常化和从国统区来到延安的诗人增多，有关诗歌的观念变得多元起来，诗歌写作也开始变得多样化，诗人们用诗歌的方式，切实地参与着现实的抗战生活和未来新中国新文化建设工作。

一些坚持诗歌现代性艺术指向的诗人们，大多属于延安的“文抗”或“鲁艺”这样比较纯粹的文学团体。他们在抗战的艰苦环境中，怀着对一个统一、强大的新国家梦想，探索着未来诗歌的发展形态。《解放日报·文艺》、《谷雨》、《草叶》、《诗刊》、《部队文艺》等文学报刊上发表的诗作，标志着延安诗歌曾经的高度。这些诗歌中的一部分优秀之作至今尚未被重印，未被今天的诗歌研究所认识，某种程度上表明了研究界对解放区诗歌研究还存在着盲点。

但是在延安，即使是现代派诗人如何其芳、卞之琳、艾青等诗作，也有倾向“革命”的一面：如何其芳《革命，向旧世界进军》和《我为少男少女歌唱》等表现“自我”之外的诗作；卞之琳《慰劳信集》在题材选择上对抗战中真人真事的抒写；艾青的政治“急就章”等，都显示了这些诗人在诗歌艺术追求中的政治焦虑。他们的写作不仅为延安时期诗歌留下了美好的篇章，也显示了中国民族在现代性过程中所显示的矛盾和困惑。这种美学诉求与政治诉求的不平衡状态，是现代诗歌的症结性难题，延安诗歌也不例外。

总起来说，延安前期的诗歌创作可以分为社会动员式诗歌与诗人抒情言志诗歌两大类，它们在不同的维度上丰富和促进了这一时期诗歌发展。有关诗歌大众化的实践活动和理论探讨不仅是对五四、“左联”以来革命诗歌的深化和拓展，也为后来的诗歌发展提供了可借鉴性经验；有关诗人的自由诗写作，是解放区诗歌与五四新诗相链接的最后景观。《讲话》以后的延安诗歌，更多地钟情于民谣式短诗和充满民族国家想象的民歌体叙事长诗。

而此一时期的诗歌创作与解放区其他时期有所不同的原因在于：党在意识形态和文化政策上与其他时期有所不同。抗战伊始，共产党的许多核心词汇如红色政权、阶级概念和土地革命等，就被抗战建国、统一战线和民族主义等更具有政治民族一致性的词汇所置换。全民抗战的热情和对未来新中国的展望，重新统一和强化了一个民族的共同意志，并转化为一种号召国民献身抗战的强大精神力量。因此，诗歌在这种具有共同性的核心意识形态之下所寻求的言说方式，就更多地表现了与国统区诗歌的共通性特点，这也成为这一时期诗歌与解放区其他时期诗歌的区别性特点，其中的特殊性和复杂性都可以在此寻求解释。

参考文献

一　报纸期刊

《中国现代文学研究丛刊》1979—。

中国社科院文学研究所编辑:《文学评论》1959—。

《新文学史料》1979—。

《延安文艺研究》1984—1992。

《红色中华报》1935.11.25—1937.1.25，陕北，油印。

《新中华报》1937.1.29—1941.5.15（1937.1.29—9.9为油印），延安。

《解放日报》1941.5.16—1947.3.27。

《解放》周刊，第1—134期（1937.4.24—1941.8.31），延安。

《中国文化》，第1卷第1期至第3卷第3期（1940.2.15—1941.8.20），延安。

《中国文艺》第1期（1941.2.25），延安。

《文艺战线》第1—6期（1939.2.16—1940.2.16），延安。

《文艺突击》第1—6期（1938.10.16—1939.6.25），延安。

《文艺月报》第1—17期（1941.1.1—1942.9.1），延安。

《谷雨》第1—6期（1941.11.15—1942.8.15），延安。

《草叶》第1—5期（1941.11.1—1942.7.1），延安。

《共产党人》第1—17期（1939.10—1941.8），延安。

《中国妇女》第1卷第1期至第2卷第10期（1939.6—1941.3），延安。

《诗刊》第1—6期（1941.11—1942.5.5），延安。

《部队文艺》第1—3期（1941.12—1942.4），延安。

《新诗歌》第1—6期（1941.6—1942.1.25），绥德。

《新诗歌》第1—6期（1940. 9. 1—1941. 5. 21），延安。

《山脉诗歌》第1—10期（1938. 10—1939. 4），延安。

二　作品

阮章竞编：《中国解放区文学书系》（诗歌编一、二、三），重庆出版社1992年版。

赵超构：《延安一日》，新民报社1944年版。

《何其芳文集》，人民文学出版社1983年版。

《何其芳研究专辑》，四川文艺出版社1986年版。

《何其芳全集》，河北人民出版社1998年版。

艾青：《诗论》，人民文学出版社1980年版。

《艾青全集》，花山文艺出版社1991年版。

《艾青专集》，江苏人民出版社1982年版。

《延安文艺丛书第一卷·文艺理论卷》，湖南人民出版社1984年版。

《延安文艺丛书第五卷·诗歌卷》，湖南人民出版社1984年版。

《延安文艺丛书第十六卷·文艺史料卷》，湖南人民出版社1984年版。

杨匡汉、刘福春编：《中国现代诗论》（上编），花城出版社1985年版。

潘颂德：《中国现代讨论40家》，重庆出版社1997年第二版。

《晋察冀文学史料》，天津社会科学院出版社1992年版。

《晋察冀日报史》，人民出版社1993年版。

艾克恩：《延安文艺回忆录》，中国社会科学出版社1992年版。

艾克恩：《延安文艺运动记盛》，中国社会科学出版社1992年版。

卞之琳：《慰劳信集》，香港明日社出版1940年版。

卞之琳：《十年诗草》，桂林明日社1942年版。

张曼仪编：《卞之琳》，人民文学出版社1997年版。

中国人民大学图书馆编：《解放区根据地图书目录》，中国人民大学出版社1989年版。

《党和国家领导人论文艺》，文化艺术出版社1982年版。

中共中央书记处编：《六大以来——党内秘密文件》（上下册），人民文学出版社1982年版。

中央档案馆编：《中共中央文件选编》（10、11、12、13），中共中央党校出版社1991年版。

陕西省档案馆编：《陕甘宁边区政府大事记》，档案出版社 1991 年版。

陕西档案馆、陕西省社科院合编：《陕甘宁边区政府文件选编》第 1—12 辑，档案出版社 1988 年版。

《延安文艺作品精编》（共 4 卷），浙江文艺出版社 1992 年版。

刘增杰等编：《抗日战争时期延安及各抗日民主根据地文学运动资料》（上下册），山西人民出版社 1983 年版。

《中国人民解放军文艺史料选编》（抗日战争时期）第 1—4 册，解放军出版社 1988 年版。

李维汉：《回忆与研究》（上下册），中共党史资料出版社 1986 年版。

王海平、张军锋主编：《回想延安 . 1942》，江苏文艺出版社 2002 年版。

［美］尼姆 · 韦尔斯：《续西行漫记》，安徽省中共党史学习研究会印 1980 年版。

三　专著

苏光文：《抗战文学概观》，西南师范大学出版社 1985 年版。

苏光文编著：《抗战文学纪程》，西南师范大学出版社 1986 年版。

苏光文：《抗战诗歌史稿》，四川教育出版社 1991 年版。

苏雪林等：《抗张时期文学回忆录》，文讯月刊杂志社 1987 年版。

秦贤次编著：《抗战时期文学史料》，文讯月刊杂志社 1987 年版。

蓝海：《中国抗战文艺史》，山东文艺出版社 1984 年版。

吴野主编：《抗战文艺研究》（1—3），四川省社会科学院出版社 1981 年版第 1—3 期。

汤洛、陈远、艾克恩主编：《延安诗人》，陕西人民出版社 1992 年版。

程远主编：《延安作家》，陕西人民教育出版社 1992 年版。

朱鸿召：《延安文人》，广东人民出版社 2001 年版。

朱光潜：《诗论》，安徽教育出版社 1999 年版。

李书磊：《1942：走向民间》，山东教育出版社 1998 年版。

钱理群：《1948：天地玄黄》，山东教育出版社 1998 年版。

王晓明：《批评空间的开创——20 世纪中国文学研究》，东方出版中心 1998 年版。

艾晓明：《中国左翼文学思潮探源》，湖南文艺出版社 1991 年版。

谭好哲：《文艺与意识形态》，山东大学出版社 1997 年版。

蔡永飞:《论毛泽东知识分子思想改造理论》，中央党校博士学位论文，1998 年。

金安平:《20 世纪前半期中国知识分子与政党政治》，北京大学博士学位论文，1998 年。

刘增杰:《战火中的缪斯》，河南大学出版社 1992 年版。

刘增杰等:《中国现代文学思潮研究》，河南大学出版社 1996 年版。

刘增杰等:《中国解放区文学史》，河南大学出版社 1988 年版。

唐小兵编:《再解读：大众文艺与意识形态》，香港牛津大学出版社 1993 年版。

唐小兵编:《返观与重构——文学史的研究与写作》，上海教育出版社 2000 年版。

王光明:《现代汉诗的百年演变》，河北人民出版社 2003 年版。

现代汉诗百年演变课题组编:《现代汉诗：反思与求索》，作家出版社 1998 年版。

王光明:《文学批评的两地视野》，北京大学出版社 2002 年版。

王光明:《面向新诗的问题》，学苑出版社 2002 年版。

冀汸:《血色流年》，复旦大学出版社 2004 年版。

朱鸿召编选:《众说纷纭话延安》，广东人民出版社 2001 年版。

黄樾:《延安四怪》，中国青年出版社 1998 年版。

高新民、张树军:《延安整风实录》，浙江人民出版社 2000 年版。

王瑶:《中国诗歌发展讲话》，中国青年出版社 1956 年版。

孙玉石:《中国现代主义诗潮史论》，北京大学出版社 1999 年版。

孙玉石:《生命之路》，北京大学出版社 1997 年版。

余英时:《士与中国文化》，上海人民出版社 1987 年版。

程光炜:《文化的转轨——鲁郭茅巴老曹在中国 1949—1976》，光明日报出版社 2004 年版。

程光炜:《中国当代诗歌史》，中国人民大学出版社 2003 年版。

钱理群等:《中国现代文学三十年》，北京大学出版社 1999 年版。

洪子诚:《中国当代文学史》，北京大学出版社 1999 年版。

洪子诚:《问题与方法》，三联书店 2002 年版。

夏志清:《中国现代小说史》，香港友联出版社 1979 年版。

南京大学中国现代文学研究中心编:《中国现代文学传统》，人民文学出版社 2002 年版。

邢建昌、姜文振：《文艺美学的现代性建构》，安徽教育出版社 2001 年版。

金元浦：《接受反应文论》，山东教育出版社 2001 年版。

龙泉明：《中国新诗流变论》，人民文学出版社 2001 年版。

潘颂德：《中国现代新式理论批评史》，学林出版社 2002 年版。

陈安湖主编：《中国现代文学社团流派史》，华中师范大学出版社 1997 年版。

贺桂梅：《转折的时代——40—50 年代作家研究》，山东教育出版社 2003 年版。

四 理论

吴蠡甫、胡经之主编：《西方文艺理论名著选编》（上、中、下册），北京大学出版社 1985 年版。

［法］让·贝西埃等主编：《诗学史》，百花文艺出版社 2002 年版。

［德］海德格尔：《诗·语言·思》，文化艺术出版社 1991 年版。

［美］理查兹等：《意义之意义》，北京师范大学出版社 2000 年版。

［美］韦勒克：《批评的诸种概念》，丁泓、余徵译，四川文艺出版社 1987 年版。

［法］福柯：《知识考古学》，三联书店 2004 年版。

［美］萨伊德：《知识分子论》，三联书店 2002 年版。

［法］福柯：《性史》，上海科学技术文献出版社 1989 年版。

［法］福柯：《规训与惩罚》，三联书店 2003 年版。

［澳］约翰·洛克：《后现代主义与大众文化》，吴松江、张天飞译，辽宁教育出版社 2001 年版。

［英］考德威尔：《考德威尔文学论文集》，百花洲文艺出版社 1995 年版。

［美］艾德华·萨丕尔：《语言论》，商务印书馆 2002 年版。

［苏联］巴赫金：《周边集》，河北教育出版社 1998 年版。

［美］卡林内斯库：《现代性的五副面孔》，周宪、许钧主编，商务印书馆 2004 年版。

后　　记

这本书基本上是我的博士论文，也是我的第一本专业书。

我曾为写这篇论文专门去延安查过资料。当在枣园散步的时候，我看到了当年战士们大生产时期用的纺车和召开延安文艺座谈会的大礼堂，也看到了共和国的缔造者们办公和休息的地方。我想象着毛泽东主席和延安的文艺家们怎样交换着他们各自的文艺观点，怎样构想着新中国的文艺形态。这是充满理想主义精神的一代人，又生活在充满激情和创造的时代。

他们曾破坏了一个旧制度，又建造了一个完全不同的新制度。

今天来研究延安文艺，就是要回到历史现场，感受延安文艺产生的具体语境，体悟文学与政治、与历史之间纠缠迎拒的关系。当历史成为活生生的人的活动史的时候，所有的不理解都化作了无言的理解。

在这里，我还想说几句真心感谢的话。

首先非常感谢我的导师王光明教授，从论文选题、定题到寻找材料和最后成文，王老师一直在帮助我思考问题并廓清思路，为此他付出了很多心血。古人曾说：一日为师，终身为父。我想，不做博士论文的人，大概不会体会这句话的深刻含义。三生有幸，我能有这样一位学问深厚又极具人格魅力的导师。

其次感谢我先生和我女儿的理解和支持，也要特别感谢我婆婆和我父母，他们在经济上和生活上都给了我一些很好的支持和帮助。

再次感谢生活，使我有机会在人生中经历博士阶段。三年读博生活提高了我的人生境界。我所受到的教诲、结识的学友以及个人生活观念的改变，都是我终生不忘的精神财富。

我还要特别感谢洪子诚老师、杨匡汉老师、程光炜老师，他们在开题和预答辩时都提出了宝贵的修改意见；也感谢吴思敬老师、陶东风老师、邱运华老师，他们也从自己的角度提出了修改意见。

我还要提到本书的责编任明主任，他的平易近人和一丝不苟使我心存感激。

最后，感谢大连市政府和大连大学的出版资助，正是他们的资金支援才使得这本书能正式出版。

2013 年 10 月 10 日